KB253182

견지방

# 견귀방

귀신 보는 약방문

김재이 장편소설

고즈넉이엔티

목차

# 별당아씨

별당아씨는 늘 해사했다. 시원한 우물물을 길어 방금 세안을 마친 것처럼 맑고 투명했으며, 생기까지 흘렀다. 하지만 서른을 앞두고, 댕기를 드린 아씨와 그런 모습은 어딘지 어울리지 않았다. 아씨는 진즉에 혼인하고, 오라비가 당주로 있는 이 집을 떠났어야 했다.

그런데 여전히 별당을 지키고 있었고, 집안 식솔들은 그런 아씨를 어찌 대해야 할지 몰라 난감해했다. 그러던 차에 당주인 영감마님과 안방마님이 서서히 그녀를 외면하기 시작했다. 그러자 노비들도 상전에게 복종하듯 자연스레 아씨를 남 보듯 했다.

별당에는 하루 세 번 밥상만 들어갔다. 아무도 아씨의 안부를 묻거나 궁금해하지 않았다. 어느 날 아씨가 목을 맨 채 별당에서 발견되어도 그들 일상에는 아무 지장도 주지 못한다는 것을 모두 잘 알고 있었다. 그렇게 집안에서 아씨는 없는 사람이나 진배없었다.

아씨도 모르지 않았다. 하루 세 번 들어오는 밥상을 제외하곤 자신의 생사에 아무도 관심이 없다는 것을. 그런데도 서러워하거나, 신세 한탄 같은 걸 하지 않았다. 그렇다고 식솔들 눈치 보며 주눅 들지도 않았고, 외롭거나 쓸쓸해하지도 않았다. 아씨는 분명 다른 반가의 규수와는 달랐다.

어느 날, 그런 게 의아했던 여종이 밥상을 들여오다 슬며시 물었다. 홀로 별당에서 지내는 것이 외롭지 않으시냐고.

담담한 얼굴로 아씨는 말했다.

"전혀."

저자에 도는 온갖 풍문이 싫증 날 무렵, 새로운 얘깃거리에 목말랐던 여종들은 이제 별당아씨를 입에 올리곤 했다. 혼사도 못 치르고 댕기 머리로 평생 독수공방해야 하는데, 아씨는 어쩜 저리 아무렇지도 않으실까.

여종들은 모이기만 하면 아씨의 마음이 어떨지 미뤄 짐작해 보고, 저라면 이럴 것이라며 아씨가 된 척도 하며, 고단한 종살이에 소소한 재미로 삼았다.


밤비가 부슬부슬 내리던 어느 날이었다.

늦은 저녁상을 들이던 여종 사월은 별당에서 잔잔히 흘러나오는 말소리를 들었다.

비가 오자 누이에 대한 측은함이 발동하신 건가. 그동안 외면한 게 미안하셨던 게지, 사월은 그리 생각하며 고개를 가만히 끄덕였다. 하지만 댓돌 위에는 영감마님의 신이 보이지 않았다. 아씨의 낡은 꽃신만 덩그러니 놓여 있을 뿐.

의아해서 방에 들어가니, 아씨 혼자였다.

누구와 함께 계셨냐고 물었지만, 아씨는 대꾸하지 않았다.

분명 두런거리는 소리를 들었는데….

고개를 갸우뚱하던 사월은 그저 빗소리를 잘못 들은 걸로 치부했다, 그런데 그런 일이 몇 번 더 생기자, 답답해진 마음을 가눌 길이 없었다. 분명 들었건만… 도무지 밝힐 방법이 없었다.

장마가 끝나갈 무렵이었다. 사월은 얼씨구나, 싶었다. 다른 여종도 아씨가 누군가와 이야기하는 소리를 들었다는 것이다. 그제야 확신을 가진 사월은 이런 사실을 영감마님에게 아뢨다.

"분명 아씨가 누군가와 이야기 나누는 걸 들었습니다."

영감마님은 안 그래도 골치 아픈 누이가 드디어 사고를 쳤나 싶어 머리를 짚었다. 그는 별당에 숨은 누이의 존재가 밖으로 알려지는 걸 원치 않았다. 그런데 밤마다 거길 드나드는 자가 있다니! 누군지 모를 그자를 반드시 잡아야 했다.

우선 노비들에게 별당을 삼엄하게 지키도록 했다. 특히 뒷산으로 연결된 별당 뒤꼍은 각별하게 신경을 썼다. 그날부로 다행히 별당은 고요해졌다. 모두 그렇게 일단락이 됐다 여기자 차츰 그녀에 대한 관심도 느슨해졌다.

달아오른 한낮의 열기를 식히듯 소나기가 한참을 퍼부었다. 밤이 되어 간간이 빗줄기가 흩날릴 무렵, 늦은 저녁상을 들이던 사월은 그만 또 그 말소리를 들었다.

더는 별당을 지키는 이가 없다는 걸 아는 걸까? 그렇다면 집안 내부 사정을 빤히 아는 자일 텐데.

사월은 직접 침입자를 확인해보기로 했다. 숨을 죽이고 몰래 다가들었다. 그리고 방문 틈으로 살며시 들여다보았다. 심장이 연신 쿵쾅댔다. 도대체 누구길래….

하지만 방안의 풍경에 사월은 헉, 소리를 안으로 삼킬 수밖에 없었다. 또 아씨뿐이었다. 아씨가 허공에 대고 말하고 있는 것이다. 거기 무엇이 있는 것처럼 대화를 나누는 게 아닌가! 방심한 틈에 아씨가 갑자기 문 쪽을 획 돌아보았다. 사월은 그만 놀라 밥상을 와장창, 떨어트리고 말았다.

아씨의 서슬에 꼼짝달싹할 수 없었다. 오금이 저리고 다리가 부들부들 떨렸다. 문을 확 열어젖힌 아씨가 저승사자 같았다. 방 안에서 나오자마자 불호령이 떨어질까 벌써 귀가 찢어질 듯 아팠다. 그런데… 아무 일도 일어나지 않았다. 그저 쪼그려 앉아 엎어진 밥상을 정리하기만 했다. 슬며시 올려다보니 아씨의 얼굴이 하얀 달빛처럼 맑고 해사했다.

그날 이후로 노비들 사이에 이상한 소문이 돌았다. 별당에 귀신이 있다고, 아씨가 귀신에 씌었다고….

늦은 밤 뒷간을 다녀오던 노복(老僕)이 별당에서 왜나라 놈들이 입는 고소데 차림의 여자를 목격했다며 떠벌리고 다녔다. 그 뒤로는 고소데를 입은 귀신이 별당에 붙어 있다고 믿기 시작했고, 비가 오는 밤이면 아무도 밖을 나가지 않았다.

형조참의인 영감마님은 조만간 형조참판을 제수받을 것이다. 권력 실세인 형조판서 박홍채 대감의 줄을 잡았으니 참판이 되는 것은 자명했다. 하지만 자리를 더욱 공고히 하려면 그 어느 때보다 형판 대감의 뜻에 따라 기민하게 움직여야 했다.

전쟁이 끝난 후, 임금은 또 다른 불안에 시달리고 있었다. 전쟁 중에 활약한 의병 잔당이 모여 반란을 일으킬까 노심초사했던 것이다.

이미 전사한 전쟁 영웅들이 사실은 살아있고, 의병 잔당들과 역모를 도모할지 모른다는 의심이 생기더니 갈수록 부풀어 올랐다. 급기야 전사한 영웅들의 생사까지 일일이 찾아 확인했다. 임금의 불안과 예민은 그야말로 극에 달했다.

백성들까지 임금의 두려움을 자극했다. 전쟁 중에 죽은 자들이 귀신이 되어 출몰한다는 것이다. 그런 소문들이 나도니 백성들은 쉬이 불안에 떨었다.

이런 백성들의 천박한 동요가 왕실과 조정(朝廷)은 심히 거슬렸다. 만약 그들의 공포를 등에 업고 왕조에 반기라도 드는 무리가 나타난다면, 또다시 조선은 혼란에 빠지게 될 터였다. 백성들의 불안을 잠재워야만 했다.

영감마님은 형조참의로서 귀신소동을 일으키는 자들을 단속했다. 포도청에 나가 그런 자들을  잡아들이라 독려했고, 잡아서는 엄벌에 처하라 했다.

이런 것을 주상전하의 명이라 강변하는 게 어쩐지 민망하기도 했지만. 영감마님은 더욱 눈을 부릅떴다. 지금은 무엇보다 강상(綱常)[1]을 바로 세우는 게 중요했다. 그게 하찮고 작은 것인들 방심해서는 안 된다고 종사관들을 압박했다.

특히 한성에서는 조그만 소란도 일어나선 안 되었다. 한성은 그저 고요해야 했다. 그렇게 영감마님은 참판 승차를 앞두고 고군분투하고 있었던 것이다. 그런데 자신의 집에 귀신이 출몰한다니!

그것도 고소데를 입은 귀신이라니….

어떻게 누이에게 왜나라 귀신이 붙게 된 것일까.

영감마님은 골몰했다. 그리고 대충 짐작 가는 바가 있었다.

사실 누이는 피로인(捕虜人)[2]이었다. 전쟁이 발발하자 그나마 전라도가 안전하다 여겨 영감마님은 그녀를 외가가 있는 남원으로 피란시켰다. 선택은 옳았다. 수군의 활약과 이치 전투의 승리로 전라도 땅은 왜군의 공격을 뿌리칠 수 있었다. 이제 남

---

1　유교의 윤리와 사람의 도리를 이르는 말.
2　임진왜란 당시, 일본으로 끌려간 조선인.

원에서 전쟁이 끝날 때까지 버티기만 하면 될 터였다.

지지부진하게 이어지던 강화협상이 결렬되자, 정유년(丁酉年:1597년) 칠천량 해전을 시작으로 다시 살육이 시작되었다. 석주관 전투에서 승리한 왜군은 남원성으로 밀고 들어왔다. 왜군은 닥치는 대로 베었고, 심지어 살아남은 조선인들은 모조리 잡아갔다. 그때 아씨도 왜군에게 붙잡혀 바다 건너 섬나라까지 끌려가고 말았다.

영감마님은 다신 누이를 못 볼 거라 단념했다. 이미 이승 사람이 아니라 여겼다. 그렇게 누이를 잊었다.

전쟁이 끝나고 갑진년(甲辰年:1604년), 임금은 왜에서 보낸 국서에 대한 응답과 피로인을 쇄환해 오기 위해 회답 겸 쇄환사를 파견했다. 그때 운 좋게 그들을 만난 아씨는 마침내 고향으로 돌아올 수 있었다.

누이가 돌아왔을 때, 영감마님의 감정은 반가움보다는 당혹스러움이 앞섰다.

그는 왜에서 누이가 어찌 생활했는지 묻지 않았다. 거기서 겪었을 일은 알고 싶지도 않았다. 논공행상(論功行賞)이 한창 진행되던 터였다. 위정자들은 왕실과 조정에 잘 보이려 혈안이 돼 있었다. 열녀문을 받은 가문의 소식도 심심치 않게 들려왔다. 누이도 어쩌면 그리 꾸며낼 수도 있었을 것이다. 왜놈에게 몸을 버리지 않으려 자결했노라고. 그런데 돌아온 것이다.

돌아와서는 별당에 들어앉았다. 들어앉아서는 나오지 않았다.

영감마님은 묵묵히 틀어박힌 누이가 여간 이상한 게 아니었다.

왜? 왜 저리 아무렇지 않을 수가 있지?


심란한 날들이 이어졌다. 퇴청까지 미루며 고민하던 영감마님은 마음을 정하지 못하고 밤이 늦어서야 집으로 향했다.

밤비가 내리기 시작했다. 솟을대문을 넘자, 청지기를 물리고 곧장 별당으로 향했다. 닫힌 방문에 조그마한 누이의 그림자만 일렁였다.

순간 안쓰러운 마음이 일었다. 저 작은 몸으로 바다 건너 섬나라로 끌려가 얼마나 숱한 고생을 치렀을지, 마음이 저릿했다. 하지만 성리학을 공부하고, 충효열이 절대적 가치인 세상이니 배운 자로서 대의를 선택하는 게 도리였다.

마음을 다잡고 들어서려는데, 누이의 목소리가 흘러나왔다.

"괜찮아, 나는 너만 있으면…."

이어 뜻을 알 수 없는 왜나라 말을 하는 여자의 음성이 들려왔다.

놀란 영감마님은 방문을 벌컥 열어젖혔다. 하지만 아무도 없었다. 누이 말고는.

"함께 있던 이는 어디로 갔느냐?"

누이는 당황해 눈만 깜빡일 뿐 입도 벙긋하지 못했다. 영감마님은 눈을 부릅뜨고 누이의 어깨를 움켜잡았다.

"도대체 누구와 함께 있었던 것이야?"

그제야 누이의 조그만 입술이 떨렸다.

"동을비."

영감마님은 아연실색했다. 동을비는 집안의 여종이었다. 그 아이의 부모는 대대손손 집안의 노비였고, 동을비도 태어나자 자연히 누이의 몸종이 되었다.

봄이면 뒷산에서 꽃을 꺾어와 별당에 심고, 여름이면 누이가 잠들 때까지 부채질을 했던 충비(忠婢)였다. 그렇게 늘 붙어 살던 둘은 왜나라에도 함께 끌려갔다. 그러나 7년 만에 누이만 홀로 돌아왔다. 굳이 동을비의 행방까지 묻지 않았다. 전쟁 중에 죽은 목숨이 어디 한둘이랴. 몸종의 안부를 물을 이유도, 여유도 없었다. 영감마님은 이제야 몸종의 안부를 물었다.

"동을비는 어찌되었느냐?"

동을비를 궁금해하는 게 반가웠던지 누이는 눈을 반짝이며 대답했다.

"제가 데려왔어요. 동을비."

"그래, 네가 데려온 동을비는 지금 어디 있느냐?"

망설이던 누이를 달래듯 영감마님은 목소리를 가누었다. 그리고 다시 물었다.

누이는 결심한 듯 다락문을 조심스럽게 열었다. 그리고 보자기에 싸인 위패 하나를 꺼냈다. 검정 옻칠이 칠해진 위패는 조선의 것과 완연히 달랐다.

오라비에게 마치 자신의 동무를 소개하듯 누이가 말했다.

"제가 데려왔어요, 동을비."

영감마님은 눈앞이 캄캄했다. 죽은 동을비를 데려왔다니? 별당에 왜나라에서 죽은 동을비의 혼령이 누이와 함께 기거한다는 것인가. 두려움이 몰아치듯 밀려왔다. 자신의 집에 귀신이 존재해서 두려운 것이 아니었다. 이 황당무계한 작태가 담장을 넘어 저자에 퍼지게 될 것이 공포였다.

영감마님은 누이에게서 우악스럽게 위패를 빼앗아 밖으로 나갔다. 그리고 대기하던 청지기에게 건네며 태워버리라 명했다.

버선발로 쫓아 나온 누이는 돌려달라 애원했지만, 심복인 청지기가 누이를 별당으로 밀어 넣고 문을 걸어버렸다. 진정 벗을 잃은 것처럼 별당 담을 넘어 들려오는 누이의 울음소리는 오래도록 구슬펐다.

사랑방으로 돌아온 영감마님은 한동안 시근거리며 서성거렸다. 분이 풀리지 않아 방을 얼마나 맴돌았는지 모른다. 그리고 위패를 태워버렸으니 이젠 모든 것이 해결되기를 간절히 바랐다.

그렇게 타버렸어야 할 위패건만 어쩐지 영감마님의 소망대로 되지는 않았다.

청지기는 뒤꼍으로 가서 위패에 불을 붙이려 했다.

공교롭게도 소나기가 다시 시작되었고, 그 바람에 젖어버린 위패는 아무리 불을 가져다 대도 붙지 않았다. 어쩔 수 없이 새벽에 태우기로 마음먹고 청지기는 위패를 둔 채로 자리를 떴다. 그렇게 어둠 속에 위패만 덩그러니 남았다.

이른 새벽에 다시 나왔을 때, 청지기는 위패가 감쪽같이 사라진 걸 알고 당황했다.

이런 사실을 상전에게 아뢨다간 필시 불호령이 떨어질 게 뻔했다. 어쩌면 모질게 매타작을 당할지도 몰랐다. 그래서 청지기는 위패를 태워 없앴다고, 그렇게 믿어버리기로 했다.

태우지 못한 위패가 어디에선가 힘을 발휘하는 것일까? 아씨는 좀처럼 달라지지 않았다. 여전히 비가 오는 밤이면 동을비와 대화를 나누었고, 노비들은 고소데를 입은 동을비가 별당에 출몰하는 것을 목격해야 했다.

영감마님의 불안도 커졌고, 흥분하는 그를 볼 때마다 청지기는 위패의 행방을 추궁할까 전전긍긍했다.

어느 날, 영감마님이 은밀히 부르자, 겁을 먹은 청지기는 위패의 행방에 대해 끝까지 함구하겠다 다짐하고 그의 앞에 섰다.

영감마님은 민망한 얼굴로 잠시 망설였다. 상전의 침묵이 길어질수록 청지기의 심장은 쪼그라들었다. 드디어 영감마님이 입을 열었을 때, 청지기는 비로소 안도했다. 위패에 대해 추궁하는 것이 아니었기에 그는 충복답게 상전의 명을 충실히 실행에 옮겼다.

늦은 밤, 아무도 모르게 청지기는 무당들이 모여 사는 곳으로 향했다. 그리고 용하기로 소문 난 무당을 찾아 거금을 들여 부적을 받았다.

“이 부적이라면, 모든 흉과 액으로부터 가문을 지켜줄 것입니다.”

무녀의 말을 믿고 돌아온 청지기는 아씨가 손을 대지 못하게 별당 대들보에 부적을 붙였다. 높이 붙은 부적을 보며 영감마님은 간절히 기원했다. 이제 더는 동을비가 나타나지 않게 해달라고.


장마도 끝이 나고, 부적의 효험 덕분인지 더는 동을비를 봤다는 소리가 돌지 않았다. 식솔은 서로를 볼 때마다 안도하는 기색이 역력했다. 다만 별당아씨의 얼굴에서는 빛이 사라졌다. 푸석한 안색은 병이라도 난 것처럼 안돼 보였다.

별당으로 들어갔던 밥상은 그대로 나오기 일쑤였다. 방문은 굳게 닫혔고, 아씨는 하루 종일 방 밖으로 나오지 않았다. 간혹 한 번씩 나올 때면, 하염없이 먼 하늘을 살폈다. 비를 기다리는 것이다. 하지만 하늘은 구름 한 점 없이 화창하기만 했다.

기다림에 지쳐가던 어느 늦은 밤, 별당 대청마루에 누군가 올라서는 소리가 들려왔다.

삐걱. 동을비가 왔구나! 아씨는 반가워 방문을 벌컥 열어젖혔다. 하지만 아니었다. 대청을 밟은 이는 바로 부적을 써서 동을비를 쫓아버린 무녀였다.

무녀의 표정이 의뭉스러웠다. 무슨 비밀을 품고 있는 것처럼.

무슨 속셈이었는지 무녀는 청지기가 부적을 구하러 찾아왔을 때 딴생각을 품었다. 은밀히 부적을 받아가는 청지기의 뒤를 밟아 집을 알아냈고, 적당한 때를 봐 아씨를 찾아온 것이다.

동을비를 못 보는 게 다 무녀 탓이다! 아씨는 그녀의 멱살부터 잡았다. 당신 때문에 동을비가 오지 못하는 거라고, 당장 동을비를 데려오라고 칼이라도 들이댈 기세였다.

사람들이 몰려올까, 무녀가 아씨의 입을 확 틀어막았다. 그러곤 귀에다 대고 은밀히 속삭였다.

"동을비를 다시 볼 수 있는 방도가 있습니다."

아씨의 눈이 커졌다. 이내 얼굴에 화색마저 돌았다. 태도가 아예 돌변해 어떻게 하면 동을비를 볼 수 있는지, 동을비를 보게 해달라고 간청했다.

무녀는 아씨에게 종이 한 장을 슬쩍 내밀었다. 종이를 들여다보던 얼굴에 의아함이 번졌다. 몇 가지 약재가 적혀 있는 약방문 한쪽에 '견귀방(見鬼方)'이라 적혀 있었던 것이다.

"견귀방… 귀신을 보는 약방문."

아씨가 조심스럽게 읊조렸다.

무녀는 약방문에 나온 대로 환을 만들어 먹으면 동을비를 다시 볼 수 있다고 했다.

아씨는 의심스런 눈초리로 무녀를 노려보았다. 약을 만들어 먹으면 죽은 이를 볼 수 있다고? 믿기지 않았다.

무녀도 자신을 믿으라 장담하지 않았다. 환을 만들어 먹을지, 말지는 아씨의 선택이라고만 했다.

뜬눈으로 밤을 새운 아씨는 다음 날 새벽, 집안 식솔들이 눈을 뜨기도 전에 별당 담을 넘었다. 그리고 저자의 약방을 찾아갔다. 종이에 적힌 약재를 구했고, 그 약재들로 정성스럽게 환을 빚었다.

환을 완성했을 때는 가슴이 벅찼다. 이제 동을비를 다시 볼 수 있다!

조심스럽게 환을 입에 넣고 오물거렸다. 간절함에 눈까지 감았다. 드디어 약을 삼키고 눈을 떴다. 그리고 별당아씨는 제 앞에 앉은 동을비를 볼 수 있었다.

얼마나 보고 싶었는데…. 아씨의 눈에 눈물이 차올랐다. 동을비는 아무 말 없이 손을 뻗어 아씨의 눈물을 닦아주었다. 그제야 아씨는 동을비에게 해사하게 웃어주었다.

그날 밤, 밤새도록 비가 세차게 내렸다.

# 여종

빽빽하게 들어찬 나무들, 그 사이로 짙은 안개까지 내려앉아 한 치 앞을 가늠할 수 없었다. 수인은 험한 숲속에서 가흔을 찾아 헤맸다.

서늘한 안개에 젖으면서도 그녀를 느끼려 온 감각을 곤두세웠다. 그러다 손끝에 작은 온기라도 스치면 확신하듯 부여잡았다. 가흔의 손을 잡은 것이다. 가슴이 벅차올랐다. 드디어 볼 수 있다.

수인은 움켜잡은 손을 제 가슴팍으로 끌어당겼다. 그러면 말간 얼굴 대신 잘린 팔만 딸려 나왔다.

헉!

악몽에서 깬 수인은 누운 채로 꼼짝도 할 수 없었다.

전쟁이 강화협상으로 소강상태였던 병신년(丙申年:1596년), 가흔이 곁을 떠났다. 그날 이후 수인은 밤마다 꿈에서 그녀를 찾아다녔다. 하지만 한 번도 온전한 모습인 적은 없었다. 그렇게 악몽을 꾸고 나면, 가흔과의 좋았던 날들을 떠올리며 한동안 마음을 달래야 했다.

아침도 거르고 수인은 등청했다. 형조참의가 시찰을 나온다고 포도청은 아침 댓바람부터 분주했다. 포졸부터 포교, 부장, 종사관 모두 복장 매무새를 다잡고, 형구를 정리하며, 안팎으로 소제를 하느라 여념이 없었다.

수인은 이참의에게 동향보고를 해야 할 생각을 하니 벌써부터 갑갑했다. 피할 수만 있다면 그러고 싶지만, 딱히 방도가 없었다.

사시(巳時:오전 9시에서 11시 사이) 즈음, 그가 당도했다.

"전란 중에 죽은 자가 많아 그런지 그들의 혼이 이승을 떠돌고 산 자를 괴롭힌다며, 백성들이 많이 불안해하고 있습니다."

이참의는 못마땅한 표정으로 수인의 보고를 듣다가 입을 열었다.

"자불어(子不語), 괴력난신(怪力亂神)이라 했네."

괴이(怪異)함과 용력(勇力), 패란(悖亂)과 귀신(鬼神)을 말하지 않는다는 논어 술이편에 나오는 글이었다. 이어 이참의는 한마디를 더 보탰다.

"상덕치인(常德治人)!"

전쟁이 끝난 지금은 오로지 일상적인 것, 덕스러운 것, 다스려지는 것, 인간적인 것만 이야기 할 때라는 것이다.

"해서 귀신을 이용해 백성들의 불안을 자극하고, 왕실과 조정에 반기를 들게 하려는 자들이 준동하지 못하게 귀신을 보는 자, 귀신을 이용하는 자, 모조리 잡아들여야 할 것이네."

수인은 대꾸하지 않았다. 이참의는 한 번 더 역설했다.

"전란을 겪으며 백성들이 사람의 도리와 심성을 잃었네. 그들이 잃어버린 충, 효, 열, 삼강과 오륜을 가르쳐 백성으로서 본분을 지키게 해야 하네. 그렇게 강상(綱常)을 바로 세우는 것이 조선을 바로 세우는 길임을 명심하게."

시큰둥하게 듣던 수인은 이참의와 문득 눈이 마주쳤다. 그의 얼굴에 노여움이 스쳤다. 수인은 자신을 굴복시키려는 시선을 상관에 대한 예의상 피해줬다.

종사관들과 부장들이 배웅할 때, 이참의는 따로 수인의 어깨를 힘줘 토닥여주었다. 격려하는 것처럼 보이나, 실은 경고의 의미였다. 그것도 모르는 포도청 사람들은 형조참의에게 신임을 받는다며 그저 부러운 듯 쳐다봤다.


그날 밤, 명철방[3]에서 굿판이 벌어진다는 신고가 들어왔다. 수인은 포졸들을 이끌고 포도청을 나섰다.

어둠이 내려앉자 당산나무 아래, 마을 사람들이 하나둘 모여

---

3   현재 을지로, 충무로, 장충동 일대.

들었다. 옹색하게 차려진 굿상 앞에는 넋이 나간 중년 사내가 맥없이 앉아 있었다. 굿판 가운데로 무복(巫服)을 입은 무녀 채령이 등장했다. 무복은 낡았지만, 굿을 주관하는 자로서의 위엄은 돋보였다.

무녀 채령이 사람들을 하나하나 훑어봤다. 그녀의 서슬에 압도당한 사람들은 숨을 죽이며 지켜보았다.

굿의 시작을 알리듯 노미와 더미가 북과 징을 치자, 채령은 무령을 흔들며 주문을 외우기 시작했다.

시간이 갈수록 굿은 절정으로 치달았고, 무아지경에 빠진 채령이 어느 순간 갑자기 동작을 딱 멈추었다. 흔들던 팔을 살며시 내리고는 넋이 나간 사내 앞으로 다가섰다.

모두의 시선이 채령에게 꽂혔다. 무당이 어떤 말을 할지, 숨죽여 지켜봤다.

채령의 눈에 금세 그렁그렁 눈물이 맺혔다.

"형님, 나 좀 살려주쇼. 코가 아파 숨을 쉴 수가 없소! 나 좀 살려주시오!"

모두 놀란 눈치였다. 넋이 나간 사내도 서서히 시선을 돌렸다.

"형님, 내 코, 내 코가 어디 갔소?"

정유년(丁酉年:1596년), 사내는 아우와 함께 남원성 전투에 참전했다. 처참한 전투에서 사내의 아우는 왜군에게 죽임을 당했고, 그것도 모자라 코까지 베였다. 그날 코가 베여 죽은 아우의 모습이 사내에게 생생하게 각인되었다.

잊으려 해도 잊히지 않았다. 생각을 도려내듯 머릿속을 도려내고 싶었다. 실제로 머리에 칼을 댔다 가족들의 만류에 정신을 차리기도 했다. 그리고 어느 날부터 코가 베인 아우가 밤마다 찾아왔다. 잘린 코에서 피를 쏟으며, 코가 아파 숨을 쉴 수 없다며 울부짖었다.

사내는 채령에게 현신(現身)한 아우가 찾아온 거라 믿고, 그녀를 붙잡고 통곡했다.

"그때 내가 도망만 가지 않았어도, 내가 비겁해서 너를 두고 도망가 버렸어. 내 탓이다. 내 탓!"

채령이 통곡하는 사내의 손을 어루만졌다.

"내가 형님 탓하러 온 것이 아니니 그만 괴로워하소. 형님, 형님이 이러고 있어서 내가 갈 수가 없잖소."

전쟁 중에 모두 가족을 잃어봤기에 지켜보던 사람들도 하나둘 훌쩍이기 시작했다. 그렇게 채령의 굿에 집중해 있는 사이, 포졸들이 은밀히 굿판을 에워싸고 있었다.

촘촘하게 포위망을 만들어놓았으니 수인은 이제 간단히 명령만 내리면 되었다. 저 무당을 당장 추포하라고. 그러나 망설이고 있었다. 신고가 있어 나올 때부터 내키지 않았다. 그런 마음을 짐작한 부장 강재가 재촉하듯 바라봤다. 하는 수 없이 수인이 앞으로 나섰다.

"멈추거라! 귀신을 보는 자, 귀신을 이용해 백성들을 현혹하는 자, 모두 잡아들이라는 주상 전하의 어명이다!"

갑작스레 나타난 포도복(捕盜服) 차림들을 보고 사람들은 놀랐다. 포졸들은 그들이 빠져나가지 못하게 몰아세웠다. 굿을 주관하던 채령도 당황했다. 수인은 채령에게 따로 엄포를 놓았다. 백성들을 현혹한 죄로 포도청으로 압송하겠다고. 그러자 채령은 신과 교감하는 자라는 위엄을 내세워 수인에게 반문했다.

"어찌 제가 사람들을 현혹한다 하십니까?"

"허상인 귀물을 들먹여 약해진 백성들의 마음을 조종하는 것이 아니냐!"

"나리께선 보이는 것만 믿으시겠지요? 허나 보이지 않으나 필시 존재하는 것들이 있습니다. 바람이 불어올 때나, 꽃향기가 코끝을 스칠 때, 이생을 떠난 누군가 떠오르지 않으십니까? 그렇다면 분명 떠난 분이 곁에 와 계시는 것이지요. 그렇게 자신의 존재를 알리는 겁니다."

수인은 순간 가슴이 내려앉았다. 가흔이 했던 말들이 떠올랐다.

'만약에 우리 두 사람 중 하나가 먼저 세상을 뜨게 되면 말이어요, 무엇이든 되어 남은 사람 곁에 머물기로 해요. 바람이 되어 뺨을 쓸어주거나 꽃향기가 되어 느끼게 해주어요, 장군.'

채령이 무령을 흔들더니 먹먹한 시선으로 수인을 바라봤다.

"장군…."

채령의 부름에 가흔의 목소리가 겹쳐 들려왔다. 꿈에도 그리던 음성이었다.

"장군, 소첩, 소첩입니다. 장군의 눈길이 소첩에게 닿지 않아 애달팠나이다."

정말 채령의 몸속에 가흔이 들어와 있는 것일까? 혼란스러운 수인은 채령을 노려보기만 했다. 그러다 미리를 젓고 다그쳤다.

"이름이 무엇이냐? 네 몸에 들어온 그 사람의 이름이 무엇이냐!"

채령의 눈동자가 흔들렸다. 이렇게 간단히 정신을 차릴 줄이야. 으르렁거리는 수인에게서 모면할 생각을 짜내듯 눈동자가 마구 돌아갔다. 하지만 방법이 떠오르지 않자 갑자기 사람들을 수인에게로 밀치고 뒤로 도망을 했다.

장구와 북을 챙겨 들고 더미와 노미도 따라 튀었다. 순식간에 굿판은 난장판이 되었고, 강재와 포졸들이 주모자인 채령의 일행을 쫓았다.

수인은 도망치는 무리를 보며 자조했다. 사이비 무당 말에 흔들린 자신이 어이가 없으면서도 다른 한편으로는 저를 농락한 것에 화가 났다.

수인은 몰아둔 사람들에게 사이비 무당에게 속지 말라 충고하고 해산 명령을 내렸다. 하지만 할 말이 있는 것처럼 하나둘 사람들이 그의 앞으로 모여들었다.

"귀신이 없다는 것이 말이 안 됩니다요."

"매일 밤, 전쟁 중에 죽은 서방님이 찾아와요, 온몸이 찢겨

서…."

"우리 아기가 매일 밤 울어요. 제가 죽였어요. 전쟁 중에 왜놈들한테 들킬까 봐, 우는 아기를 꽉 끌어안았는데, 아기가 숨을 안 쉬었어요."

"귀신이 아니라면, 어떻게 좀 해주셔요."

이미 여러 해가 지났건만 찢겨 상처 난 가슴들은 여즉 아물지 못했다. 여전히 상처에서는 피고름이 흐르고 있었다. 그들에게 수인이 해줄 수 있는 게 없었다. 그들의 상처를 어찌해야 할지, 수인은 몰랐다.

뒤늦게 도착한 민종사관이 남은 사람들을 포박했다. 울먹이며 끌려가는 그들을 보며, 수인은 아무것도 하지 못했다.

전쟁이 발발한 임진년(壬辰年:1592년)부터 지금까지, 무력하지 않은 날이 없었다. 왜군의 총칼 앞에서 사람들을 지키지 못했고, 전쟁 영웅인 지기(知己)가 고초를 당해 죽어갈 때도 아무것도 하지 못했다. 사랑하는 연인을 지키지도 못했다. 아무것도 하지 못했다. 그래서 수인의 괴로움은 끝이 없었다.


안개가 자욱한 숲에서 수인은 오늘도 오지 않는 연인을 기다리다 꿈에서 깼다. 김서방이 다급하게 불렀다. 포도청에서 급한 전갈이 왔다고.

수인은 이참의 댁으로 향했다. 밥도 못 먹었는데 아침 댓바람부터 살인사건이라며 강재가 불평을 늘어놓았다.

강재가 먼저 대문을 두드렸다. 기다려도 대답이 없자 수인이 나서 사람을 불렀다. 그제야 겁먹은 노복이 대문을 열어주었다.

별당 담장에 한 사내가 등을 베인 채 걸쳐져 있었다.

별당 안에서 밖으로 담을 넘으려다 뒤에서 휘두른 칼에 죽임을 당한 모양새였다. 노비들은 죽은 이가 집안사람은 아니라 했다.

수인과 강재는 죽은 이의 상처를 살폈다. 상처를 살피다 수인은 고개가 절로 갸웃했다. 강재 역시 이상하다는 걸 눈치채고 돌아봤다.

"이건 왜도(倭刀)의 도흔(刀痕)이다."

상처의 단면이 깨끗하고 한 번에 치명상을 입힐 정도면, 분명 왜도(倭刀)다. 어찌 그런 칼에 베였단 말인가. 철수를 놓친 왜군 잔당이 아직 산속에 남아 있다는 얘기를 들은 적이 있었다. 그렇다면 그들 짓인가.

수인은 피해자의 몸을 살피다 호패를 발견했다.

반송방[4] 이학봉.

멀리 이참의가 난감한 얼굴로 다가왔다. 수인은 호패를 보이며 피해자를 아느냐 물었지만, 그는 모른다 했다. 멀리 모여선 노비들은 어딘지 겁을 먹은 표정들이었다.

"할 말이 있느냐?"

---

4    현재 서대문구, 종로구, 마포구 일대.

수인이 그들을 향해 대뜸 말하자 모두 이참의의 눈치를 살폈다.

이참의의 얼굴에 난처함이 스쳤지만, 이내 표정을 풀었다. 할 말이 있으면 편하게 하라며, 멍석을 깔아주었다. 그러자 망설이던 여종 하나가 조심스레 입을 열었다.

"간밤에 왜나라 옷을 입은 자가 별당 뒷산으로 도망치는 것을 보았습니다."

여종은 두려운 기색이 역력했다. 수인은 별당 뒤로 보이는 가파른 산을 잠시 바라봤다. 바람이 불자 나무들이 흔들리며 기괴한 소리를 자아냈다.


한낮인데도 나무들이 빽빽하게 들어찬 숲은 빛이 들지 않아 어두웠다. 수인과 강재는 왜군 잔당과 마주치게 될지 몰라 칼 손잡이에 손을 댄 채 숲을 훑었다.

시간이 흐르고 긴장이 풀리자 강재는 공연히 이참의의 험담을 늘어놨다. 그가 귀신을 핑계로 포도청 사람들을 공연히 힘들게 한다며.

전쟁 전까지만 해도 강재는 과묵했다. 감히 상관에 대해 불만을 입 밖에 낸 적도 없었다. 전쟁이 강재의 성격도 바꿨다. 수인은 전쟁 전의 과묵한 그가 그립기도 했다.

멀리 나무에 가려진 시커먼 동굴이 보였다. 수인이 그리로 향해 먼저 걷고, 강재가 뒤를 따랐다. 입구에 거의 다다르자, 잽

싸게 강재가 안으로 먼저 들어갔다. 수인은 동굴 주위를 살폈다. 안에서 강재가 다급하게 불렀고, 바로 뛰어들었다.

좁은 동굴 안에는 제단이 차려져 있었다. 누군가 다녀갔는지 향불도 타고 있었다.

수인은 제단의 위패가 낯설었다. 검정 옻칠이 칠해진 그것은 조선의 것이 아니었다. 전쟁 중에 철수한 왜군의 막사에서 본 적이 있었다. 그렇다면 정말 왜군 잔당이 있는지도 모른다. 수인은 긴장해 칼자루를 다잡았다.

그때 마른 나뭇가지를 밟아 바스락거리는 소리가 들렸다. 수인과 강재는 말없이 서로를 보았다. 분명 누군가 동굴로 다가오다 나뭇가지를 밟은 것이다. 그리고 동굴 안의 인기척에 멈춰 선 것이고.

짧게 눈빛을 주고받고는, 동시에 뛰쳐나갔다. 정체를 알 수 없는 남자가 나뭇가지를 헤치며 필사적으로 도망쳤다. 수인이 그의 뒤를 맹추격했다. 울창한 풀숲을 헤치며 온몸이 긁히는 것도 모르고 달려 나갔다. 금세 숨이 차올랐고, 산길이 살아 움직이는 것처럼 보였다.

예전에도 이렇게 누군가를 쫓았던 적이 있었다. 어느 방향에서 적이 출몰할지 몰라 두려운 마음으로 달려야 했다. 그때의 두려움이 되살아나 수인을 압도했다. 숨을 쉴 수가 없었다. 수인은 그만 멈춰 섰다. 당장이라도 숨통이 끊어질 것만 같았다. 그때 등 뒤로 살기가 느껴져 돌아섰다. 왜도가 자신을 내리치고 있었다.

수인은 정체불명의 남자에게 밀려 아래로 깔리고 말았다. 다급하게 강재를 불렀지만 대답이 없었다.

이대로라면 왜도가 자신의 목을 벨 것이다. 검이 도를 간신히 막고 있는 형국이었다. 수인은 남자의 눈을 노려봤다. 기회는 한 번뿐이다. 남자가 가슴에 꽂으려 칼을 들어 올리려 할 때, 손을 더듬어 옆에 잡히는 걸 집어 들었다. 다행히 손에 꼭 잡히는 크기의 돌덩이였다. 팔을 휘둘러 남자의 얼굴을 후려쳤다. 남자가 떨어져 나갔고, 그 틈에 일어나 그의 목에 칼을 겨눌 수 있었다.

"네 놈이냐, 살인을 한 자가!"

수인이 몰아붙였지만, 남자는 알아듣지 못하는 표정이었다. 그러다 체념한 듯 남자의 눈에 눈물이 맺혔다. 조선의 무명옷을 입은 그는 한탄스럽게 왜나라 말을 내뱉었다.

"고향에 돌아가는 꿈을 꿨는데…. 나처럼 이 산에 버려진 동포를 볼 수 있나 기대했는데…. 차라리 잘됐다. 이 조선 땅 지긋지긋했으니까."

갑자기 남자가 수인의 검날을 움켜잡더니 자신의 목을 그어 버렸다. 붉은 피가 얼굴에 튀었다.

그제야 강재가 나타났다. 위험한 순간에 도움을 주지 못해 미안한 얼굴이었다.

수인과 강재는 수색 끝에 동굴로부터 얼마 떨어지지 않은 곳에서 남자의 거처를 찾아냈다.

바위 사이에 나무와 풀을 덮어 만든 옹색한 보금자리였다. 목침 하나, 나무젓가락 한 쌍. 살림살이들이 그의 외로움을 증명해주는 것만 같았다.

죽은 이는 철수를 하지 못하고 남겨진 왜군이 거의 확실했다. 여기서 홀로 지내다 간혹 민가로 내려가 양식을 도적질하고, 그러다 사람들 눈에 띄었을 것이다. 지금까지 살아남았다니, 오래도 버틴 셈이다.

어둑해져서야 수인은 산에서 내려와 이참의에게 보고했다. 뒷산에 숨어 살던 왜군 잔당이 집에 침입했고, 피해자를 살해한 것 같다고.

이참의는 도적질하러 온 자를 왜군 잔당이 죽인 것으로 사건을 정리하라 했다.

수인이 한마디를 더했다.

"그런데 이상한 점이 있습니다. 도둑질하러 온 자가 호패를 차고 있었습니다."

이참의의 얼굴에 잠시 난처함이 스쳤다.

"그걸 낸들 어찌 아는가."

이참의는 손을 내저어 청지기에게 수인을 내보내라 했다. 떠밀리듯 수인은 대문으로 향해야 했다. 별당 앞을 지날 때, 수인이 문득 걸음을 멈췄다.

"별당엔 누가 기거하느냐?"

"아, 아무도 없습니다."

청지기가 당황하는 눈치였지만 더는 묻지 못하고 쫓겨 나왔다. 사건이 해결됐는데도 수인은 영 개운하지가 않았다.

보고를 들은 포도대장도 더는 이참의의 신경을 거스르지 말고 사건을 결론 지으라 했다.

수인도 그러기로 마음먹었다. 전쟁이 끝난 후, 흐르는 물에 몸을 맡기듯 물살을 거스르지 않으며 살기로 했다. 그렇게 아무것도 하지 않기로. 그래 놓고는 수인의 발걸음은 피해자 이학봉의 집으로 향했다.

무너져 가는 초가집에 아버지를 잃은 어린 자식 셋이 울고 있었다. 아이 셋을 데리고 남편 없이 살아야 하는 아낙의 얼굴엔 슬픔보다 고단함이, 두려움이 드리워져 있었다. 뒤따라온 강재는 이미 끝난 사건이라며 미련을 버리라 했지만, 수인은 의문이 남아 머뭇거렸다.

"과연 정범이었을까? 왜군 잔당, 그자 말이야."


며칠 후, 수인은 다시 이참의 댁 대문을 두드렸다. 얼굴을 내민 노복이 대번에 당황했다. 문을 열지도 닫지도 못해 갈팡질팡하는데, 수인이 스스로 대문을 밀고 들어갔다.

멀리 별당 앞에 이참의와 노비들이 모여 있었다. 그들에게서 두려운 기운이 일렁였다. 분명 무슨 일이 일어난 것이다.

"지난번처럼 포청에 알린 이는 없겠지? 절대 이 일이 담 밖을 넘어선 아니 될 것이야.”

노비들에게 역정을 내는 이참의를 향해 다가갔다.

수인을 보자 노비들이 웅성거렸다. 그제야 이참의도 돌아섰다.

“어인 일인가?”

“무슨 일이십니까? 무슨 일이기에 노비들 입단속부터 하시는 겁니까?”

수인은 노비들 어깨너머로 별당 담벼락 아래 쓰러져 있는 사내를 발견했다.

수인이 다가가 확인했다. 이미 칼에 베여 절명한 상태였다. 역시 왜도에 의한 죽음이었다.

“누굽니까?”

“우리 집 가노(家奴)네.”

이참의가 이번엔 시큰둥하게 대답했다.

“어찌 관아에 고하지 않으셨습니까?”

“어느 반가에서 노비가 죽었다고 관에 고한단 말인가. 어디 갖다 버리든 묻어버리든 내 알아서 할 것이니, 신경 쓰지 말게.”

며칠 사이로 사람이 둘이나 죽어 나갔다. 같은 집에서, 그것도 같은 흉기에. 보통 사건이 아니었다.

수인은 연쇄적으로 일어난 살인을 덮어둘 수 없다며 절차대로 진행하겠다 했다. 이참의가 역정을 냈지만, 아랑곳하지 않고 수인은 노비들을 불러 모았다.

겁을 먹은 노비들이 말하길, 피해자는 가노(家奴) 석돌이로,

어제의 행적은 이참의의 약을 지으러 광통교 약방에 다녀온 것 말고 특이할 만한 게 없다 했다. 이참의가 지켜보고 있기에 노비들도 눈치를 보느라 더는 말을 못 했다.

"이번에도 별당입니다."

따라온 강재가 수인에게 속삭이듯 말했다.

별당에서 연이은 살인이 발생했다. 정범이라 추정했던 자는 이미 죽었다. 그렇다면 죽은 왜군 잔당은 정범이 아니었다.

"뭐 하는 건가? 포도대장께서 본부로 복귀하라셨네."

어느새 민종사관이 당도해 있었다. 수인이 걸리적거릴 것을 예상했던 이참의가 제 말 잘 듣는 민종사관을 부른 것이다.

수인은 또다시 쫓겨났다. 하지만 가만있을 수 없어 기찰을 핑계로 민종사관을 떼어놓고 황급히 자리를 떴다.

민종사관이 불렀지만, 그는 뒤도 돌아보지 않았다. 그저 수인을 따라가던 강재만 민망하게 그를 돌아볼 뿐이었다.

수인은 뒷산과 별당 뒤꼍 사이의 담을 넘어 별당으로 들어갔다.

강재도 따라 담을 넘었다. 낡고 쇠락한 별당은 쓸쓸함이 감돌았다. 관리가 안 돼 풀이 마구 자라 있었다. 별당을 훑던 수인은 대들보 위에 붙어 있는 부적을 발견했다. 강재도 어이없단 듯 쳐다봤다.

"참의 영감은 우리한테 귀신 단속하고 다니라 해놓고, 귀신 쫓는 부적을 붙였지 말입니다."

댓돌 위 낡은 꽃신 한 켤레를 보고 강재가 몰래 대청으로 올라갔다. 방문에 구멍을 뚫어 안을 살폈다. 잠시 후, 화들짝 놀라며 뒤로 나자빠졌다. 수인이 의아해 방문을 왈칵 열어젖혔다.

어두컴컴한 방 안에 벽을 보고 우두커니 선 여인이 있었다. 강재는 사람인 걸 확인하고 놀란 가슴을 쓸어내렸다.

"귀신인지 알았지 말입니다."

여인은 낯선 사람의 등장에도 아무런 반응이 없었다. 핏기 없는 얼굴에 텅 빈 눈으로 그저 벽만 바라볼 뿐.

수인이 여인에게 조심스레 다가갔다.

"뭐 하는 짓인가?"

이참의가 어느새 뒤에 서 있었다. 하필…. 난처한 상황이었다. 마음만 먹으면 온갖 죄를 뒤집어씌울 수 있는. 그렇다면 이판사판이었다. 여기서 밀리면 진실은 미궁에 빠진다.

"별당에 기거하는 이가 없다 하셨습니다. 제게 거짓을 고하셨습니다."

이참의의 노려보는 눈길을 맞받으며 수인은 더욱 몰아붙였다.

"지난 사건에 관해 물어볼 말이 많습니다."

이참의는 결국 포기한 듯 먼 산을 쳐다보다 수그러진 목소리로 말했다.

"내 누일세. 그리고 피로인이었네."

수인은 그제야 이참의가 별당에 아무도 없다고 한 이유를 이해했다.

이참의는 이 정도로 치부를 보여줬으니 이제 그만 돌아가라 했다. 하지만 수인으로선 그럴 수 없었다.

"혹 어젯밤 목격한 것이 있소?"

이참의의 누이는 대답이 없었다. 그녀는 마치 혼자만의 세상에 따로 살고 있는 것처럼 보였다.

"언제까지 나를 모욕할 참인가! 이제 그만하게!"

이참의가 마지막 인내심을 드러냈다는 걸 알아차린 수인은 더는 그를 자극하지 않기로 했다. 별당아씨를 한 번 돌아보곤 대청에서 내려서려 하는데, 아씨의 낮은 음성이 들려왔다.

"동을비가 그랬어. 내가 하지 말라고 했는데…."

그 자리에 있던 시선들이 모두 그녀에게 꽂혔다.

"동을비? 동을비가 누구요?"

수인이 재차 물었지만 별당아씨는 다시 입을 다물어버렸다.

"동을비를 만나야겠습니다. 동을비를 불러주십시오."

"왜 나라로 끌려갔던 누이의 몸종이었네. 그리고 죽었고…. 죽은 몸종이 그랬다는 게 말이 되는가?"

죽은 자의 소행이라고? 사건의 실마리를 잡았다 여긴 수인은 맥이 풀렸다. 정신이 온전치 못한 여자의 헛소리였다니.

결국 수인과 강재는 순순히 물러났다.

"반가에서는 피로인이었다 돌아온 가족들을 숨깁니다. 참의 영감, 참판으로 승차를 앞두고 있으니 더욱 그랬지 말입니다."

수인은 강재의 말에 대꾸하지 않았다. 아쉬운 마음의 끝자락에서 한 번 더 이참의 댁을 돌아보는데, 대문이 슬그머니 열렸다. 청지기가 나오는 게 보였다.

청지기는 담벼락으로 돌아선 수인 일행을 못 보고 지나쳤다. 뭐가 저리 급한 것일까. 수상한 낌새에 수인은 뒤를 쫓았다.

청지기는 저잣거리를 지나 좁은 골목 골목을 거쳐 허름한 집 앞에 서더니, 지체없이 문을 밀고 들어갔다.

사이비 무당 채령의 집이었다. 그녀 앞에는 중년 부인이 앉아 있었다, 채령이 부인에게 부적을 건넸고, 부인이 품에서 막 엽전을 꺼내려는 참이었다. 청지기가 다짜고짜 채령의 멱살을 움켜잡았다.

"부적으로 다 막을 수 있다며? 흉살, 액 다 막아준다며? 헌데 왜 사람이 죽어!"

둘의 작태를 보자 중년 부인은 엽전을 다시 품에 슬그머니 넣더니, 부적을 내려놓고는 자리를 떴다. 노미가 안타깝게 중년 부인을 잡아보았지만, 소용없었다.

"사이비 무당 같으니라고. 포청으로 가자!"

청지기가 으름장을 놓자 채령은 대뜸 어깃장을 놨다.

"그래, 가자, 가! 가서 내가 말할까? 형조참의 댁에 귀신이 나타나니 부적을 써달라 했다고. 지금 귀신소동 벌이는 자들 싹 다 잡아들이라는 자가 형조참의 아니었어?"

청지기는 자신이 형조참의 댁 사람인 걸 밝힌 적이 없었다. 그런데 정체를 알아? 채령이 갑자기 몸을 부르르 떨더니, 마지막 일격을 가했다.

"네 이놈! 네놈 정성이 부족해 흉살을 막지 못한 것을 누구 탓을 하는 것이냐! 네 놈이 정녕 신벌을 받아야 정신을 차리겠느냐!"

채령의 서슬에 겁을 먹은 청지기는 멱살을 놓고는 바로 꽁무니가 빠지게 도망쳤다.

혀를 끌끌 차던 채령은 부적을 팔 기회를 놓친 게 아깝기만 했다. 말을 못 하는 더미가 손짓해가며 뭐라 위로를 했다. 아마도 포도청에 끌려가지 않은 게 어디냐며, 다행으로 여기란 뜻 같았다. 하지만 채령은 못 알아들은 척했다.

"뭐라는 거야? 손으로 하지 말고 말로 해, 말로."

더미가 시무룩해지는 사이, 문이 열렸다. 청지기가 다시 왔나 싶어 무심코 쳐다봤다. 채령은 놀라 벌떡 일어섰다. 이자가 왜?

"포청에 끌려가고 싶지 않으면, 참의 댁에 대해 아는 걸 모두 불어야 할 것이다."

아, 엎친 데 덮친 격이라더니…. 채령은 수인을 보곤 고개를 절레절레 저었다.

어떻게 벗어나나…. 문득 장군이라고 불렀을 때, 수인의 눈빛이 흔들리던 것이 생각났다. 에라, 모르겠다는 심정으로 다시 한번 시도했다.

"장군, 소첩, 소첩입니다…."

잠시 혐오스런 표정이던 수인이 칼을 뽑아들었다. 채령이 대번에 엎어졌다. 노미와 더미도 뒤따라 조아렸다.

"감히…. 네까짓 게 흉내조차 낼 수 없는 사람이다!"

"종사관 나리, 이참의 댁에 대해 원하시는 답이 있으신지요? 말씀만 하십시오, 조작이든, 왜곡이든 원하시는 대로 답하겠습니다."

채령은 순순히, 고분고분 아는 것을 모두 말했다. 이참의 댁 별당에 귀신이 출몰한다고 했다. 그 댁 아씨가 귀신에 씌웠다고. 별당을 배회하는 귀신을 제거할 부적을 써달래서, 돈을 받고 써줬을 뿐이라고.

아무 말 없이 듣고만 있으니 채령은 더욱 불안했다. 원하는 답이 안 나온 것인가. 그러다 문득 좋은 생각이 떠올랐다.

"그 댁 아씨를 만나 직접 물어보시지요."

별당아씨에게 접근할 방법이 막힌 수인으로선 그 말이 한심하게 들렸다. 하지만 채령은 그녀를 만날 수 있는 방법이 있다며, 슬며시 고개를 들었다.


산길을 걷던 수인과 강재는 금세 위치를 알아챘다. 채령이 알려준 곳은 왜군 잔당을 만났던 동굴이었다. 동굴 안에는 향연이 가득 차 있었다.

왜군 잔당이 죽었는데, 누가 다시 향불을 붙인 것이다. 인기척이 들리자 둘은 동시에 칼을 뽑았다. 금방이라도 휘두를 기세로 입구를 노려봤다. 들어서는 이는 놀랍게도 별당아씨였다.

그녀는 둘을 본 척도 않고 위패를 향해 정성스럽게 손을 모아 합장했다. 죽은 이에 대한 마음이 지극한 듯 명복을 기원하는 기도가 길어졌다.

수인은 묵묵히 기다렸다. 잠시 후, 마치 벗을 소개하듯 그녀가 말했다.

"동을비예요. 제가 데려왔어요."

아씨의 얼굴에 서서히 그리움이 물들었다.


정유년(丁酉年:1596년), 강화협상이 결렬되자 일본이 재침해왔다. 왜군은 지난 6년 전쟁의 피해자인 양 화풀이를 하듯 조선인을 베었다. 더욱 잔인하게, 더욱 악랄하게. 조선인의 목숨을, 코를, 귀를 베었다. 모든 것을 베어버렸다. 조선인의 씨를 말려버리겠다는 듯 발악했다. 남원 외가로 피신을 가 있던 아씨와 동을비는 그때 왜군에게 잡혀 왜나라로 끌려갔다.

잡혀간 조선 여인들이 그랬듯이 별당아씨도 어느 일본 무사의 집에서 허드렛일을 하게 되었다. 별당 안에서 꽃같이 지냈던 아씨는 한겨울 얼음을 깨고, 냇물에 손을 담가 빨래를 빨아야 했다. 꽁꽁 언 손은 마치 나무토막 같아 금방이라도 부러질 것만 같았다. 그럴 때면 어김없이 동을비가 달려왔다.

자신의 손이야 부러지든 말든, 얼음물에 손을 담가 가며 대신 빨래를 했다. 살을 엘 것 같은 고통에도 서로가 있어 버틸 수 있었다.

하루는 술에 취한 무사가 아씨의 머리채를 붙잡아 방으로 끌고 갔다. 끌려가지 않으려 아씨는 몸부림을 쳤다. 뒤늦게 달려온 동을비가 필사적으로 아씨를 끌어당겼다. 두 여자의 안간힘에 무사도 속수무책이었다.

화가 난 무사는 방으로 들어가버렸고, 두 여자는 서로를 붙들고 울었다. 잠시 후 왜도를 갖고 나온 무사는 아씨를 보호하려는 동을비를 무참히 베었다. 그대로 동을비가 아씨의 품으로 쓰러졌다. 그녀의 눈가에 피눈물이 맺혔다.

평생을 아씨의 종으로 살았다. 태어날 때부터 종이었고, 상전을 지키는 것이 지극히 당연하다 여기며 살았다. 그런 동을비를 충비라 일컬을지 모르지만, 사실 동을비는 자신이 아씨를 위해 했던 행동이 충(忠)인지도 모른다. 그저 지키고 싶었을 뿐이다. 자기 삶의 큰 부분이었던 아씨를 지키는 것이 자신 또한 지키는 것이라 생각했다.

"아씨랑 꽃놀이 다닐 때가 좋았는데…. 봄이면 뒷산에 꽃이 참 예뻤는데…. 아씨, 저는 죽어도 아씨 곁에 있을 거예요. 아씨, 제가 지킬 거예요. 영원히."

동을비는 숨을 거뒀다. 그리고 아씨는 술에 취한 무사에게 개처럼 끌려갔고, 그날 마지막까지 지키고자 했던 모든 것을 잃었다. 밖에는 동을비와 아씨의 눈물처럼 많은 비가 내렸다.

동을비의 원한 때문이었을까, 무사의 집에 흉사가 계속되었다. 급기야 무사도 할복을 한 채 발견되었다. 무사의 아내는 이 모든 게 동을비의 원한 때문이라 믿었다. 동을비의 원한이 집안을 망하게 한 거라고.

어느 날, 무사의 아내는 동을비의 위패를 모신 제단을 차렸다. 아씨는 제단을 보고 경악했다. 죽인 것으로도 모자라 이 섬나라에서 벗어나지 못하게 영혼마저 묶어놓으려는 것만 같았다. 동을비를 여기 묶어둘 순 없었다. 아씨는 위패를 들고 무작정 도망쳤다.

위패를 빼앗으려 뒤쫓는 자들을 따돌리고 필사적으로 도망쳤다. 운이 좋았다. 회답 겸 쇄환사 행렬을 만났고, 피로인인 것을 호소해 조선에 돌아올 수 있었다.


수인은 숨을 고르고 물었다.

"허면 동을비가 왜 사람들을 죽인다는 것이오?"

아씨는 머뭇거리더니, 입을 닫아버렸다.

"불쌍한 동을비가 더는 살인을 하지 못하게 막아야 할 것이 아니오?"

그 말이 맞다는 듯 아씨는 고개를 끄덕였다.

"동을비를 어찌하면 볼 수 있소? 어디에서 만날 수 있소?"

망설이던 아씨가 조심스럽게 입을 열었다.

"비가 오면, 저를 찾아와요."

그 말에 수인은 또 맥이 풀리고 말았다.

동굴을 나온 수인과 강재는 산을 내려와 광통교 약방에 들렀다. 석돌이의 마지막 행적을 확인하기 위해서였다. 그리고 노비들의 증언이 의원과 별반 다르지 않다는 것을 확인할 수 있었다.

"예, 영감마님 약을 지어 갔습니다."

다른 특이점은 없었는지 묻자, 망설이던 의원이 조심스럽게 입을 열었다.

"혹시 탈이라도 났답니까?"

수인이 의아하게 쳐다봤다.

"영감마님께서 산한지통(散寒止痛)[5]을 위해 부자(附子)[6]를 많이 넣어달라 했습니다."

부자는 독성이 강한 약재였다. 나눠서 넣긴 했지만, 그걸 한꺼번에 쓰면 독이 될 수도 있는 양이라고 걱정했다.

골몰하던 수인은 무언가를 깨닫고 놀랐다. 부자는 이참의의 탕약에 들어가지 않았을 것이다. 부자는 다른 데 쓰였다. 수인은 다급히 약방을 뛰쳐나갔다.

수인이 당도한 곳은 첫 번째 희생자 이학봉의 집이었다. 그의 식구들이 모여 앉아 저녁을 먹고 있었다. 그들의 밥그릇에 하얀 쌀밥이 가득했다.

수인은 어찌된 일이냐고 이학봉의 처를 다그쳤다. 한 끼 겨

---

5  차가운 기운을 몰아내 통증을 없애는 치료.
6  투구꽃의 어린 뿌리를 건조시켜 만든 약재로, 독성이 강한 게 특징이다.

우 먹고 산다고 이웃들이 증언했건만.

"저희 서방님께서 구해오셨습니다. 참의 영감댁 일을 봐주고…."

그제야 수인은 부자의 용도를 확신했다. 수인의 얼굴에 씁쓸함이 번졌다. 그때 천둥이 치더니, 굵은 빗방울이 떨어지기 시작했다.

'비가 오면, 저를 찾아와요.'

수인의 귓가에 별당아씨의 음성이 맴돌았다.


수인과 강재는 들키지 않고 별당에 잠입했다.

담 밑에 몸을 숨기고 동을비를 기다렸다.

한 시진이나 지났지만 아무도 드나드는 이가 없었다. 강재는 잘못 짚은 것 같다며 철수하자 했다. 빗줄기가 거세지니 수인도 흔들렸다. 잠시 망설일 무렵, 별당 방문이 열렸다.

어둠이 짙어 얼굴을 분간할 수 없었다. 그때 번개가 내려쳤다. 별당에서 나오는 이는 왜나라 옷인 고소데를 입었다. 정녕 죽은 동을비의 혼령이란 말인가.

여자가 칼을 들고 어딘가로 향했다. 수인과 강재는 서로 찢어지기로 했다. 수인이 고소데 차림의 여자를 쫓고, 강재는 방으로 향했다.

불이 꺼져 어두컴컴한 방 안. 강재는 뭔가에 걸려 넘어지고 말았다. 바닥을 짚은 손이 끈적거리자 냄새를 맡았다. 전쟁 중에 수도 없이 맡았던 냄새였다.

　어둠에 눈이 익어 사물이 분간되자 강재는 피를 흘리고 죽은 청지기를 발견했다. 강재는 놀라 별당 밖으로 뛰쳐나갔다.


　이참의는 읽던 책을 덮고 가만히 빗소리를 들었다. 얼굴에 심란함이 가득했다. 문득 대청마루를 올라오는 발소리가 들렸다. 청지기인가 싶어 고개를 돌렸다. 방문에 고소데 차림을 한 여자의 그림자가 비쳤다.

　"누, 누구냐?"

　이참의는 벌떡 일어섰다. 그 바람에 촛대를 건드려 불이 꺼지고 말았다. 방문이 열리더니 여자가 왜도를 들고 들어섰다.

　겁을 먹은 이참의는 저절로 뒷걸음질 쳤다. 여자가 그를 향해 칼을 휘둘렀다. 겨우 피한다 했지만, 다리가 베이고 말았다. 다리에 상처를 입고 절뚝거리며 밖으로 도망쳤다.

　"누구 없느냐? 아무도 없느냐!"

　세차게 퍼붓는 빗소리에 발악 같은 소리는 금세 묻히고 말았다. 칼을 든 여자가 방에서 따라나오고 있었다. 비를 맞으며 버선발로 겨우 도망치는 이참의를 여자가 쫓았다. 다리가 불편해 급기야 엎어지고 말았다. 그리고 다가온 여자가 이참의를 베려 칼을 높이 치들었다.

　그때 수인의 칼이 여자의 왜도를 걷어냈다. 칼이 바닥에 떨어졌다. 챙, 하는 날카로운 소리에 이참의는 슬쩍 눈을 떴다.

여자가 바닥에 떨어진 왜도를 주우려는데, 수인이 그걸 밟고 목에 칼을 겨누었다.

비가 눈에 들이쳐 앞이 잘 보이지 않았다. 이참의는 다리를 절며 여자에게 다가섰다. 눈을 비비고 얼굴을 확인했다. 드디어 정체를 확인한 수인과 이참의는 그만 아연실색했다. 여자는 바로 아씨였다. 아씨는 풀린 눈으로 허공을 바라보며 읊조리듯 말했다.

"아씨, 내가 지킬 거예요. 영원히."

마치 다른 사람을 보는 것만 같아 이참의는 어리둥절할 뿐이었다. 누이가 저런 꼴을 하고 자신에게 칼을 휘두르다니. 정녕 동을비 귀신에게 빙의라도 된 것인가.

서서히 비가 그치자 아씨는 별당으로 발길을 옮겼다. 휘적거리며 걷는 것이 금방이라도 쓰러질 것처럼 불안해 보였다.

이참의는 혼란한 생각을 떨치듯 중얼거렸다.

"누이가 7년 만에 돌아왔소. 반가웠지, 잠시뿐이지만."

그 뒤로 이참의는 점점 누이가 부담스러워졌다. 논공행상이 이어지고, 열녀문을 받았다는 가문들이 나오는데, 그 외중에 왜나라에서 능욕을 당하고 돌아온 누이라니. 그런 누이의 존재를 철저히 숨겨야 했다.

"죽은 여종에게 빙의까지 된 누이를 이제 어찌해야 하는가?"

이참의는 애처롭게 수인을 바라봤다.

"사건을… 원칙대로 처리하셔야 합니다."

"죽은 자들은 내 집에 도둑질하러 온 자거나 가노들이었네.

내 알아서 처리하면 될 뿐 여기에 들이댈 원칙과 절차가 뭐가 있나?"

발뺌하는 이참의의 행태에 수인은 기어이 진실을 꺼내고 말았다.

"그들에게 별당의 누이를 죽이라 명하셨습니다!"

그의 얼굴이 백지장처럼 하얘졌다.

"이학봉에게 누이를 죽이라 사주하였지요. 그것이 실패하자 가노 석돌이, 청지기에게 사주했습니다! 부자를 달여 먹여 죽이려 하셨습니다!"

"닥치게! 그들은 그저 동을비에게 빙의된 누이가 죽인 자들이네. 종사관도 같이 보지 않았나!"

"귀신을 단속하라 명을 내리신 형조참의께서 어찌 귀신을 입에 올리십니까?"

살인은 귀신이 한 것이 아니었다. 아씨를 죽이라 이참의가 사주했고, 그것을 실행에 옮기려 한 자들을 아씨가 살해한 것이다. 아씨는 그들을 죽임으로써 스스로 지키고자 했다.

"이것이 이 사건의 전모입니다!"

그때 다급하게 노복이 이참의를 불렀다.

"영감마님! 아씨께서…. 아씨께서…."

수인과 이참의는 퍼뜩 깨달은 듯 별당으로 달려갔다. 그사이에 비도 잦아들었다. 늘 쓸쓸함이 가득했던 별당에 사람들이 북적였다. 노비들이 들고 있는 횟불이 모처럼 별당을 환하게 밝혔다.

방 안에는 두 구의 시신이 놓여 있었다. 아씨에게 죽임을 당한 청지기 그리고 청지기가 갖고 온 부자탕을 마셔버린 별당아씨.

아씨는 마지막까지 보고 싶은 것이 있었는지, 두 눈을 뜨고 있었다.

수인이 다가가 아씨의 눈을 감겨주었다. 지옥 같은 곳에서 겨우 살아 돌아왔지만, 반겨주는 이가 없었다. 오로지 별당의 외로움만 아씨와 함께했다.

누이의 시신을 붙잡고 무미건조한 곡을 하는 이참의에게 조만간 포도청에 나와 조사를 받으란 말을 남기고 수인은 자리를 떴다.

새벽 어스름이 물러날 무렵, 수인은 뒷산으로 향했다. 강재도 뒤를 따랐다.

동굴 안에 들어서니 향은 이미 오래전 모두 타 재만 남았고, 위패만 덩그러니 놓여 있었다. 이제 찾아올 사람도 없건만….

위패가 마치 아씨를 기다리는 동을비처럼 느껴졌다.

수인은 위패를 들어 묵묵히 바라보았다. 동굴에서 처음 만났을 때, 그녀가 물었다.

'나리께선 죽은 자를 보는 것이 두려우십니까? 저는 두렵지 않아요. 동을비가 어떤 모습이어도 좋으니, 볼 수만 있다면 무슨 짓이든 할 거예요.'

지금 그는 그 질문을 곱씹고 있었다. 위패에 불을 붙여 소지

했다. 동을비가 어딘가에서 아씨와 무사히 만나기를 바라며.

돌아서다 바닥에 떨어진 종이 하나를 발견했다. 무심코 펼쳐 보았다.

"견귀방. 귀신을 보는 약방문."

수인은 터무니없다 여기며 약방문을 태우려다 멈췄다. 그리고 한참을 묵묵히 쳐다보았다.


수인은 순백의 화선지를 펼쳤다.

밤사이 소복하게 내린 눈을 차마 밟지 못하는 것처럼 화선지를 만지는 수인의 손길이 조심스러웠다.

문진을 올려놓고, 먹을 갈아 붓에 적셨다. 서서히 선을 그리기 시작하고, 선이 조금씩 누군가의 얼굴이 되어 갔다. 얼굴을 어루만지듯 그림을 그렸다. 얼추 가흔의 얼굴이 완성돼 갔다. 이제 눈동자만 그리면 되었다. 그런데 도무지 그녀의 눈동자가 기억나지 않았다.

지금은 눈동자만 기억나지 않지만, 점점 가흔의 모든 것을 잊게 될지 모른다. 눈동자, 입술, 콧망울, 뺨…. 기억에서조차 사라지면, 무엇으로 그녀를 추억해야 할지… 먹먹해졌다.

강재가 슬며시 다가와 섰다.

"장군."

강재는 전쟁이 끝난 지금까지 수인을 장군이라 불렀다. 다른 호칭으로 대해달라 했지만, 그때만 그러겠다 하고 고쳐지지 않았다. 강재가 장군이라고 부를 때마다 수인은 장군으로서 아무것도 하지 못한 자신의 무력감만 일깨우는 것 같아 괴로웠다.

"별당아씨는 죽은 동을비에 빙의 된 거지 말입니다."

가흔의 눈동자를 그리지 못하고 수인은 붓을 내려놓았다.

"나라에서는 허상인 귀신을 보는 자, 귀신을 이용하는 자, 불안을 조장한다고 하여 모두 잡아들이라 하는데, 장군께선 어찌 생각하십니까? 정녕 귀신이 없다고 생각하십니까?"

수인은 강재를 넌지시 바라봤다. 수많은 사람이 죽었다. 수많은 인연이 끊어졌고, 수많은 그리움만 남긴 채 전쟁은 끝이 났다. 그리고 그리움은 고통이 되었다. 그 고통은 생이 끝날 때까지 계속될 것이다.

가흔에 대한 그리움도 살아있는 한 영원할 것이다. 수인은 건너편에 놓아둔 방석을 바라봤다. 빈 방석을 저리 두는 이유가 무엇일까. 누가 와서 앉기를 바라는 것일까. 아무것도 지키지 못해놓고, 그리워하는 것만으로 죄책감에서 벗어나려는 것 같아 스스로 역겹게 느껴졌다. 이런 상념에 빠지는 자신이 가증스러웠다.

"보이지 않는 것에 의미를 두게 되면 혼란만 가중된다. 지금으로선 조정의 판단이 옳다."

수인은 마음에도 없는 소리를 하고 자리를 떴다.

미완의 그림이 빈 방석 앞에 덩그러니 놓였다. 풀벌레 소리만 요란할 뿐, 집 안은 적막했다.

# 승지

궁에는 짙은 어둠이 내려앉았다. 호위하는 내금위 군의 움직임이 그림자처럼 일렁일 뿐, 움직임도 소리도 없는 궁은 그저 한 덩이 커다란 적막 같았다.

졸음이 몰려오는지 내전 침소 앞을 지키는 나인의 자세가 흐트러졌다. 상궁이 눈을 부릅떠 경고하자, 그제야 그만 잠이 확 달아났다. 밤은 그렇게 깊어갔다.

이각(二覺:30분) 정도 지날 무렵, 상궁은 나인의 귀에 대고 속삭였다. 체증이 있어 그러니 자신의 처소에서 약을 가져다 달라고.

나인은 순순히 뒷걸음질 쳐 전각을 빠져나갔다.

짙은 어둠을 홀로 걸어갈 생각을 하니 조금 겁이 났다. 하지만 늦었다간 상궁에게 종아리를 맞게 될 것이고, 그게 더 두려워 용기를 냈다. 상궁의 처소에 도착하고서야 비로소 참았던

숨을 내쉬었다.

약을 찾아 돌아갈 길 앞에 서자 다시 두려움에 휩싸였다. 하지만 지체할 수 없어 주먹을 꼭 쥐고 종종걸음을 쳤다. 어둠 속에서 누군가 목덜미를 낚아챌 것만 같았지만, 꾹 참아냈다.

겨우 내전에 도착하고서야 나인은 안도했다. 임무를 완수했다는 뿌듯함도 표정에 드러났다. 하지만 상궁은 당황한 기색이었다. 예상보다 나인이 빨리 돌아온 것이다.

나인은 늘 점잖던 상궁이 저리 당황하는 게 의아했다. 뭘 하셨기에….

고개를 갸웃하며, 자리로 가 앉았다. 그리고 무심코 시선을 돌리다 방문을 보게 되었다. 여자의 그림자가 일렁였다. 이어 뜻을 알 수 없는 여자의 낮은 음성이 기괴하게 들려왔다. 나인은 슬며시 고개를 돌려 상궁을 쳐다봤다.

"마마님, 침소에…."

상궁이 무서운 얼굴로 나인을 노려보았다. 나인은 그만 하려던 말을 꿀꺽 삼켜버렸다. 상궁은 이내 아무렇지 않은 얼굴로 다른 심부름을 시켰다.

나인은 다시 전각을 나서며 생각했다. 내전 침소에 분명 누군가 있었다. 그리고 그 정체를 숨기고자 상궁이 자신에게 심부름을 시킨 것이다. 누굴까? 새로 승은을 입은 궁녀일까? 그렇다면 그 기괴한 소리는 뭐였을까….

나인은 생각을 털어버리듯 고개를 마구 내저었다.

지밀나인은 본 것도 못 본 척, 들은 것도 못 들은 척해야 한다. 그래야 궁에서 오래 살 수 있다고, 언니 나인들, 상궁 마마님들이 귀에 딱지가 앉도록 알려주었다. 그런 면에서 나인은 자신의 처신에 대해 흡족해했다. 빠릿빠릿한 동작으로 내전을 나선 것 하며, 더 묻지 않은 것 하며. 지밀나인다웠다고 스스로 대견해했다.

다만 '마마님, 침소에'란 말만 하지 않았다면 더 좋았을 텐데, 하는 아쉬움이 남았다. 그리고 그 아쉬움이 서서히 찝찝함으로 변했다. 하지만 별일 없을 거라, 대수롭지 않게 넘겨버렸고 다시 어두운 궁을 가로질러 갔다.

그리고 그날 이후, 나인은 궁에서 자취를 감췄다. 나인들 사이에서 은밀한 소문이 돌기 시작했다. 내전 침소에 귀신이 있다. 그 귀신이 나인을 잡아간 것이다. 실제로 묘령의 여자가 내전을 나서는 것을 목격했다는 나인도 등장했다.

번을 서야 하는 날이면, 귀신을 목격할까 봐 어린 나인들은 두려워했다. 이런 이야기는 상궁에게 하지 않았다. 그냥 하면 안 될 것 같단 생각이 들어서였다. 만약 침전에 있는 귀신에 관해 언급하면, 어느 날 사라지는 궁녀가 자신이 될지 몰랐기 때문이다.

그렇게 나인들은 소문을 간직한 채 두려움 속에서 하루하루를 넘겼다.

오늘은 한 달에 한 번 입궁해 임금께 문후를 드리는 날이었다.

포도청 사람들은 다들 궁에 들어가는 수인을 부러워했다. 민 종사관은 조금 더 심했다. 형조판서 박홍채 대감이 후원자이며, 임금에게 직접 문후까지 드리는 그를 대놓고 시기했다.

그러면서 한편으로는 이상해하기도 했다. 막강한 뒷배를 가졌고, 보공장군으로 전쟁에 출전해 많은 공을 세웠음에도 고작 포도청 종사관이라는 것을. 분명 무슨 사연이 있을 텐데, 도무지 감을 잡을 수 없었다.

내전에 든 수인은 주렴(珠簾)[7] 너머 임금께 절을 올렸다.

납작 엎드려 숨소리조차 조심스러워하고 있다는 걸 보이듯, 수인은 고개를 조아렸다.

임금은 응답하지 않았다. 기다리던 수인이 슬며시 고개를 들었다. 주렴 사이로 보이는 임금은 마치 누군가와 대화를 하듯 허공을 보며 중얼거렸다.

"내가 모를 줄 아느냐? 알량한 공 좀 세웠다고 다 우습게 보는 게지."

임금은 화를 내듯 말하다가 수인을 보고는 번뜩 정신을 차렸다. 이내 자세를 바로 하고는 목소리를 가다듬었다.

"전쟁 영웅인데 고작 포도청 종사관이라니…."

임금의 목소리에는 일부러 지어낸 듯한 안타까움이 담겨 있

---

7  구슬 따위를 꿰어 만든 발.

었다.

"과분합니다. 전하의 하해(河海)와 같은 은혜 덕이옵니다."

정답을 내놓은 수인을 잠시 너그러운 시선으로 바라보던 임금은 또다시 허공으로 고개를 돌렸다. 다시 돌변한 임금은 수인에게 다그치듯 물었다.

"정녕 그리 생각하는 것이냐? 하해와 같은 은혜라 생각하느냐!"

당황한 수인은 더욱 납작 엎드렸다.

"전하, 감히 어느 안전이라 거짓을 고하겠나이까!"

그제야 임금은 숨조차 죽이고 엎드린 수인을 물끄러미 내려다보았다.

한참을 그렇게 보기만 하다 피로감이 몰려오는지 손짓해 내보냈다.


당황스러웠다. 도대체 전하께 무슨 일이 있는 것일까.

허공을 보며, 마치 누군가를 보듯 말을 했다. 내전에는 임금과 자신 외에 아무도 없었다. 혼잣말일 뿐인가…. 망상이라면 더욱 두려운 일이다.

지나던 나인들의 수군거리는 소리가 들려왔다.

"오늘 번을 서는 날인데, 무서워. 귀신이 정말 나타나면 어떡해?"

수인은 괜히 헛기침을 해 듣는 사람이 있다는 걸 알렸다. 나인들이 알아채고 황급히 자리를 피했다.

임금을 지척에서 모시는 궁녀들이 귀신의 존재를 입에 올리다니….

혀를 차며 돌아서던 수인은 윤대[8]하기 위해 내전으로 향하던 승지(承旨)[9] 김응순과 마주쳤다. 김응순은 오랜 지기인 수인이 반가운 얼굴이었다. 정작 수인은 눈인사만 하고 자리를 피하려 했다. 그런데 굳이 막아서며, 다정하게 안부 인사까지 건넸다. 사실 둘은 안부 인사를 주고받을 사이가 아니었다.

"전하께서 전쟁 영웅들 간을 보신다지?"

김응순은 해맑게 농을 하듯 말했다.

"쓸데없는 소리 하지 말게."

수인이 핀잔을 주고 자리를 피하려 하자, 김응순은 얼른 다른 화제를 꺼냈다.

"아까 궁녀들이 했던 말 있잖나. 내전에 귀신이 있다는 말."

"어찌 승지가 귀신을 입에 올리는 건가! 내가 자네를 추포해 포청에 데려가야겠나?"

"강직한 포도청 종사관 나리에게 소인이 그만 잘못을 고했습니다."

천연덕스럽게 구는 작태에 수인은 당혹스러웠다. 전쟁 전까

---

8  조선 시대, 문무관원이 임금에게 정치에 관한 의견을 아뢰던 일.
9  조선 시대, 왕명의 출납을 맡아보던 정삼품의 당상관.

지만 해도 김응순은 농담을 모르는 사람이었다.

"헌데 말이야, 그 말이 사실인 것 같네."

"…."

"내전에 귀신이 있다는 말."

수인이 무시하고 자리를 뜨려는데, 김응순이 중얼거렸다.

"귀신을 본다는 건 참으로 쓸쓸한 일일세. 남들은 보지 못하는 것을 나만 본다는 것. 나는 귀신 때문에 두려운데, 그걸 몰라주면 얼마나 외로운 일이겠는가?"

"…."

"전하께서도 만약 귀신을 보신다면, 얼마나 외로우실까."

수인은 불쾌감이 밀려왔다. 충성스러운 신하처럼 가식을 떠는 것 같았다. 게다가 그로 인해 고초를 받은 일까지 새삼 떠올랐다. 기분이 상한 수인은 그를 두고 자리를 피했다.

몇 발짝 멀어졌을까, 뒤에서 윽, 하는 신음이 터졌다. 돌아보니 새하얗게 질린 김응순이 관복에 가려진 오른손을 부여잡고 괴로워했다.

다가가 무슨 일이냐 물었지만, 김응순은 통증에 잠식당한 듯 온몸이 굳은 채 꼼짝하지 못했다. 단말마의 비명조차 내지 못했다.

"이보게 어디가 불편한가? 내의원으로 가세."

수인이 부축하려는데, 김응순이 손을 뿌리쳤다.

"의원? 조선팔도 아무리 용한 의원이 와도 나를 이해하지 못

하네.”

김응순은 오른손을 끌어안듯 비틀거리며 자리를 떴다.

수인은 느닷없이 봉변을 당한 기분이었다. 한편으로는 연민이 일었다. 침착하고 진중한 사람이었건만….


늦은 밤, 순라(巡邏)[10]을 지휘하던 수인은 홀로 약방 앞에 섰다.

밤이 늦어 문은 닫혀 있었지만, 문틈으로 불빛이 새어 나오는 게 보였다. 강재와 순라군들이 멀리 떨어져 있는 걸 확인하고 수인은 안으로 들어섰다.

종사관의 등장에 의원이 뜨악한 얼굴로 올려다보았다. 망설이듯 선뜻 입을 열지 못하는 수인에게서 의원이 눈을 떼지 못했다.

주섬주섬 품에서 종이 한 장을 꺼내 건넸다.

“견귀방? 이것이 무엇입니까?”

“허무맹랑한 약방문을 가지고 백성들을 현혹하는 자가 있단 제보가 있었소. 혹, 본 적이 있소?”

“다행히 저희 약방엔 그런 자가 없었습니다.”

의원은 냉큼 약방문을 돌려주었다. 수인도 스스로 기가 막혔다. 말도 안 되는 약방문을 확인까지 하는 자신이.

강재는 수인이 보이지 않자 두리번거리며 찾고 있었다. 그러다 멀리 약방에서 나오는 걸 보고 걱정스러운 얼굴로 달려왔다.

---

10　도둑이나 화재를 경계하기 위해 순찰하는 일을 맡았던 군인이나 군대.

“장군, 어디 편찮으시지 말입니다?”

눈으로 몸을 훑더니 급기야 약방까지 들어갈 기세였다.

“아니라니까….”

난감하던 차에 저쪽에서 소란한 소리가 들려왔다.

고함을 쫓아 수인과 강재가 달려왔을 때, 홍색 단령(團領)[11]을 입은 사내가 술에 취해 행패를 부리고 있었다.

“저리 가! 저리 가라고! 언제까지, 언제까지 매달려 있을 참이냐? 언제까지 나를 괴롭힐 참이냐고!”

순라군들은 귀한 차림새에 선뜻 다가서지 못하고 떨어져 지켜만 보았다.

사내가 고개를 돌려 발악을 할 때, 수인은 얼굴을 확인하고 당황했다. 김응순이었다.

그는 술 한 모금 입에 대지 않고 서책만 끼고 살던 사람이었다. 그런 그가 술에 취해 행패를 부리는 게 그저 비현실적으로 보였다.

순라군들이 난감해하자, 수인이 그의 앞으로 다가섰다. 승지 김응순인 것을 알아본 포교는 순라군들에게 수군거렸다.

김응순은 황석산성 전투에 참전했었다. 손에 매달린 왜장의 목숨을 끊기 위해 자신의 손목을 잘랐고, 전과로 인정받아 현재는 정삼품 승지가 되었다.

---

11  조선 시대 대표적인 관복.

포교의 설명에 순라군들은 대단하다 여기면서도 그런 자가 어떻게 저자의 술주정뱅이처럼 구는 것인지 이해할 수 없단 표정들이었다.

김응순은 자신의 오른손을 부여잡고 괴로워했다. 수인이 그의 어깨를 잡아 흔들었다. 그제야 수인을 알아봤다.

"무슨 일인가? 어디가 아픈 건가?"

그는 몹시 위태로워 보였다.

인적없는 골목으로 데려가 수인은 그를 진정시켰다. 그는 회한이 가득한 눈으로 중얼거렸다.

"전쟁만 끝나면 다 괜찮아질 줄 알았네. 하지만 전쟁이 끝난 지 수년이 지났는데, 나는 왜 여전히 괴로운지 모르겠네."

수인은 적절한 위로의 말이 생각나지 않았다. 용한 의원을 수소문하겠다고 하자, 김응순은 코웃음을 쳤다. 조선팔도 명의란 명의는 다 만나봤지만, 불행히도 자신을 이해하는 의원은 단 한 명도 없었다고 했다.

수인은 참담한 기분이었다. 얼마나 큰 고통이길래 사람을 이리 망가트린단 말인가.

"내가 아무리 아프다고, 이 통증 좀 잠재워 달라고 해도 아무도 믿어주지 않아. 잘려 없어진 손이 아프다는 나를 미친 사람이라 하지."

김응순이 손이 없는 오른팔을 들어 보였다.

“자네도 나를 믿지 못하겠지.”

모두 같은 반응이었다. 아무도 믿지 못하는 일이 자신에게 일어난 거였다. 극심한 통증에 괴로웠지만, 이 통증이 실재인지 아닌지 스스로도 여러 번 의심했다.

“경험하지 않았으니 이해하기는 어렵네. 다만 아무에게도 이해받지 못하는 자네가 외로울 것 같아.”

김응순은 그나마 수인의 말에 마음이 풀어졌다. 사람들은 자신이 거짓말한다며, 이해하려고도 하지 않았다. 그래서 수인이 고마우면서도 지난 일이 떠오르자 괴로워졌다.

사실 수인을 외면하고 괴로운 마음에 스스로 벌을 주듯 황석산성 전투에 참전했었다. 목숨 걸고 싸움으로써 자신의 죄값을 치를 작정이었다. 어찌 보면 자신이 뜻한 바를 이룬 것인지도 모르겠다. 지금 이토록 고통스러우니.

“미안하네. 그때, 자네 편이 되어주지 못해서…. 자네를 외롭게 했네.”

수인에게는 떠올리고 싶지 않은 과거였다. 불편한 마음을 감추고 돌아서는데, 김응순이 혼잣말처럼 중얼거렸다.

“용주사에 가봐야겠네. 성효, 그 아이….”

수인이 돌아보자 김응순은 이미 어두운 골목으로 유유히 사라지고 있었다.

그가 사라진 어둠 속을 수인은 한동안 쓸쓸하게 바라보았다. 그리고 어느덧 강재도 다가와 수인과 함께 지켜보았다.

　포도청에 등청하자마자 포도대장에게 불려갔다. 형조참의 사건 장계를 올린 게 문제가 되었다.

　수인은 누이 살해를 도모한 이참의의 죄를 물어야 한다고 주장했다. 하지만 포도대장은 장계를 당장 소지하라 불호령을 내렸다.

　"충효열, 강상을 바로 세우는 것이 조선을 바로 세우는 길일세."

　"죄지은 자를 제대로 치죄하는 것이 그보다 먼저입니다."

　포도대장은 이따금 이렇게 모나게 구는 수인이 못마땅했다. 고분고분한 것 같다가도 결정적인 순간 고집을 피웠다. 마음에 들지 않았지만, 그렇다고 무시할 수도 없었다.

　"형판 박홍채 대감께서도 원치 않는 일이네."

　수인은 형조판서 박홍채의 이름이 나오자 더는 고집을 피우지 못했다.

　수인은 포도대장의 뜻에 굴복하고 집무실을 나왔다. 하지만 더러운 기분은 어쩔 수가 없었다. 그때 포교가 황급히 다가왔다.

　"종사관 나리, 승지 영감 댁에 가보셔야겠습니다."

　승지 대감이라면 김응순을 말하는 것인가? 수인은 무슨 영문인지 몰라 포교의 입만 쳐다보았다.

　김응순의 대문 앞에 발등거리[12]가 걸려 있었다. 조문객들이

---

12　주로 초상집에서 임시로 쓰기 위하여 만든 허름하고 작은 초롱.

대문을 들락날락했다.

수인은 한동안 착잡하게 등을 바라보다 들어갔다. 위패 앞에 절을 올리고 상주인 아들을 바라봤다. 어리지만 상주 노릇을 하는 것이 대견하고, 안쓰러웠다.

수인은 쓸쓸한 마음으로 조문객 사이에 섞여 앉았다. 조문객들 입에서 고인의 충정을 기리는 소리가 드문드문 들려왔다.

"자신의 손에 매달려 있는 왜장을 죽이기 위해 손목을 자른 사람입니다. 김승지의 충정은 오래 기억될 겁니다."

"그리 지조가 있는 사람이 어찌 자진을…. 참으로 아까운 사람입니다."

조문객들은 진심으로 안타까워했다. 그때 홀로 식사를 하던 자가 한마디 보탰다.

"지조가 있으니, 자진한 것입니다. 손목 하나 자르고 목숨을 부지한 것이 강직한 김승지로서는 괴로웠겠지요."

수인이 고개를 돌려 돌아보았다.

조문객 중 하나가 누구냐 묻자, 김응순과 함께 황석산성 전투에 참전했던 윤치목이라며 자신을 소개했다. 수인은 예전 김응순이 그를 사형이라 부르며 따랐던 게 얼핏 기억났다.

수인은 아까부터 관찰하던 김응순 식솔들에게로 다시 눈길을 돌렸다. 이상한 탓이었다. 망자가 천수를 누리고 죽은 것도 아니건만 식솔들 낯에 한 점 슬픔도 드리워져 있지 않았다.

염을 한다는 소리에 지기의 마지막을 보기 위해 참관하겠다 나섰다. 김응순의 처 양씨도 그리하라 허락했다.

염장이가 수건에 향나무 물을 묻혀 조심스럽게 김응순의 얼굴을 닦았다. 통증 때문에 고통스러워하던 얼굴이 아니라 편안해 보여 수인은 그나마 다행이라 생각했다.

염장이의 손이 망자의 목을 닦기 시작했다. 칼에 베인 자국이 선명했다. 염장이는 참관하는 수인을 보며 말했다.

"자진하실 때의 도흔입니다."

목에 깊게 난 도흔 사이로 혼이 빠져나간 것만 같았다. 전쟁 중에도 칼에 베여 죽은 수많은 사람을 보며 생각했다. 몸에서 빠져나가는 혼을 붙잡아 상처 사이로 밀어 넣고, 상처를 봉합하면 다시 살 수 있지 않을까. 안타까운 목숨이 많아서, 그 목숨과 이별하는 것이 슬퍼서, 그런 생각을 수도 없이 했었다.

김응순의 상처가 마음을 저릿하게 했다. 의금부에서 자신을 외면하던 얼굴도 떠올랐다. 볼수록 마음은 무거워졌다.

염장이의 손은 이윽고 가슴팍으로 내려가 시신을 정성스럽게 닦았다. 그런데 무언가 자연스럽지가 않았다. 수인은 도흔이 조금 이상하다는 걸 감지했다. 칼을 벤 방향이 어긋나 있었다. 스스로 목을 베었다면 왼손으로 베었을 터. 하지만 김응순의 목에 난 도흔은 오른손으로 베어야만 가능한 모양이었다.

'자진이 아니다!'

일부러 태연한 척 염을 마치고 나온 수인은 조문 온 사람들을 훑어보았다.

위패에 절을 올리는 사람들, 모여 망자를 추모하는 사람들, 조문객을 접대하는 노비들, 조문객을 맞이하는 김응순의 가족들. 수인은 그들 모두를 의심스럽게 쳐다봤다. 그때 여종 하나가 주변을 경계하며 자리를 뜨는 게 보였다.

여종은 부엌으로 들어가더니 문을 꼭 닫아버렸다. 뒤따라온 수인이 부엌문 앞에 섰다. 문고리를 잡고 열려는 순간, 나오던 여종과 마주쳤다. 여종은 놀라 치맛자락에 숨겼던 음식 꾸러미를 떨어트리고 말았다.

여종은 한 번만 눈감아 달라 애원했다. 굶는 자식 입에 넣어주려 그랬다는 것이다.

수인은 여종의 사정에는 관심이 없었다. 김응순이 죽던 날, 이상한 정황이 없었는지 추궁했다. 도둑질을 함구하는 조건으로 김응순과 양씨 사이에 있던 일을 들을 수 있었다.

며칠 전에 김응순 앞으로 서찰 하나가 당도했다. 서찰을 본 양씨가 격노해 쏘아붙였다.

"서방님만 겪은 전쟁입니까? 조선 사람이라면 다 겪었습니다. 헌데 어찌 서방님만 그러십니까? 어찌 혼자만 겪은 것처럼 그러십니까? 차라리 자진하십시오. 우리 민재 앞길을 막지 마시고요!"

여종의 증언을 듣고 난 수인은 조문객을 접대하는 양씨를 지켜봤다. 음전한 양씨의 표정과 행동으로 보아 그런 독설을 퍼부었다는 게 믿기지 않았다.

그 서찰이 정범의 단서가 될까? 수인은 사람들 눈을 피해 다시 김응순의 시신이 안치된 사랑방으로 들어갔다. 서책들을 들춰보고, 서안의 서랍을 열어봤다. 그러다 책장 사이에서 봉투 하나를 발견했다.

드디어 서찰을 찾았다. 하지만, 봉투 안에 들어 있는 것은 서찰이 아니라 부적이었다. 게다가 본 적이 있었다. 이참의 별당에 붙어 있던 부적과 같았다. 사이비 무당 채령이 그린.

어찌 그게 김응순의 서책 사이에서 발견된 것인가. 수인은 도무지 이해할 수 없었다.

사랑방에서 나오던 수인은 멀리 여종과 양씨가 함께 뒤꼍으로 향하는 걸 목격하고 뒤따라갔다. 이미 여종과 양씨의 모습은 보이지 않았다. 다만 아궁이 위에 솥이 끓고 있을 뿐.

수인은 늦었다는 걸 직감했다. 서찰은 이미 아궁이 속 재가 되었으리라.


언제 종사관이 들이닥칠지 몰라 채령은 불안했다. 이렇게 만날 전전긍긍하며 살 순 없었다. 거처를 옮기기로 했다. 그리고 노미와 더미에게 다신 종사관과 마주칠 일이 없을 것이라 큰소리쳤다. 모두 흔쾌히 채령을 따라나서던 순간, 그만 수인과 마주치고 말았다.

놀라 들고 있던 짐을 슬며시 내려놓고 채령은 수인 앞에 납작 고개를 숙였다.

지난번 용서해줬던 마음이 바뀌어 잡으러 왔다 생각한 것이다. 무릎까지 꿇고 싹싹 빌었다. 그 뒤로 한 번도 굿을 하지 않았다고, 애걸복걸했다. 덩달아 노미와 더미도 같이 싹싹 빌었다.

수인은 채령에게 부적을 들이밀었다. 김응순의 집에서 발견된 부적이라며, 승지 김응순과 무슨 사연이 있는지 추궁했다.

채령은 포도청에 잡아가지 않겠다는 약조를 해달라 했다. 그런 다음에 이야기를 꺼내겠다고 겨우 용기 내 으름장을 놓았다.


어느 날, 반가의 부인이 찾아왔다. 부인은 사람들에게 들킬세라 뒤집어쓴 장옷을 벗지 않았다. 행동이 조심스러워 말도 쉽게 꺼내지 않았다. 양반집 부인들은 대개 다 그랬다.

그들은 장옷을 벗어야만 돈을 내놓았다. 그렇기에 마음을 움직이는 첫마디가 중요했다.

"죽은 이가 이승을 떠나지 못하고 있습니다, 마님."

대부분 이 한마디면 슬며시 장옷을 벗어 얼굴을 드러냈다. 아니나 다를까, 부인의 얼굴에 수심이 가득했다. 그녀는 채령을 노려보며 물었다.

"몸에 붙어 있는 귀신을 떼어줄 수 있느냐?"

채령은 죽은 이가 떠날 수 있도록 도와주는 게 제 소임이라며 안심시켰다. 우선 부적을 건네며 귀신이 출몰하는 곳 가까이 두라 했다. 부인은 부적을 무겁게 받아들었다. 굿을 하기로 약조하고 돌아가자 정보 수집에 나섰다.

이번 부인은 김응순의 처, 양씨였다. 노미와 함께 알아낸 바에 의하면, 김응순은 전쟁 중에 자신의 손목을 붙잡고 성벽에 매달려 있는 왜장을 죽이기 위해 손목을 끊었다. 그로 인해 임금으로부터 치하까지 받았다. 그렇다면 김응순에게 붙어 있는 것은 왜군 귀신일 것이다. 그래서 일부러 왜나라 말도 몇 마디 공부했다. 그럴듯하게 보이려면 이 정도 노력은 당연했다.

집으로 찾아온 채령을 김응순은 못마땅하게 노려보았다. 김응순이 쫓아내려 했지만 양씨가 막무가내였다. 양씨는 무슨 수를 써서라도 문제를 해결하고 싶어 했다. 더는 귀신이 보인다는 말을 못 하게 하고 싶었다. 두 사람이 티격태격하자, 채령이 입을 열었다.

"팔 끝에 매달려 있는 혼령이 할 말이 있는 듯합니다."

김응순은 여전히 의심스럽다는 눈길이었다. 접신한 듯 몸을 떨던 채령은 속으로 '아나타와 다레데스까[13]'를 연습했다. 그리고 입 밖으로 꺼내려는 순간, 김응순이 의외의 말을 했다.

"그 아이 성효가 나를 어찌 보느냐?"

채령은 순간 난감해져 입을 다물었다. 예상했던 것과 다른 전개에 준비해 온 말들이 소용없게 돼버렸다. 어찌 대답해야 할지 몰라 눈치만 살폈다.

"그 아이가 나를 어찌 보느냐!"

---

13 '너는 누구냐?'의 일본 말.

김응순은 자신의 손목에 매달린 망자에게 그 아이라 했다.
'그 아이'라는 말에 안타까움이 섞여 있었다. 자신을 괴롭히는
원귀에 대한 원망과 두려움만 있는 게 아니었다.

젠장! 속으로 욕이 나왔다. 도무지 어찌 말을 해야 할지 몰
랐다.

"너무도 안타깝게 보고 있습니다."

김응순의 눈빛이 흔들렸다.

"정녕… 그리 보느냐?"

채령은 죽은 이의 말을 전하는 사자(使者)로서의 위엄을 갖
추고 고개를 끄덕였다.

잠시 고개를 숙였던 김응순이 벌떡 일어서더니 대뜸 소리 질
렀다.

"요망한 세 치 혀로 누굴 희롱하는 것이냐!"

채령은 놀라 꽁지 빠지게 도망쳐 나와야 했다.


그날의 난처함이 되살아나는지 채령은 여러 번 가슴을 쓸어
내렸다.

"승지 영감 손에 붙어 있는 귀신은 왜장이 아니었던 겁니다."

수인이 의아해 쳐다보았다.

"성효. 분명 성효라고 했어요, 성효."

김응순이 죽기 전날 밤, 회한에 젖은 눈빛으로 중얼거린 이
름이었다.

'용주사에 가봐야겠네. 성효, 그 아이….'

골몰하듯 수인의 미간이 구겨졌다.

황석산성 전투는 수천 명의 군사와 백성들이 분투했지만, 5일 만에 결국 함락되고 말았다.

왜군들은 남녀노소 가리지 않고 백성들을 참살했다. 부녀자들은 왜군을 피해 절벽에 몸을 던져 목숨을 끊었고, 그로 인해 절벽은 시뻘건 피로 물들어 지금까지도 피바위로 불리고 있었다.

오늘은 황석산성 전투가 끝난 날이었다. 김응순의 팔이 잘렸고, 성효라는 자가 죽은 날일 것이다. 성효의 기일에 맞춰 용주사에 가겠다는 건 어떤 의미일까?

어느새 사위가 어두워진 것을 보고 수인은 서둘러 자리를 떴다.

채령은 그제야 다리에 힘이 풀려 휘청거렸다. 지켜보던 노미와 더미가 달려와 부축했다.


밤이 깊어서야 용주사에 도착했다. 적막한 경내를 서성이다 멀리 지장전에 불이 켜진 걸 발견했다.

지장전 안에는 한 중년 사내가 향을 피우고 망연자실 앉아 있었다. 다가가보니 윤치목이었다. 그는 향불 뒤에 놓인 위패를 아련하게 바라보았다.

"내 아들…. 내 아들이오."

그의 눈에 눈물이 차올랐다.

김응순은 사형 윤치목이 창의(倡義)[14]하자, 그의 의병에 합류했다. 윤치목은 의병들과 함께 함양으로 향했고, 황석산성을 지키고자 했다. 의병 사이에 성효도 있었다.

성효는 아버지를 아버지라 부르지 못하는 서자였다. 아비를 따라 의병에 합류했고, 황석산성까지 오게 되었다. 윤치목은 그런 성효가 대견하면서도 걱정되었다. 하지만 따뜻한 말 한마디 한 적 없었다. 조선의 법도가 그러했다.

윤치목은 전투가 벌어지기 전날 조용히 성효를 불렀다. 길을 빼줄 테니 은밀히 성을 빠져나가라 했다. 전투가 발발하면 목숨을 장담하기 어려웠다. 아비의 마지막 배려였다. 하지만 성효는 거부했다. 신체발부(身體髮膚) 수지부모(受之父母)라며, 아버지에게서 물려받은 몸으로 아버지와 함께하고 싶다 했다.

시간이 얼마 없었다. 조만간 왜군이 쳐들어올 것이다. 마음이 급한 윤치목은 고집을 부리는 성효의 뺨을 후려쳤다.

"서자인 네가 어찌 감히 아버지라 하는 것이냐!"

당황한 성효를 끌어내 암문[15] 밖으로 밀어냈다. 성효는 필사적으로 매달렸다. 아들의 절규에 마음이 수도 없이 흔들렸다. 성효와 함께 도망가고 싶었다. 나리가 아닌 아버지로 불리며 성효와 함께 평화로운 시절을 살아보고 싶었다. 그런 마음을

---

14  국난을 당했을 때, 나라를 위하여 의병을 일으킴.
15  성벽에 누각없이 만들어 놓은 문, 비상구로 사용하였음.

억누르며 겨우 아들을 성 밖으로 쫓아냈다.

다음 날, 왜군이 성을 완전히 에워싸고, 일시에 총공격을 해 왔다. 성 안의 백성과 군사들이 필사적으로 왜군을 막아냈지만, 전투는 갈수록 치열해졌다.

며칠 밤낮으로 이어진 전투에 점점 물자는 떨어졌고, 다들 지쳐갔다. 늦은 밤, 왜군들이 방패를 들고 절벽을 기어올랐다. 성 위에서 활을 쏘고, 돌을 던졌지만 방패에 막혀 공격은 무력할 수밖에 없었다.

성으로 올라오는 적을 끊임없이 베었지만, 결국 한 곳이 뚫렸고, 그리로 봇물 터지듯 쏟아져 올라왔다.

이젠 틀렸다 싶었던 김응순은 망루에서 돌아서다 그만 어린 병사와 부딪쳤다. 병사는 성 밖으로 떨어지던 아슬아슬한 순간 그의 손목을 붙들었다.

김응순은 어떻게든 어린 병사를 끌어올리려 했다. 하지만 바로 옆에서 왜군들이 사다리를 타고 올라오고 있었다. 또 다른 옆에선 왜군들이 연신 조선군을 베었다. 극심한 공포에 도망가야 한단 생각밖에 들지 않았다.

어린 병사의 손을 뿌리치는데, 그럴수록 더 세게 부여잡았다. 병사는 살려달라 애원했다. 두려움에 잠식당한 김응순은 가진 칼로 어린 병사의 손목을 내려쳤다. 성 밖으로 떨어진 어린 병사가 어찌 되었는지 몰랐다. 그저 몸이 가뿐해져 도망쳤다. 그러다 왜군과 마주쳤고, 왜군이 내리친 칼을 막으려 오른

손을 들었다가 잘리고 말았다.

그러니까 김응순이 벤 것은 왜장의 손이 아니라, 같은 조선군의 손이었다. 그리고 그 조선군이 바로 성효였다.

윤치목은 싸우던 중, 성효를 보았다. 자기 뜻을 거역하고 성에 다시 들어온 아들에게 화가 났다. 왜군과 싸우면서도 아들에게로 향하다 그의 죽음을 목격했다. 자신이 잘못 본 줄 알았다. 자기 아들이 사형이라 따르던 사제에게 죽임을 당한 것이다. 성효야! 아들의 이름을 외쳐 불렀지만, 이미 망루에는 아무도 보이지 않았다.

전쟁이 끝나고, 성효의 기일이 되면 김응순을 찾아갔다. 아들의 위패 앞에서 용서를 구하라 했지만, 그는 외면했다. 올해도 기일을 맞아 서찰을 보냈지만 답은 없었다.

여기저기서 김응순을 치하하는 소리가 들려왔다. 왜장을 죽이기 위해 자신의 손까지 잘랐다는 무용담이 도성 안에 파다했고, 사람들은 왜장을 잘 죽였다며 김응순을 칭송했다.

잘 죽였다는 사람이 자기 아들이라니! 윤치목은 화를 냈다. 그럴 때면 사람들은 사제를 시기 질투한다며 그를 비난했다. 자신에게 쏟아지는 비난은 아무렇지 않았다. 다만 성효의 죽음이 하찮게 여겨지는 것은 참을 수 없었다. 그래서 김응순을 찾아가 따져들었다.

"언제까지 이렇게 가만히 있을 참인가!"

"해서 어찌하란 말입니까?"

"언제까지 비겁하게 내 아들의 죽음을 이용할 텐가!"

"비겁… 이라고요? 한 번도 아버지라 부르지 못하게 한 자식입니다. 이제 와 그게 미안해 제 탓을 하고 싶은 겁니다. 사형도 비겁하긴 마찬가지 아닙니까!"

윤치목은 결국 참지 못하고 벽에 걸린 칼을 뽑아 김응순을 베었다.


수인은 마음이 착잡해졌다. 통증에 괴로워하던 김응순의 얼굴이 아른거렸다.

"망자가 잘린 손이 아프다고 고통스러워한 것은 알고 있었소?"

윤치목은 그것까지는 모르는지 수인을 빤히 쳐다봤다.

"지금까지 잘려 없어진 손이 아프다고 괴로워했소. 매일 손이 잘리는 통증을 느끼며 살았고, 그 잘린 팔 끝에 성효가 매달려 있다고, 괴로워하면서 살았소."

윤치목은 한동안 말을 잇지 못했다. 그러다 조심스럽게 물었다.

"얼마나 아프면 되는 것이오?"

수인이 무슨 뜻인지 몰라 윤치목을 넌지시 쳐다봤다.

"얼마나 아프면, 볼 수 있는 것이오? 팔이 잘리고, 찢기는 통증이어도 좋으니, 성효가 아버지라고 부르며 내 손 한 번만 잡아주었으면 좋겠소."

수인은 자신이 지은 죄에 대한 후회와 반성보다 죽은 아들에 대한 그리움만 드러내는 윤치목을 감히 비난하지 못했다.

윤치목을 옥에 집어넣고 포도청을 나서며, 수인은 자신의 빈손을 바라봤다. 가흔의 손길을 기억하려 애써봤지만, 그 감촉이 아득하기만 했다.

전쟁 중에 가흔은 왜장의 칼에 베여 낭떠러지에서 떨어졌다. 달려가 겨우 붙잡았지만 결국 손을 놓치고 말았다. 가흔은 시커먼 강물 속으로 사라졌다.

가흔의 손이 제 손에서 빠져나가는 느낌이 아직도 생생했다. 그날 모든 것이 수인에게서 빠져나갔다. 지키고자 했던 세계가 모조리 무너졌다. 움켜잡았던 소중한 것이 사라지고 허공만 쥐게 될 때 느끼는 상실감은 가슴이 부서지는 고통이었다.

제대로 움켜잡았더라면…. 그런 후회를 수인은 숨을 쉬듯 했었다.

이른 새벽, 양씨는 출상 준비를 하느라 분주했다.

"정범을 알고 있었소."

놀라 돌아보니 수인이 서 있었다. 망설이던 양씨가 입을 열었다.

김웅순은 잘려 없어진 손이 아프다고, 온 집안 식구들을 들들 볶았다, 잘린 손끝에 죽은 이가 매달려 있다고 했다. 죽은 이를 떼어내겠다고 물건을 집어던졌고, 노비들을 죽은 이로 착각해 마구 때렸다.

집안에서 벌어지는 소란은 참을 수 있었다. 다만 궁에서도 그럴까 걱정이었다. 김응순이 미쳤다는 소리도, 귀신을 본다는 소리도 사람들이 알게 될까 두려웠다. 하루하루 피가 말랐다.

며칠 전, 윤치목의 서찰을 받더니 모든 걸 바로 잡겠다고 했다. 자신이 벤 건 왜장의 손이 아니라, 성효의 손이라고. 이제 모든 걸 내려놓겠다고.

양씨로서는 가문과 아들을 위해 어떻게든 막아야 했다. 아들에게 아비가 비겁자라는 멍에를 짊어지게 할 수 없었다. 김응순을 설득하기 위해 모진 말도 해보았지만 아무 소용없었다.

늦은 밤, 윤치목이 사랑방에 들어가는 걸 보았다. 분명 또 채근하기 위해 왔을 것이다. 마음이 복잡해 외면해버렸다.

새벽에 사랑방 문을 여니, 김응순이 손에 칼을 쥐고 죽어 있었다. 알지 못할 안도감이 밀려왔다. 이제 남편은 영원히 충절의 상징으로 기억될 것이었다.

양씨는 이해를 구하듯 수인을 바라보았다. 수인은 그런 양씨의 시선을 외면하고 자리를 피했다.

집을 나서다 김응순의 유품을 정리하는 노복을 발견하고 다가갔다.

노복은 서책과 글을 태우려 불을 피웠다. 수인이 다가가 책 하나를 들어 넘겨보았다. 김응순의 일기였다. 그리고 일기는 괴로움의 기록이었다.

나는 나를 잘 모르고 살았다. 평화로운 시절에는 사내대장부로서 불의에 맞서고, 대의를 위해 싸울 것을 추호도 의심하지 않았다. 전쟁을 겪으며, 나는 내가 누군지 알게 되었다. 사내대장부도 아니고, 내 목숨보다 중요한 대의도 없었다. 전쟁만 아니었다면, 나는 내가 비겁한 줄 몰랐을 것이다. 전쟁을 겪으며 극한 상황에 놓이다 보니, 내가 하는 선택들이 모두 비겁한 것이었다.

김응순을 옹호하고 싶은 마음은 없었다. 참혹한 7년 전쟁을 겪고 나서 수인은 '비겁'이란 말을 함부로 사용하지 않았다. 부디 그가 지금 있는 곳에선 잘린 손을 찾아 약을 바르고 치료해 더는 아프지 않기를 바랄 뿐이었다.

무심코 남은 일기장을 넘기던 수인은 종이 한 장을 발견했다. 수인의 얼굴이 놀라움으로 물들었다. 견귀방이다. 김응순도 견귀방을 알고 있었다!

혼란스러웠다. 어찌 별당아씨와 김응순, 두 사람 모두 견귀방을 갖고 있던 것일까.

이 궁금증을 해결해줄 사람은 한 명뿐이었다. 수인은 다급하게 무녀의 집으로 달려갔다. 하지만 이미 집은 텅 빈 상태였다.

그렇다고 가만있을 수만은 없었다. 한성의 약방을 돌며 견귀방에 관해 수소문했다. 의원들마다 모두 허무맹랑한 약방문이라 할 뿐, 아는 이가 없었다.

실망한 수인이 한 약방을 나서다 들어오던 노인과 부딪쳤다. 노인을 알아본 수인이 고개 숙여 인사했다.

"수의(首醫)[16] 영감 아니십니까?"

주저하던 수의가 되물었다.

"나를 아시오?"

"예, 전에 궐에서 뵌 적이 있습니다."

수인은 인사를 하고 돌아나가려다 걸음을 멈췄다. 그리고 수의에게 다가가 종이를 건넸다.

"혹 이 약방문에 대해 아십니까?"

명의로 소문이 자자한 수의였다. 수인은 조금은 기대에 찬 눈으로 그를 바라봤다.

"모르는 것이오. 전혀."

단호한 대답에 수인은 짧게 한숨을 내쉬곤 약방을 떠났다. 자신이 보이지 않을 때까지 수의가 지켜보고 있었다는 것도 모른 채.


며칠이 지나고 한 의원이 수인을 불렀다.

"나리께서 말씀하신 약방문은 잘 모르겠고요, 그 약방문에 나온 석창포, 귀구를 다량으로 산 자가 있었습니다요."

의원은 조심스럽게 주위를 살피더니 귀에 대고 속삭였다.

---

16  내의원 소속 어의 가운데 최고 책임 의원. 내의원의 수장이다.

수인의 얼굴이 대번에 일그러졌다. 두 약재를 다량으로 산 자는 바로 수의였다.

수인은 이내 고개를 흔들었다. 물론 그게 수의가 견귀방을 처방했다는 증좌가 될 수는 없다. 이미 견귀방을 모른다는 것을 그의 입으로 확인도 했다. 다만, 그가 거짓말을 한 것이라면? 왜 거짓말을 한 것일까? 그것이 궁금할 뿐이다. 견귀방이란 허황된 약방문을 추적하는 것이 아니라, 수의가 왜 거짓말을 한 것인지, 수의가 무슨 짓을 하는 것인지, 도성의 치안을 담당하는 자로서 책임을 다하고자 하는 것이다.

갑자기 온몸에 피가 도는 것만 같았다. 마음이 급해졌다.

그런 수인의 마음을 꿰뚫은 강재가 물었다.

"견귀방…. 그걸 통해서 장군은 누굴 보고 싶으십니까?"

수인은 아무 말도 못 했다. 그저 숨기고 싶은 걸 들춰내는 강재를 야속하게 바라보기만 했다.

# 수의

지독한 악몽을 꾸었는지, 임금은 단말마 같은 비명과 함께 잠에서 깼다.

꿈에서 느꼈던 생생한 공포가 가시지 않아 가쁜 숨을 내쉬며, 불안하게 두리번거렸다.

마치 허공과 눈싸움을 하듯, 허공을 굴복시키려는 듯, 임금은 눈을 부릅떴다.

"전하, 수의 입시이옵나이다."

임금은 허공에서 시선을 돌려 들어오는 수의를 쳐다봤다. 마음에 들지 않는다는 표정이 역력했다.

수의는 그런 임금의 시선에 아랑곳하지 않았다. 하루이틀 그런 게 아닌 듯, 묵묵히 준비해 온 약을 건넸다.

임금은 수의가 건네는 환약을 노려만 볼 뿐, 입에 넣지 않았다.

수의가 고개를 주억거리자, 자신을 재촉하는 것 같아 그것도 못마땅했다. 참을 수 없는 신경증을 겨우 누르고 약을 받아 입에 넣었다. 잘 넘어가지 않는 약을 몇 번에 걸쳐 겨우 삼키고 수의를 채근했다.

"어찌 내 병은 차도가 없는 것인가?"

수의가 선뜻 입을 열지 못하자 목소리에 감정이 섞였다.

"의료는 제대로 하는 것인가?"

"전하, 소신의 의료가 부족하시옵나이까?"

임금은 수의를 노려봤다. 몸은 무겁고, 편히 잠을 이루지 못했다. 울화가 치밀고, 갑자기 엄습하는 불안 때문에 미치겠다. 이런 기분에서 벗어나고 싶을 뿐이었다.

"수의가 제대로 의료했다면, 내 잠자리가 여태 괴롭지 않아야 하는 게 아닌가?"

몸이 불편한 것이 모두 다 수의 탓인 것만 같았다. 과연 명의라고 할 수 있는지, 의심이 들었다. 임금의 기색을 살피던 수의가 조심스럽게 입을 열었다.

"전하께서는 허로(虛勞)[17]가 장기간 지속되어 옥체가 상하셨기에 그것을 보하는 탕약을 쓰고 있나이다. 만약 허로를 방치해 다스리지 못한다면…"

걸리는 것이 있는 듯 수의가 말을 잇지 못하자, 임금이 버럭 물었다.

---

17  오장육부의 기가 누적 손상되어 쇠약해지는 만성 질환을 가리키는 한의학 용어.

“그렇다면?”

“사수에 노출이 될 수 있나이다.”

“사수라면? 헛것을 보는 것이 아닌가?”

“예, 그러하옵나이다.”

“지금 짐이… 저자에서나 떠드는 그 귀물(鬼物)을 볼 수 있단 소린가?”

“그런 것이 아니오라…. 허로를 달래기 위해선 마음 또한 함께 다스려야 하옵나이다. 어심에 담아두셨던 것을 풀어내는 것 또한 의료의 과정이오니, 전하께서 어심에 품고….”

수의의 말이 끝나기도 전에 임금이 소리쳤다.

“짐은 조선의 왕이다! 마음에 담아두고 망설일 것이 없단 말이다!”

수의는 고개를 더욱 납작 조아렸다. 자신을 낮춰 복종하는 모습을 보임으로써 임금의 화를 키우려 하지 않는 것이었다.

임금은 그런 수의의 계산된 몸짓 또한 못마땅했다. 수의를 내치듯 돌아앉아 버렸다.

수의는 더는 임금의 심기를 건드리지 않기 위해 뒷걸음질 쳐 내전을 나왔다.

내전에서 나온 수의는 긴 한숨을 잘게 나누듯 오래 내쉬었다.

아직 불이 꺼지지 않은 내전을 돌아보았다.

임금을 걱정하는 것인지, 고생스러운 피란길을 따르며 임금의 옥체를 물심양면으로 챙겼던 자신을 무안하게 대하는 게 노여운 것인지, 표정만으론 알 수 없었다.

수의는 용천 부사를 지낸 무관의 서자였다. 이십 대에 부제학 부부의 병을 고쳐 명성이 자자해졌다.

서른에 어의가 되어 임금의 신임을 받았고, 왕자의 병까지 고쳤다. 전쟁이 끝난 후, 내의원 최고 책임자인 수의가 되었고, 임금의 피란길을 따른 공을 인정받아 얼마 전엔 호성공신이 되어 양평군에 봉작되었다.

수인이 조사한 바에 의하면, 수의는 의원으로서 부족함 없는 삶을 살았다.

"어찌 그에게 이리 집착하신단 말입니까?"

왜인지 강재는 수의를 조사하는 게 싫은 모양이었다.

수인은 담담하게 말했다.

그가 허무맹랑한 약방문을 만들어 백성들을 혼란에 빠뜨리고 있다. 그럼으로써 얻고자 하는 게 무엇인지 밝혀야 한다. 그것이 포도청 종사관인 자신의 소임이다.

잠시 수인을 묵묵히 바라보던 강재가 물었다.

"정녕 그것뿐입니까?"

잠깐 수인의 눈빛이 흔들렸다. 수인은 속내를 들키지 않으려는 듯 고개를 돌렸다.

"거짓입니다. 장군께선 수의가 도모하는 것이 궁금한 것이 아니라, 견귀방이 실제 효험이 있는지 궁금한 겁니다."

수인은 불쾌해졌다. 상관인 자신의 마음을 미루어 짐작하고,

그것이 마치 옳다고 재단하는 강재가 노여웠다. 더는 자신을 수행하지 말라. 당분간 홀로 움직이겠다. 수인은 그 말을 남기고 자리를 피했다.

홀로 남겨진 강재는 자신의 마음을 몰라주는 수인을 서운하게 바라보았다.


수의의 집이 있는 명례방[18]을 돌며 조사했다. 수의에다 명의니 소문을 듣고 찾아오는 병자들이 종종 있었지만, 절대 수의의 집 대문은 열리지 않았다.

이웃들 증언에 수인은 의문이 들었다. 수의가 병자들을 외면한다는 것인가. 혹시 병자들이 가난해 약값을 내지 못할까 봐 받아주지 않는 것인가. 하지만 금은보화를 싸 들고 와도 똑같다고 했다. 심지어 고관대작도 들어가는 걸 본 적이 없다는 것이다.

수인으로서는 도무지 수의의 행태가 이해되지 않았다. 오롯이 자신의 시간을 방해받고 싶지 않아 그렇다면, 그 시간에 몰두하고 싶은 것이 있는가. 의문만 꼬리에 꼬리를 물었다.

"간혹 대문이 열리기도 합니다요."

철옹성 같은 수의의 대문을 여는 자가 있다고?

"그자가 누군가?"

---

18  현재 충무로, 회현동, 명동, 남산동 일대.

“그것을 모르겠습니다.”

무엇을 모른다는 것인지 대답이 애매했다.

“다만 수의 댁 대문이 열리고, 병자가 들어가면… 이상한 소리가 들립니다요.”

수인이 저도 모르게 꿀꺽 침을 삼켰다. 소리….

“울음소리가 들려요. 비명을 지르기도 하고…. 그 소릴 들으면 등골이 아주 오싹하지요.”


어느새 어둠이 내려앉았다. 수인은 멀찌감치 떨어져 수의의 집 대문을 지켜보았다. 언제 누구에게 열릴지 알 수 없는 저 문을 언제까지고 지켜볼 수는 없었다.

돌아서려는데, 한 비렁뱅이 사내가 대문 앞에서 서성였다. 심지어 수의의 집 대문을 요란하게 두드렸다. 저런 망발을 수도 없이 겪을 수의를 생각하니, 오히려 측은지심이 일었다.

둘러보니 근처에 순라군은 보이지 않았다.

그나저나 이만하면 돌아갈 법도 한데, 그는 도통 자리를 뜰 생각이 없어 보였다. 소란을 피우고 나선 굳게 닫힌 대문을 보기만 했다. 자신이라도 나서 처리할까 잠시 고민하는데, 사내의 손에서 빛이 번쩍였다.

작은 칼이었다. 사내가 손에 쥔 칼날이 달빛에 반사돼 번쩍인 것이었다. 그 칼로 자신의 목을 찌르려는 것 같았다. 수인이 냅다 뛰었다. 부들부들 떨며 망설이는 틈에 팔목을 쳐 칼을 손에서 털어트렸다. 수인이 발로 차 칼을 멀찍이 걷어냈다.

추포하려 하자 사내는 허공을 보며 발악했다.

"나한테만 왜 그래? 내가 죽였어? 나만 그랬냐고? 너희들 그렇게 만든 것, 내가 한 거 아니야!"

발악하던 사내는 갑자기 수인을 붙잡고 애걸복걸했다.

"나리, 저 좀 살려주십쇼. 제발 살려주십쇼."

이런 미친놈을 보았나! 중얼거리는 틈에 사내는 어느새 문으로 달려들어 마구 두드렸다.

"수의 영감, 잘못했습니다. 제발 저 좀 살려주십쇼. 영감!"

그제야 순라군들이 몰려왔다. 종사관 수인을 알아보고 다들 넙죽 고개를 숙였다.

수인은 그를 어떻게 처리할지 간단히 지시를 내렸다.

"자진할지 모르니 진정될 때까지 데리고 있다 풀어주게."

순라군이 사내의 양팔을 붙잡고 자리를 떴다.

홀로 남겨진 수인은 수의에 대한 호기심이 더욱 부풀어 오르는 걸 느꼈다.


늦은 밤이 되어서야 포도청에 복귀했다.

분주하게 순라군을 이끌고 나서던 포교를 수인이 잡아 세웠다. 수의의 집 앞에서 소란을 피운 자를 어찌했는지 물었다.

"이름이 평순데, 어찌나 소란을 피우던지요. 수의 영감이 준 약을 먹었는데도 왜 귀신이 보이느냐고…. 말도 안 되는 소리를 떠들어대는데, 애 좀 먹었습니다."

또 귀신을 보는 자다!

수인은 마음이 급해 물었다.

"그자는 지금 어딨나?"

"진정되면 풀어주라 하셔서…."

평수가 기거하는 데가 어딘지 물었지만, 비렁뱅이가 사는 곳을 포교가 관심을 가졌을 리 만무했다. 게다가 전쟁 중에 상관을 살해하고 도망친 수배범이 한성에 출몰해 형조에서 대대적인 수색 명령까지 떨어진 터였다.


수인은 형조판서 박홍채 대감의 호출을 받고 대면 중이었다. 오랜만에 만난 박대감에게 공손히 절을 올렸다.

환갑을 바라보는 나이지만, 꼿꼿한 자세와 번쩍이는 안광은 젊은 사람 못지않은 기운을 발산했다. 인자한 얼굴이지만, 눈매는 날카로웠다.

어린 시절 아버지가 돌아가시고, 부친의 죽마고우인 박대감이 수인의 후견인이 되어주었다. 그의 도움으로 공부도 할 수 있었고, 출사 또한 가능했다. 전쟁 중에 껄끄러웠던 적도 있었지만, 위험에 빠진 수인을 도와줬던 것도 그였다. 어찌되었건 수인에게는 은인이었다.

"자네에게 부탁할 것이 있어 불렀네."

박대감은 종이 하나를 건넸다.

"내의원 도제조이신 영상대감께서 주신 걸세."

종이에는 몇 개의 약재들이 적혀 있었다. 약재를 짚어가며 보던 수인은 갑자기 표정이 굳어졌다. 이건 견귀방에 적혀 있던 약재들이었다. 이것이 어찌…?

수인이 의아한 눈길로 박대감을 보았다.

"왜 그런가?"

"이것이 무엇입니까?"

"수의가 전하께 올리는 약방문일세."

수인은 내심 적잖이 놀랐다. 수의가 임금께 귀신을 보게 한다는 거였다. 도대체 수의는 무엇을 도모하는 것인지 의문만 쌓여갔다.

"거기 나온 약재들에 대해 알아보았네. 다행히 전하의 옥체에 해를 끼치진 않네."

"헌데 무엇이 걱정이십니까?"

"그 약방문의 의도를 모르겠네."

자신이나 박대감의 고민은 비슷했다. 수의의 의도를 알 수 없다는 것이다. 한편으로 수인은 박대감의 심중을 헤아리는 것도 어려웠다. 그는 무엇을 더 알고 싶은 것인가!

"허로가 장기간 지속되어 내린 처방이라고 하는데, 그동안 양혈사물탕을 써왔네. 갑자기 약방문을 바꾼 것도 이상하단 말이지."

수인이 조심스럽게 입을 열었다.

"수의를 의심하시는 겁니까?"

박대감은 대답을 피하고 차를 한 모금 마셨다.

"전하의 옥체를 살피는 수의가 혹여 불충한 마음이라도 먹게 되면, 조선은 또 어떤 혼란에 빠질지 모르네. 그런 일은 막아야 하지 않겠나."

수인은 그제야 알 것 같았다. 박대감이 모시는 영상은 영창대군을 옹립하려 하고 있었다. 어린 대군이 장성할 때까지 전하의 옥체가 강녕해야만 한다. 그러니 수의의 처방에 신경이 곤두서는 것 또한 당연했다.

박대감을 이해할 순 있지만, 수인으로선 그들의 정치 싸움에 끼고 싶진 않았다.

다만 궁금했다. 수의는 왜 전하께 견귀방을 처방하는 것일까. 전하께 귀물을 보게 해서 얻고자 하는 것이 무엇일까. 그러고 보니 문후를 올릴 때, 전하의 모습이 이상하지 않았던가. 허공을 보며 마치 보이지 않는 누군가와 이야기를 하는 것 같았다. 그렇다면 그것이 다 수의의 약방문 때문이란 말인가.

"허니, 자네가 수의를 살펴봐야겠네. 그리해 약방문의 의도를 알아내게."

수인은 수의를 조사하는 데 제약이 많아 답답했었다. 하지만 박대감이 포도청을 통해 제약을 풀어준다면 얘기가 달라진다.

수인은 마음이 급했지만 박대감에게 조금도 내색하지 않았다. 견귀방에 대해서도 모르는 척했다. 조급한 마음을 들키지 않으려 애써 침착하게 인사를 올리고 집을 나섰다.

대문 앞에 강재가 기다리고 있었다. 걱정스러운 얼굴로 그가 다가오자 수인은 내심 반가웠다.

"무슨 일입니까? 형판 대감께서 또 무슨 일이지 말입니까?"

강재와 언쟁을 하고 나서 껄끄러웠는데, 이렇게 은근슬쩍 넘어가는 게 수인으로선 고마웠다.

"수의가 전하께 견귀방을 처방하고 있었어."

강재가 놀라 쳐다보았다. 수인의 미간이 좁아들었다. 몰입할 대상을 발견했을 때 나오는 특유의 표정이란 걸 강재는 너무나 잘 알았다. 수인은 견귀방에 꽂혀 박대감의 명을 충실히 따를 것이고, 자신이 만류한다 해도 뜻을 거두지 않을 것이다. 그래서 불안했다.


수인은 단걸음에 명례방으로 달려갔다. 멍석까지 깔아준 마당에 거리낄 것이 없었다.

인적이 끊기자 인경[19] 소리가 들려왔다.

슬며시 대문이 열리고, 수의가 나왔다.

멀리서 지켜보던 수인과 강재가 그의 뒤를 밟았다. 수의는 순라군을 피해 청계천으로 향했다. 수표교를 지나 냄새나고, 더러운 골목골목을 거쳐 황급히 어딘가로 향했다.

---

**19** 야간 통행금지를 알리기 위해 매일 저녁 2경(二更)에 치던 종.

천변에는 비렁뱅이들이 사는 움막들이 즐비했다. 그 앞을 지나던 수의가 갑자기 한 움막 안으로 들어섰다. 뒤쫓던 둘이 멀찌감치서 지켜보았다. 일각(15분)이 지나고, 이각(30분)이 다 되도록 수의는 나오지 않았다.

그제야 수인과 강재는 움막 안으로 뛰어 들어갔다. 수의는 온데간데없었다. 움막 안에 천변으로 나 있는 문을 발견하고 수의를 놓친 것을 알아차렸다.

미행을 떼어낸 수의는 효경교 근처에 다다라서야 걸음을 멈추었다.

금방이라도 무너져 내릴 것 같은 움막 앞에 서더니, 주위를 한 번 살피곤 냉큼 안으로 들어갔다. 움막에는 한 사내가 이불을 뒤집어쓰고 두려움에 떨고 있었다.

수의가 다가가 이불을 걷어내자, 사내는 수의를 알아보고 애걸복걸했다.

"영감, 왜 이제야 오십니까? 제가 얼마나 기다렸는뎁쇼. 제가 왜 이럽니까? 영감께서 주신 약을 먹었는데도, 그자들이 보입니다."

사내는 바로 수의의 집 앞에서 행패를 부렸던 평수였다. 평수는 허공을 두리번대며 두려움에 떨고 있었다.

"저자들, 저를 죽일 듯이 노려봅니다. 저 때문에 죽었다고, 제가 죽인 거라고…. 코가 잘리고 귀가 잘린 것이 제 탓이라고. 왜 제 탓을 하는 건지 모르겠습니다, 비겁하게. 영감께서 그러셨잖습니까. 누구나 살기 위해 어쩔 수 없는 선택을 했다고. 그렇게 해서 살아남은 거라고. 너무 자책하지 말라고…."

수의는 횡설수설하는 평수를 그저 냉정하게 쳐다보았다. 그리고 손수건에 싸인 마른 잎 하나를 평수에게 내밀었다.

"자네, 이거 본 적이 있나?"

평수는 수의에게 집중하지 못하고 연신 두리번대다 눈앞의 마른 잎을 보더니 갑자기 발작하기 시작했다.

"말해보게. 이것이 뭔가? 조선에서 나지 않는 이 약초가 뭔지 말해보게!"

평수가 떨리는 목소리로 말했다.

"구척장신, 푸른 눈의 괴물이 갖고 온 겁니다! 그 괴물이 왜장에게 이것의 연기를 맡게 해주면 왜장은 귀신에 씌어 용맹해지고, 잔악해졌습죠. 그리고 사정없이, 야차같이 하나, 둘, 열 조선인을 베었죠. 그 괴물이 갖고 있던 겁니다. 헌데 이게 어찌 수의 영감한테?"

무심한 표정이던 수의의 얼굴에 황망함이 스쳤다.

"혹 조선인 중에 이 약초에 대해 알고 있는 자가 있는가?"

"이걸 아는 자라면, 아무래도 순왜(順倭)[20]겠지요."

"순왜? 그들을 어디에서 만날 수 있나?"

"순왜를 어찌 만나려 하십니까? 버러지만도 못한 새끼들, 그

---

<sub>20</sub> 임진왜란 당시, 일본군에 협력한 조선인.

들이 어찌 자신을 드러내겠습니까? 어둠 속에서 기어 살아야 할 것들이."

갑자기 평수가 부들부들 떨었다. 증상이 도지는지 수의를 붙잡고 애원했다. 살려달라고, 달려드는 귀신들을 물리쳐달라고.

수의는 다른 질문을 이어갔다.

"자네 전에 내게 보여줬던 것 있지 않나? 그걸 내게 주게."

평수는 자신의 괴로움을 외면하는 수의가 서운했다. 하지만 수의에게 전적으로 의지하는 처지라 서운함을 토로하지도 못했다. 평수는 바닥에 나 있는 나무 문을 열더니, 그 안에서 말린 족자를 꺼냈다.

족자를 받아든 수의가 그걸 펼쳐보았다. 점점 그의 얼굴이 굳어졌다.

눈치를 살피던 평수가 수의에게 요구했다. 자신이 내어준 것이 있으니 그에 대한 합당한 대가를 바라듯.

"어서 주십시오. 저것들을 물리칠 수 있는 그 영약을 제게 주십시오."


몇 날 며칠 밤을 지새우다시피 했다. 수인은 단 하루도 깊은 잠에 들지 못했다. 설핏 든 잠과 각성 사이를 수시로 오갔다. 온전치 못한 가흔이 나오는 악몽이라도 꾸게 되면, 몸과 마음이 무너질 것만 같아 잠들기도 두려웠다.

몽롱한 정신으로 수인은 포도청으로 향했다. 등청한 사실을 보고한 후 슬며시 나와 수의를 감시할 계획이었다. 하지만 민종사관이 막아섰다. 자진한 자가 있으니 현장에 나가보라며 떠맡겼다.

분명 박대감이 포도청에 말해두겠다 했다. 민종사관도 알고 있지만 모르는 척하는 것이다.

강재는 수인에게 일을 떠맡기는 민종사관이 얄미워 흘겼다. 수인은 난감했지만 현장으로 나갈 수밖에 없었다.

어느 한 움막 앞에 금줄이 쳐 있었다. 수인과 강재가 금줄을 걷어 올리고, 움막 안으로 들어갔다. 움막 한가운데 거적이 덮인 시신이 그대로 있었다. 이미 시신은 부패가 진행돼 시취(屍臭)가 지독했다.

수인과 강재는 다른 동선으로 움막 안을 살펴보았다. 망자는 목을 매 자진했다. 수인은 목을 맸을 만한 곳을 찾았다. 움막 천장을 가로지르는 부실해 보이는 대들보가 눈에 들어왔다. 굴러다니는 나무통을 밟고 올라가 살펴봤다. 대들보에는 먼지가 뽀얗게 내려앉아 있었다.

목을 매 자진했다면, 몸이 상당히 흔들렸을 것이다. 먼지가 어지럽게 흐트러져 있어야 하지만 대들보의 먼지 자국은 가지런했다. 목을 맨 시신이 아무 미동조차 하지 않은 것처럼.

"자진한 것이 아니야."

강재가 놀란 눈을 하고 수인을 쳐다보았다.

"이미 목을 매기 전에 죽었어."

"허면 살해당한 겁니까?"

수인은 고개를 끄덕였다. 그러다 강재 뒤편으로 뭔가를 발견하고 다가갔다.

강재도 수인의 시선이 닿는 곳을 바라보았다. 벽에 부적이 붙어 있었다. 낯이 익었다. 바로 채령이 그렸던, 별당아씨와 김응순에게서 발견됐던 그 부적이었다.

수인은 번득 떠올라 거적을 들춰보았다. 망자의 얼굴을 확인하자 수인은 맥이 풀렸다. 수인이 찾아 헤맸던 평수였다. 그에게 견귀방에 대해 들을 말이 있었건만. 실망이 컸다.

"수의와 무녀는 도대체 무슨 관계란 말입니까?"

수인도 알고 싶었다. 아무튼 두 사람이 일을 함께 도모하는 것만은 틀림없었다.

"자진이 아니라면요… 누가 비렁뱅이를 굳이 자진한 것처럼 위장해 살해한단 말입니까?"

수인은 대답하지 않았다. 대답하게 되면, 수의가 은밀히 도모하는 일을 숨기기 위해 망자를 자진한 것처럼 위장해 살해했다는 것과 정범이 수의와 관계된 자인지 모른다는 말까지 해야 했다. 왠지 수인은 그 말만은 입 밖으로 꺼내고 싶지 않았다.

하지만 늦은 밤에 망자의 집으로 들어가는 양반을 목격했다는 목격자 진술까지 들어야 했고, 그로 인해 수인의 마음은 한없이 무거워졌다.

어둠 속을 밟아 수인이 수의의 집으로 숨어들었다.

행랑채를 지나 사랑채에 있는 서재로 향했다. 들창을 통해 안을 들여다보았다. 널찍한 곳간을 개조해 만든 공간에는 갖은 약재와 서책들이 가득 차 있었다. 그 가운데 수의는 촛불을 켜 놓고 집필에 몰두해 있었다.

시간이 꽤 흘렀고, 이제 곧 인경이 칠 것이다.

유의미한 변화가 없자 철수를 고민하려는데, 서재로 한 남자가 들어섰다.

그제야 수의는 집필을 멈추고 남자를 바라보았다.

그는 얼마나 흥분했는지 가만있지 못하고 연신 서재를 서성였다.

"이리 지체할 시각이 없습니다. 부상병이 모두 의원을 기다리고 있습니다."

전쟁이 끝난 지 십여 년이 지났다. 수인은 부상병이 있다는 말이 선뜻 이해가 안 갔다.

"부상병을 모두 치료하고 나면, 막강한 군대가 될 겁니다. 아무에게도 밀리지 않는 최강의 군대지요."

남자의 말이 수상했다. 상처를 입은 수많은 군사, 막강한 군대, 최강의 군대라니…. 그의 말이 다분히 위험하게 들렸다.

수인은 당황스런 눈길로 서재 안의 상황을 더욱 유심히 살펴보았다. 그리고 남자의 얼굴을 확인하고 나서 수인은 그자가 한 말이 비로소 이해가 되었다. 남자는 바로 수배 중인 이상각이었다. 2차 진주성 전투 중 상관을 살해하고 도주한 수배범 이상각. 함께 지켜보던 강재도 그를 알아보았다.

"장군, 역도지 말입니다. 수의가 역도와 내통하고 있습니다!"

강재는 당장 포도청에 알려야 한다고, 박대감을 찾아가 수의의 수상한 행적을 고하라고 재촉했다. 수인은 망설였다. 증거가 터무니없이 부족하단 핑계를 대며…. 그때 그만 벽에 걸린 소쿠리를 건드려 바닥에 떨어트리고 말았다.

수의가 소리를 듣고 서재 밖으로 뛰쳐나왔다. 들창이 있는 서재 뒤쪽으로 향했다. 점점 다가오자 수인은 당황했다. 수의가 모퉁이만 돌면 발각되고 말 것이다.

수의가 천천히 사냥감을 몰 듯 다가왔고, 드디어 모퉁이를 돌았다. 그러나 아무도 없었다. 이미 행랑채로 피한 뒤였다.

정작 황당한 일은 피신한 행랑채에서 벌어졌다. 수인은 행랑채 담벼락 아래 앉아 남령초를 입에 물고 있는 여자를 발견했다. 들킬세라 얼른 몸을 숨겼다. 여자가 자리를 뜰 때까지 기다리는데, 얼굴이 낯이 익었다. 채령이었다!

담배를 다 피운 채령은 일어나 행랑방으로 들어갔다.

채령이 들어오자 노미와 더미가 그녀를 끌어다 앉혔다. 이렇게 옴짝달싹 못 한 채 아무것도 못 하느니, 차라리 한성을 떠나자고 졸랐다.

"싫어! 난 절대 한성 안 떠나."

노미가 설득하고 나섰지만, 채령은 확고부동이었다.

"한성에서 찾아야 할 사람이 있어. 그 사람 찾기 전엔 못 떠나."

순간 더미는 슬픈 눈으로 채령을 바라보았다. 채령은 더미가 울기라도 할까 봐 얼른 화제를 돌렸다. 일단 입술 끝을 요상하게 올렸다.

더미와 노미는 침을 꿀꺽 삼키며 그녀의 입이 열리길 기다렸다. 그녀의 입술 끝이 움직이기 시작하면 누구라도 그녀의 혀끝에서 곤죽이 된다는 걸 알았다. 오늘 그 조롱의 대상은 종사관 수인이었다.

포도청 종사관이 자기를 괴롭히고, 그걸 또 즐기는 것 같았는데, 자기 집에 갔다가 없어진 것 알고 얼마나 안타까워할지, 그 꼴을 못 보는 게 아쉽다고 과장해 웃었다.

그때 방문이 벌컥 열렸다. 소리 난 쪽으로 고개를 돌리던 세 사람은 입을 쩍 벌린 채 넋을 잃은 얼굴들이었다. 수인과 강재가 방문을 밀고 들어왔고, 생시인지 꿈인지 몰라 셋은 그저 눈만 껌뻑였다.

수인은 그들에게 조용하란 듯 입에 검지를 대고, 문틈으로 밖을 살폈다. 수의가 자신을 쫓아 오지 않은 것을 확인하고 나서야 수인은 안도했다.

안도하는 정도가 아니라 반색을 했다. 드디어 채령을 만났다. 수인은 채령이 반가웠고, 채령은 그런 수인이 부담스러웠다. 그를 피해 피신 왔건만 아무 소용이 없게 되어버렸다.

"수의에 대해 아는 것, 하나도 빠짐없이 말해야 할 것이다!"

수인이 눈을 반짝이며 채령을 노려보았다.

무술년(戊戌年:1598년), 왜군이 노량을 지나 왜로 건너가며 전쟁은 끝이 났다.

왜군이 물러가고, 그 자리를 한겨울 동장군(冬將軍)이 차지하고 있을 때, 채령은 한성에 당도했다.

황폐해진 한성에 부는 칼바람은 살을 에는 것만 같았다. 모든 것이 사라지고 부서진 터라 바람을 피할 곳도, 먹을 것도, 아무것도 없었다.

배를 곯는 것이 일상이던 어느 날, 채령은 한성 사람들이 무당집을 드나드는 것을 보게 되었다. 몸이 아파도 무당을 찾았고, 귀신이 보여도 무당을 찾았다. 죽은 이가 그리울 때도 무당을 찾았다. 한성에서 무당만 하루 한 끼라도 제대로 먹고 사는 것 같았다. 채령에게는 눈이 번쩍 뜨이는 발견이었다. 고민 끝에 채령은 무당이 되기로 했다.

무당이 하는 것을 지켜보니 어려울 것도 없었다. 귀신 때문에 찾아온 사람에게 두 가지를 해주면 되었다. 귀신이 보여 무섭다는 자에게는 귀신을 털어내는 부적을 주면 되었고, 귀신을 보게 해달라는 사람에게는 그들이 귀신에게 듣고 싶어 하는 말을 해주면 되었다.

남들을 속여 먹는 것이 양심에 찔리지 않느냐고 스스로에게 반문하기도 했지만, 사실 죄책감 같은 것도 느껴지지 않았다. 양심같은 건 이미 전쟁 중에 사라졌고, 절대적 가치는 생존이 되어버렸다. 그래서 양심 운운하는 것도 사치라 생각했다.

한성에서 용한 무당으로 자리를 잡아가던 어느 날, 한 노인이 찾아왔다. 죽은 자식이 보여 괴롭다는 노인에게 채령은 부적을 써주었다. 며칠 후, 노인은 다시 찾아와 부적이 소용없었다고 했다.

죽은 이가 배가 고파 구천을 떠돌고 있으니 굿을 해야 한다고 하자, 노인은 순순히 응했다. 노인에게 예상했던 것보다 많은 돈을 받았다. 잠깐 양심에 걸렸지만, 받은 돈만큼 최선을 다해 굿을 하기로 했다.

긴 시간 이어진 굿이 끝나고 돈을 챙겨 돌아서려는데, 노인이 채령의 앞을 막아섰다.

"내겐 전쟁 중에 죽은 자식이 없네."

채령은 함정에 빠졌단 생각에 도망치려 했으나, 노인은 포도청이든 한성부든 모두 동원해 반드시 잡아낼 것이라 협박했다. 그렇다고 채령은 한성을 떠날 수도 없었다. 난처해하는데 노인이 제안을 해왔다. 속인 것을 용서해줄 터이니, 자기 뜻을 따라주겠느냐 물었다.

이미 답은 정해져 있었다. 노인이 원하는 대로 할 수밖에 없었고, 그렇게 합의를 했다.

원하는 게 뭐냐고 묻자 노인은 뜻밖의 말을 했다.

"귀신을 보는 자, 견귀자(見鬼者)를 내게 데려오게."

이해할 수 없는 요구였지만, 그의 말을 들어야 했다. 귀신이 보여 괴롭다며 자신을 찾아오는 자들 중 몇을 노인에게 보고했다. 그렇게 알게 된 자가 별당아씨였고, 승지 김응순이었다. 별당아씨의 집 청지기가 귀신을 쫓기 위해 부적을 그려달라 했을 때, 그자의 뒤를 미행해 별당 아씨를 만났다.

별당아씨는 비가 오는 밤이면 동을비가 보인다 했고, 영원히 동을비를 보고 싶어 했다. 이런 사실을 노인에게 보고했다. 노인은 정성스럽게 환약을 만들어 먹으면 동을비를 볼 수 있다고, 환약을 만드는 법을 알려주었다. 그리고 며칠 후 다시 별당아씨를 찾아갔다.

아씨는 생기가 돌았다. 정말 동을비가 보인다고 기뻐했다. 아씨의 상태를 다시 보고하자, 노인이 직접 만나겠다고, 만남을 주선하게 했다. 하지만 노인과 만날 날을 며칠 앞두고 별당아씨는 자진해 성사되지 못했다.

승지 김응순도 그의 처, 양씨를 통해 알게 되었고, 역시 노인에게 보고했다. 그리고 며칠 후, 김응순이 노인을 찾아왔다. 두 사람 사이에 어떤 이야기가 오갔는지 채령은 모른다. 그리고 최근에 그 노인이 바로 수의 허준이라는 것을 알게 된 것이다.


채령은 그저 수의 허준이 시키는 대로 할 수밖에 없었다고, 가련한 척 말했다. 앞으로는 수인이 원하는 걸 다하겠다며, 포도청에 가는 일만은 없도록 해달라 애걸복걸했다.

수인은 마음이 무거웠다. 채령을 만나면 모든 게 명확해질 거라 기대했다. 하지만 더 혼란스럽기만 했다.

“혹 승지 김응순도 그 약을 먹었느냐?”

“예, 먹은 것으로 알고 있습니다.”

수인은 당분간 수의를 철저히 감시하라 지시했다. 그리고 자신에게 낱낱이 보고하라고.

수의의 집을 빠져나오면서 강재가 채령의 험담을 늘어놓았다. 믿을 만한 사람이 아니라며, 감시를 맡기는 게 맞는지 모르겠다 했다. 수인도 그녀를 신뢰하지 않았다. 그보다는 그녀에게 주기로 한 돈을 믿었다.

집으로 향하는데, 강재가 문득 수인의 발걸음을 멈추게 했다.

“헌데 말입니다, 장군! 견귀방… 귀신을 보게 하는 약방문이 아니었던 겁니다.”

수인이 무슨 말이냐는 듯 돌아보았다.

“무녀 말에 의하면, 견귀방을 처방받고 귀신을 본 것이 아니라, 이미 귀신을 보는 자에게 수의가 견귀방을 처방한 거지, 말입니다.”

수인은 강재의 말에 당황했다. 그러고 보니 일리가 있었다. 이미 귀신을 보는 자에게 귀신 보는 약을 처방해왔다는 건데…. 그렇다면 견귀방은 무엇을 위해 처방한다는 것인가!


수배범 이상각이 수의의 집에 숨어 있단 사실을 수인은 어디에도 알리지 않았다. 직무를 유기하는 결과를 초래할까 불안했던 강재는 망설이는 이유가 무엇인지 추궁했다.

수인은 명확한 이유를 밝히지 못했다. 일단 몸이 움직이지 않았다. 포도대장을 만나도 입이 떨어지지 않았다. 그저 좀 더 수의에 대해 알고 싶었다. 그러고 나서 대감에게 보고해도 늦지 않다고, 수인은 결론 내렸다.

수인과 만날 시간이 다가오자 초조해진 채령은 수의가 없는 틈을 타 서재로 들어갔다.

이것저것 뒤져봐도 득 될 게 뭔지 모르겠다. 그러다 약재 서랍에 보관된 족자 하나를 찾아냈다. 나오는 김에 구겨진 채 바닥에 굴러다니는 종이도 한 장 챙겼다.

"나리, 제가 수의 영감 서재에서 찾아낸 겁니다!"

채령이 족자를 건네며 괜스레 입술을 다셨다. 수인이 시원하게 좍 펼치는 걸 보며 기대했다. 족자 값으로 얼마나 주려나. 이왕이면 비싼 것이어야 하는데….

족자를 보는 수인의 표정을 읽느라 채령의 눈도 분주했다.

족자에는 현재 임금이 기거하는 정릉동 행궁의 도식(圖式)이 그려져 있었다. 그저 평범한 도식인가 싶었는데, 암문(暗門)이 표시된 걸 발견했다. 암문은 바로 임금이 머무는 내전과 직통으로 연결돼 있었다.

이럴 수가….

수인은 도식을 보다 말고 놀란 얼굴을 들었다. 채령은 비싼 값에 팔아넘길 수 있겠다 싶어 내심 기뻐했다.

"나리, 족자뿐이겠습니까!"

채령이 자신 있게 뿌리듯 건넨 종이를 수인이 묵묵히 들여다보았다.

"정묘(丁卯), 정사(丁巳), 정미(丁未), 정유(丁酉), 정해(丁亥), 정축(丁丑)이 적혀 있는데, 아무래도 뭐가 있어 보이지요?"

이건 육십갑자 가운데 일을 도모한다는 의미의 정(丁)을 중심으로 지지가 결합된 것이다. 여기의 여섯 가지 지지는 군대를 의미하는 것일까. 그러니까 정화일(丁火日)에 수의는 이 도식에 표시된 암문을 통해 이상각의 군대와 함께 행궁에 들어가 역모를 도모하고자 하는 것인가.

그러고 보니 오늘은 정해일이다. 그렇다면 오늘 밤, 수의는 암문 앞에 나타날 것이다.

어둑해진 사위를 살피더니 수인은 채령에게 엽전을 주고 황급히 자리를 떴다.


인경이 울리자 지나는 사람이 하나도 없었다.

수의는 정릉동 행궁 밖을 서성이며 인적이 온전히 끊길 때를 기다렸다.

보는 눈이 없다는 걸 확신하자 그제야 행궁 담벼락 앞으로 향했다.

나무 넝쿨이 너무 울창해 담벼락이 잘 보이지 않았지만, 이리저리 만져보던 수의는 힘들이지 않고 우거진 줄기를 걷어냈다. 그러자 매끈한 담벼락이 드러났다.

그렇게 찾아낸 담에는 금이 갔는지, 빈틈으로 불빛이 반짝였다 사라졌다. 필시 담벼락처럼 보이지만 암문이 틀림없었다.

어둠 속에 위장하고 숨어 수의의 하는 짓을 지켜보던 수인은 오히려 난감해졌다. 그는 영락없이 주모자의 행태를 드러내고 있었다. 족자를 가지고 있던 자가 그 암문을 정확하게 찾아냈으니…. 오늘 밤 역모를 도모한다 해도 믿지 않을 재간이 없었다.

어느새 수의의 뒤쪽으로 건장한 사내 대여섯이 다가왔다. 저들이 간자일 가능성이 높았다. 암문을 통해 내전으로 들어간다면 아무리 적은 수라도 무슨 망극한 짓을 저지를지 몰랐다.

더는 지체할 수 없었다. 일단 저들이 암문을 통하는 것만큼은 막아야 했다. 이렇게라도 소란을 일으키면 군사도 올 것이었다. 그는 칼을 뽑아 들고 소리를 지르며 달려 나갔다.

수의가 소리 난 쪽을 반사적으로 돌아보았다.

포도청의 종사관 복장을 한 자였다. 안 그래도 수의는 반대편에서 다가오는 장정들을 보고 당황하던 차였다. 그런데 군관까지 달려오고 있었다. 게다가 그들이 칼을 부딪치며 싸웠다. 일대 다수였지만 군관의 기세가 대단했다. 그러나 홀로 상대하는 군관이 점점 수세에 몰렸다. 그즈음 멀리 궁궐을 호위하는 내금위 군의 조족등이 다가오고 있었다.

장정들이 알아차리고 뿔뿔이 자리를 벗어났다. 수인이 그들 중 하나를 쫓아 달렸다. 넝쿨에 몸을 숨겼던 수의도 내금위 군을 피해 자리를 떴다.

정릉동 행궁 암문 앞에서 방금까지 칼싸움이 벌어졌지만, 내금위 군은 그것도 모르고 무심히 그곳을 지나쳐 갔다.

인적이 모두 사라지자 다시 정적이 감돌았다. 잠시 후, 슬며시 암문이 열렸다.

어두운 안쪽에서 한 여인이 걸어 나왔다. 핏기 없는 하얀 얼굴의 여인은 사람인지, 혼령인지 분간하기 어려웠다.

여인은 주위를 둘러보다 아무도 없는 걸 확인하고 자리를 벗어나려 했다. 그런데 점점 발소리가 뒤에서 크게 들려왔다. 여인은 걸음을 멈추고 돌아보았다.

수인이었다. 역도를 놓치고 수의 흔적을 찾기 위해 돌아오는 길이었다. 그런데 수의는 없고 여인으로 보이는 자만 서 있었다. 어두워 외모를 분간할 수 없었다.

마침 구름에 가려졌던 보름달이 드러나며 달빛이 여인의 얼굴을 비췄다. 가쁜 숨을 고르며 노려보던 수인은 그만 숨이 멎는 것만 같았다. 가흔이었다. 아니, 가흔과 너무도 닮은 여인이었다.

수인은 자기도 모르게 그녀를 불렀다.

"낭자! 가흔 낭자!"

여인이 우뚝 서더니 수인을 향해 돌아섰다.

몇 발짝 거리를 두고 죽은 가흔이, 꿈에서라도 보고 싶었던 연인이 서 있었다. 발이 저절로 움직였다.

가흔이 주춤거리며 뒤로 물러났다. 한 걸음 더 다가들자 또한 걸음만큼 물러났다. 이번엔 한 걸음 다가서며 손을 뻗었다. 가흔의 온기를 느끼게 되면, 꿈인지, 생시인지, 귀신인지 분명해질 것이다. 그녀도 천천히 손을 뻗었다. 그런데 손끝이 번쩍거렸다. 자세히 보니 단도였다. 수인의 손길을 뿌리치듯 가흔이 칼을 휘둘렀다.

수인은 그제야 깨달았다. 이것도 악몽이라는 것을. 가흔이라면 그럴 리 없을 테니. 자신에게 칼을 휘두르다니…. 수인은 그대로 정신을 잃었다.

# 병사

얼마나 시간이 흘렀는지 몰랐다. 수인은 힘겹게 눈을 떴다. 높은 약재 서랍장이 먼저 보이고 이어 천장에 매달린 약재 주머니들이 눈앞에서 흔들렸다. 일어나 앉자 등을 돌린 채 글을 쓰고 있는 수의 허준이 보였다. 그제야 이곳이 내의원이란 것을 알았다.

수인은 슬며시 기척을 했다. 그러자 눈길조차 주지 않고 괜찮냐고 허준이 물었다.

그러고 보니! 수인은 얼른 자신의 얼굴이며 몸을 만져보았다. 칼에 베인 상처 같은 건 없었다. 어찌된 일인지 물었다.

허준은 수인이 쓰러져 있는 걸 발견하고 내의원으로 데려왔고, 맥을 짚어보니 기력이 많이 쇠해 있어 침을 놓았다고 했다.

수인은 자신 말고 다른 이는 못 봤느냐고 조심스럽게 물었다.

"아무도 없었소."

수인은 안도하는 동시에 부끄러웠다. 헛것을 보고 기절했다는 게 도무지 믿기지 않았다. 그리고 정작 물어야 할 것은 따로 있었다.

"영감께선 그곳에서 무엇을 하고 있었던 거요?"

"종사관은 그곳에서 무엇을 하다 나를 도운 것이오?"

수인은 대답하지 못했다. 대신 안심했다. 상황을 정확하게 파악할 수는 없으나 분명한 건 제가 싸우던 자들과 수의는 관련이 없다는 거였다. 그렇지 않다면 허준에게 발견된 자신은 목숨을 부지할 수 없었을 것이다.

"혹시 내게 원하는 것이 있소?"

등을 돌린 채 허준이 말했다. 뜻밖의 질문에 수인은 당황했다. 마치 자신의 속마음을 꿰뚫어 보는 것만 같았다. 수인은 눈을 부릅떠 허준을 보며 말했다.

"없습니다."


아침이 밝자 수인은 행궁 암문 앞으로 나가보았다.

어젯밤 자신이 본 가흔은 정녕 꿈이었을까. 복잡한 마음으로 행궁 정문 앞을 지나는데, 웅성거리는 소리가 들려왔다. 무슨 구경거리가 있는 모양이었다.

다가가 보니, 대판 싸움이 일어난 모양새였다. 얼굴 가리개를 한 양반이 연약한 여인의 멱살을 잡고 흔들었고, 여인은 그 손놀림에 맥없이 흔들리고 있었다. 그런데도 아무도 도우려 나서는 이가 없었다. 여인은… 가만 보니 채령이었다. 채령이 왜 저리 무력하게 당하고만 있는지 이상했다.

채령은 금방이라도 숨이 넘어갈 것만 같았다. 안색이 금세 창백해졌다. 멱살을 잡고 흔드는 양반의 목소리가 울부짖듯 들렸다.

"그때 그대만 아니었다면, 그 사람들 죽지 않았소! 그대의 부친도, 그대의 형제도, 의병 모두 그대가 사지로 내몬 것이오! 그리고 나까지 이리 만들었소!"

양반이 가리개를 벗는데, 코가 잘려 없었다.

채령은 발작하듯이 놀랐다. 차라리 이대로 죽어버리면 좋겠는 심정이었다. 그 외중에 한 여자의 처연한 얼굴이 떠올랐다. 전쟁을 온몸으로 겪어 몸과 마음이 만신창이가 된 여자.

'전쟁이 끝나면, 나는 한성으로 갈 겁니다. 주상전하 곁으로 가서 전하의 곁을 지킬 거예요. 그리고 보여줄 겁니다. 내가 본 지옥을.'

그 여자를 찾기 전엔 절대 죽을 수 없었다. 그 여자를 만나기 전엔 한성을 떠날 수도 없었다. 그래서 지금껏 틈만 나면 행궁 앞을 지켰다. 하지만 채령은 그 여자를 찾기도 전에 지금 당장 죽을 것만 같았다.

절망하던 순간, 수인이 듬직한 등으로 해를 가리고 채령을 일으켜 앉혔다. 등을 두드려주며 숨을 쉬라 다그쳤다. 모두 자신을 원망하고 비난만 했었다. 채령이 대신 죽어야 했다고 울부짖는 사람들만 있었다. 그런데 숨을 쉬라고, 그래야 산다고 수인이 다그친 것이다. 채령은 점차 진정이 되었다.

하나둘 구경꾼들도 가버리고, 비난하던 가리개 양반도 씁쓸한 얼굴로 자리를 떴다.

수인도 일어나려는데, 채령이 대뜸 그의 손을 잡았다. 따뜻한 온기가 꽁꽁 언 가슴을 순식간에 녹여주는 것만 같았다. 수인은 팔을 붙잡힌 채 버텼다. 채령이 더욱 세게 움켜잡았다. 그리고 그의 팔을 붙들고 간신히 일어섰다.

전쟁이 끝나고 한성과 궁궐, 어디 할 곳없이 물자가 부족했다. 그럴수록 백성들을 옥죄었지만, 그들에게 나올 것도 없었다. 그때 나타난 이가 바로 윤사평이었다.

그는 한성 최대 거부(巨富)로 궁궐에 필요한 물품을 대주었다. 그것이 임금께 은혜를 입은 백성으로서 마땅한 소임이라 했다. 박대감 눈에도 들었고, 그가 원하는 것 역시 물심양면으로 지원했다. 그리고 언젠가 그에게 관직 하나 제수받을 것을 기대하고 있었다.

며칠 전 사평은 박대감에게 약방문 하나를 받았다. 약방문에는 역삼씨, 귀구, 석창포가 적혀 있었고, 수의가 임금에게 처방한 것이라 했다.

약방문에 나온 약재들로 약을 만들어 먹으면, 머리가 맑아지고, 기억력을 증진 시키는 효능이 있었다. 게다가 귀와 눈을 밝게 해주고 심장을 보하고, 오장을 건강하게 해주었다. 약방문에는 이상이 없었다. 다만 알 수가 없었다. 그동안 임금에게 써왔던 약재들을 바꾸고, 바뀐 약방문을 통해 무엇을 도모하는 것인지, 허준의 의도가 짐작되지 않았다. 뭔가 다른 의도가 있는 것만 같았다.

그래서 박대감은 사평에게 약방문에 대해 알아보라 했는데, 그가 득의양양하게 박대감의 대문을 두드렸다.

"대감, 수의의 집에 역도 이상각이 숨어 있었습니다."

의외의 정보에 박홍채는 잠시 머뭇거렸다. 확실한 정보인지 한 번 더 확인하고서야 박대감의 머릿속이 정리되었다.

만약 그의 말이 사실이라면, 이건 일거양득이었다. 반역자를 잡는 동시에 이번에야말로 수의를 임금의 곁에서 떼어낼 수 있을 것이다. 그리고 수의를 추국[21] 함으로써 세자와 연결고리까지 만든다면, 세자까지 단번에 제거할 수 있었다.

박대감은 사평에게 상을 주듯 한 번 웃어주었다. 박대감의 미소를 보고서야 사평은 비로소 안도했다.


강재는 수인이 걱정이었다. 역도의 은신처를 알고도 보고하지 않는 게 내심 찜찜했다. 또다시 의금부로 끌려가 고초를 당할까 겁도 났다. 그런데 갑자기 포도청이 분주해지니, 괜히 뜨

---

21　임금의 특명에 따라 중한 죄인을 신문하던 일.

끔해져 수인을 돌아보았다.

수인도 표정이 잔뜩 굳어 있기는 마찬가지였다.

민종사관의 지시를 받으며, 포교와 포졸들이 출동할 차비를 했다. 수인이 포교를 붙잡고 무슨 일인지 물었다.

"수의 영감 댁에 역도 이상각이 숨어 있답니다!"

강재가 알린 것인가 싶어 수인이 쳐다보았다. 강재는 억울한 표정으로 아니라고, 손을 마구 내저었다. 이대로라면 허준은 역도로 몰려 추포될 것이 자명했다.

수인은 포도청 뒷문으로 먼저 움직였다. 지름길을 통해 명례방 허준의 집으로 달려갔다.

도착하자마자 담을 훌쩍 넘어 서재로 향했다. 그런데 서재를 호위무사로 보이는 자들이 지키고 있었다. 무슨 일인가 의아했지만 지체할 여유가 없었다. 겨우 서재 뒤편으로 숨어들었다.

들창을 통해 안쪽 상황을 살폈다. 허준과 이상각 말고도 정체를 알 수 없는 양반이 함께 있었다. 저들이 한자리에 모여 있어선 안 되는데!

옆에 있던 강재가 수인의 옷자락을 잡아당기며 속삭였다.

"장군, 어찌 수의를 보호하려 하십니까?"

강재와 상의할 틈이 없었다. 지금 당장 허준과 이상각을 떼어내는 게 우선이었다. 그때 허준과 마주 서 있느라 가려졌던 양반의 얼굴이 드러났다. 세자였다. 세자가 역도 이상각과 함께 있다? 영락없이 저들은 위기에 빠질 것이다. 어찌해야 하나…. 수인은 난감했다.

아무것도 모른 채 안에서는 논쟁이 한창이었다. 이상각은 허준을 붙잡고 격앙돼 말했다.

"지금 다친 병사들이 모두 수의 영감을 기다리고 있습니다. 이리 지체해선 안 됩니다. 부상병을 치료하고, 그러고 나면 어디로든 진격할 겁니다."

수인은 가슴이 철렁 내려앉았다. 추정만 했는데, 이상각 입에서 역모를 인정하는 말이 나온 것이다. 더는 지체할 수 없다 판단해 나서려는데, 채령이 막 서재로 들어왔다. 사이비 무당까지 역모에?

허준은 세자에게 자기 일을 봐주고 있는 무녀라고 채령을 소개했다. 세자는 채령에게 짧은 시선을 주었다가 다시 허준에게 시작하라 눈짓을 했다.

이상각은 여전히 흥분을 주체하지 못했다.

"선제공격해야 합니다. 적들이 예상치 못한 지금, 공격해야 합니다!"

채령은 허준과 시선을 주고받더니 이상각에게 슬며시 다가섰다. 입을 꽉 다물고, 눈을 부릅뜨고, 위엄있는 표정으로, 무령을 흔들었다.

흥분해 있던 이상각이 눈을 부릅뜨고 노려보았다.

"네 이년! 여기가 어디라고 요망한 짓거리를 하는 것이냐?"

이상각의 호통에도 아랑곳없이 채령은 무령을 흔들었다. 열중하던 그녀는 기어이 접신한 듯 무령을 멈추고, 이상각을 쏘아보았다.

"어찌 되었나? 어찌 되었어? 지원병은 어찌 되었어?"

채령이 뜬금없는 소리를 했다.

"이보게 상각이, 지원병이 어찌되었어?"

이상각의 눈빛이 흔들렸다. 머리가 아픈 듯 갑자기 양손으로 머리를 감싸쥐더니, 으으, 신음을 질러댔다. 채령은 봐주지 않고 몰아붙였다.

"이보게, 상각이!"

애절한 목소리에 이상각이 갑자기 엎어지더니 통곡했다. 무릎을 꿇고 바닥에 머리를 찧었다.

"장군, 제가 도원수께 애원했습니다. 부디 지원병을 보내 달라고. 제발 버리지 말라고! 허나, 승산 없는 싸움이라고, 지원병을 보낼 수 없다 했습니다."

이상각은 엎드린 채 한동안 서럽게 울었다.


이상각은 2차 진주성 전투에 참전했다.

김시민 장군과 진주성을 수성한 경험이 있는 백성들은 해볼 만한 싸움이라 여겼다. 하지만 도원수 권율, 의병장 곽재우마저 이번 수성은 불가능하다 판단했다.

왜군 병력이 이미 30만이 넘는다는 소문이 파다하게 퍼졌다. 진주성에는 백성 6만, 의병 포함 군사는 7천여 명이 고작이었다. 그 많은 왜군을 상대하기에는 역부족이었다.

지원군을 데리고 진주성에 들어간다면 죽는 이만 늘릴 뿐이다. 싸움을 거듭하며 단련된 정예 부대원들을 왜군의 총알받이로 만들 수는 없다. 이것이 지도부의 생각이었다.

하지만 충청 병마절도사 황진 장군이 자신의 군대를 이끌고 진주성에 들어갔다. 전라도 의병장 김천일, 경상우병사 최경회 또한 진주 백성과 함께하기로 했다.

그렇게 진주성에 모여든 이들이 황진 장군의 지휘에 따라 왜군과 맞섰다. 모두 하루 이틀이면 함락될 거라 예상했다. 하지만 그들은 7일을 버텨냈다.

잠시 왜군들이 퇴각하고 틈이 나자, 이상각이 황진 장군에게 물었다. 충청 병마절도사이면서 왜 이곳 진주까지 들어왔느냐고.

"이곳이 뚫리면, 전라도가 위험하네. 그럼 전쟁은 다시 시작될걸세. 철수하던 왜군은 전라도를 점령하고, 충청도를 지나 다시 한양으로 진격한단 말이네. 그걸 막아야지."

"도원수도, 의병장 곽재우도 승산 없는 싸움이라 했습니다. 이곳은 죽을 곳입니다."

"그럴지도 몰라. 허나 나의 죽음이 호남으로 가는 적들의 발길을 늦출 걸세. 적들의 발길을 늦추는 것, 어쩌면 그것까지가 나의 소임일지 모르네."

다시 왜군들의 습격이 시작되었다. 귀갑차를 타고 조총을 쏘며 쳐들어왔다. 화살을 쏘고, 돌을 던져 왜군과 맞섰다. 신기전,

장군전을 쏘며, 필사적으로 맞서 싸웠다. 이상각은 황진 장군도, 의병장들도, 진주 백성들도 이대로 죽어 나가게 둘 수 없었다. 너무도 아까운 목숨들이었다. 지금까지 버텼다면 왜군에게 지지 않을지도 모른다. 병력만 보강되면 왜군과 맞설 수 있다.

이상각은 진주성을 빠져나와 남강을 헤엄쳐 도원수에게 달려갔다. 그날이 8일째 되던 날이었다.

이상각은 도원수를 만나자마자 애원했다.

"제발 지원병력을 보내주십시오. 제발 저들을 버리지 마십시오!"

지금껏 병서 몇 권만 읽어 학식이 짧은 터라 이상각은 유창하게 도원수를 설득할 말이 떠오르지 않았다. 그저 성 안의 사람들을 버리지 말라고 울며불며 애원할 뿐이었다. 그때 믿고 싶지 않은 비보가 전해졌다. 황진 장군의 전사 소식이었다.

이상각은 울분이 치솟았다. 지원병을 보냈더라면, 장군은 죽지 않았을지 모른다. 전투의 우두머리가 당했으니, 이제 성 안의 백성들 차례다. 그들은 무참히 도륙당할 것이다!

이상각은 미친 듯이 몸부림쳤다. 도원수를 호위하던 병사들이 그를 진정시키려 몸을 붙들었고, 이내 몸싸움이 벌어졌다. 그 과정에서 이상각은 이성을 잃고 칼을 휘둘렀는데, 그러다 그만 도원수의 호위병을 베고 말았다.

다음 날, 진주성은 왜군에게 함락되었다. 왜군이 모조리 짓밟고 지나간 뒤에야 이상각은 진주성에 들어갔다. 까마귀가 시커

멓게 하늘을 맴돌았다. 시신들이 사방에 널려 있었다. 장마철이라 무덥고 습해 시체는 쉬이 썩어 갔고, 시취가 코를 찔렀다.

불에 탄 커다란 곳간 문을 겨우 열자, 불에 탄 시신들이 이상각을 향해 쏟아졌다. 왜군들이 진주 백성들을 곳간에 가둬 불을 질렀고, 살기 위해 문으로 사람들이 몰렸을 것이다.

반쯤 탄 시신에서 목이 떨어져 굴러왔다. 시신의 머리를 들어 확인하고, 이상각은 넋이 나갔다. 자신을 따라 진주성에 들어온 아내였다. 가축 하나 살려놓지 말고 몰살하라는 명령을 받았다더니, 놈들은 그 명을 충실히도 따랐다.

이상각은 성 안에서 며칠 밤낮을 홀로 지냈다. 이리된 것이 모두 자기 탓인 것만 같았다. 도원수를 설득할 수만 있었다면, 첫째 날 지원병을 요청하러 왔더라면, 아니 이틀째 요청했더라면….

모든 것이 후회되었다. 죽은 이들에게 한없이 미안했다. 그렇게 죽은 자들 옆에서 자책했다.

그때 여기저기서 신음 소리가 들려왔다. 으으으, 하는 소리들이 성 안을 울려퍼졌다. 칼에 베인 상처에서 피가 난다고, 불에 덴 상처가 뜨겁다고, 잘려 나간 다리가 붙지 않는다고, 신음하는 소리들이 그치지 않았다.

이상각은 고통스러워하는 그들을 두고 볼 수 없었다. 의원을 데려오겠다고 했다. 기다리라고, 버티라며, 뒷걸음으로 진주성을 빠져나갔다.

이번에는 늦지 않으리라. 늦지 않게 의원을 데려올 것이다. 몇 날 며칠을 달려 겨우 의원을 만나 진주성으로 가자고 했다. 거기 아직 부상병들이 많으니 살리자고 했다. 의원들은 진주성에 개미 한 마리 살아남지 않았다는 소문을 들은 터였다. 아무도 따라나서지 않았다. 다른 의원을 찾아가도 마찬가지였다. 아무도 그를 믿지 않았다.

조정에서는 전쟁이 끝난 후 아군을 살해하고, 군을 이탈한 이상각을 수배했다. 그렇게 2차 진주성 전투가 끝나고 지금까지 십 년 가까이 이상각은 홀로 끝나지 않은 전쟁 속에서 살고 있었다.


채령이 울먹이는 그의 어깨를 토닥여주었다.

"자넨 자네가 할 수 있는 최선을 다했어. 그것을 내가 아네. 해서 이리 죽어 구천을 떠돌지만, 서글프지만은 않네. 허니 자네도 우릴 그만 놓아주게, 상각이."

이상각은 채령의 옷자락을 붙잡고 절규했다.

"제 탓입니다. 제 탓입니다…. 제가 못나 구원병을 구해오지 못한 겁니다. 제가 잘못한 겁니다. 제가….'

지켜보던 세자와 허준도 먹먹한 심정이었다. 십여 년 전에 끝난 전쟁이 여전히 진행 중인 것임을 바로 눈앞에서 확인했다.

격앙된 이상각이 애절하게 매달리자 채령이 당황해 허준을 간절하게 쳐다보며 속삭였다.

"이보시오, 이다음엔 어떻게 해야 하는지 안 가르쳐줬잖소."

수인은 도무지 이해가 되지 않았다. 저들이 무엇을 하는 것인지, 저들이 하는 말이 무슨 뜻인지, 혼란스러웠다. 다만, 이러고 있을 때가 아니었다. 조만간 포도청에서 들이닥칠 것이다. 이대로 있다간 허준이 위험해진다.

수인이 칼을 뽑아들고 나섰다.

"포도청 종사관 최수인, 세자 저하께 인사드립니다!"

갑작스러운 포도청 종사관의 등장에 모두 당황했다.

곧 포도청에서 들이닥칠 거라 알렸고, 허준이 먼저 세자를 뒷문으로 안내했다.

호위무사들이 일사불란하게 세자를 모시고 자리를 피했다.

수인은 세자의 길을 막지 않고 칼자루만 다잡았다. 이어 이상각에게 칼을 겨눴다.

"강재야, 역도 이상각을 포박하거라!"

수인은 고개만 한번 돌려 강재를 불렀다.

허준과 채령의 시선이 수인에게 머물렀다. 얼굴에 안타까움이 묻어났다.

"이보시오, 종사관, 내 얘기 좀 들으시오."

수인은 듣고 싶지 않았다. 왠지 모를 불안감이 엄습했기 때문이다. 그래도 허준의 목소리는 귀를 파고들었다.


전쟁 막바지인 무술년(戊戌年:1598년), 한성은 엉망이었다.

모든 게 망가졌고, 부서졌다. 사람들 마음 또한 온전치 못했다. 허준은 심란했다. 어디가 어떻게 아픈지도 모르는 채 아픈 사람들이 감당할 수 없을 만큼 늘어났다.

늦은 밤, 한 장수가 찾아왔다. 몇 날 며칠 먹지도, 자지도 못한 몰골이었다. 눈은 텅 비어 있었고, 크고 작은 상처들이 몸에 가득했다.

말을 하지 않아도 그가 어떤 전쟁을 겪었을지 짐작되었다.

장수는 허준에게 매달리며 애원했다. 기억을 지워달라고…. 만약 거절하면 칼로 머리를 도려낼 수밖에 없다 했다.

허준은 고개를 저었다. 기억을 지운다는 것은 지금 의료로는 불가능했다. 하지만 이대로 돌려보낸다면, 그가 목숨을 끊을 것임을 알았다. 살리고 싶었다. 하루를 살고, 이틀을 살다 보면 어느 날 살아야 할 이유를 찾을지도 모른다. 제발 그 이유를 찾기를 바랐다.

장수에게 침을 놔주고 환약을 주었다. 그리고 말했다.

한숨 자고 나면… 괴로웠던 기억이 모두 사라질 것이라고. 허준은 속으로 기원했다. 장수가 원하는 대로 되기를.

서너 달쯤 지났을까, 허준은 한성의 저잣거리에서 장수와 우연히 마주쳤다.

죽지 않고 여전히 살고 있는 것이 참으로 고마웠다. 반가운 마음에 아는 척했다. 하지만 그는 자신을 알아보지 못했다. 처음 보는 사람처럼 대했다. 그제야 허준은 자신의 처방이 허무맹랑한 게 아니었다는 사실에 놀라웠다.

"해서 사람의 정신에 관해 연구하게 되었소. 전쟁이 끝나고, 여기저기 출몰하는 귀신 때문에 백성들이 괴롭다고 하는데, 나의 결론은 귀신은 없다는 것이었소. 전쟁 중에 입은 마음의 상처가 귀신으로 형상화된 것일 뿐."

그 장수 역시 마음의 상처로 인해 기억을 지웠다는 것이다.

수인은 허준의 말을 이해할 수 없었다. 지금 이 상황이 혼란스러울 뿐이었다. 갑자기 머리가 아팠다. 차오르는 불안과 찝찝한 기분에서 벗어나고 싶어 강재를 재촉했다.

"강재야, 어서 역도를 포박해!"

강재를 부르는 수인의 어깨를 슬며시 잡았다. 허준은 그를 똑바로 보며 말했다.

"지금 종사관이 보는 강재란 자 역시 우리 눈엔 보이지가 않소."

보이지가 않는다니? 수인은 정신이 몽롱해졌다. 왜군이 쏜 조총에 머리를 맞은 것만 같았다. 머리가 멍해졌다. 그리고 얼핏 기억이 났다. 칼에 찔려 피를 흘리며 죽어가는 강재….

그때가 아마 병신년(丙申年) 여름이었을 것이다.

수인의 군대와 왜군 사이에 육박전이 발생했다. 조선군과 왜군들이 서로 뒤엉켜 칼을 부딪치며 싸웠다. 수인은 홀로 왜군 여럿을 상대하고 있었다. 그러다 그만 칼을 놓쳤고, 왜군의 칼이 수인을 찌르려 할 때 강재가 달려왔다.

뛰어올라 수인을 위협하는 왜군의 등을 베려던 순간, 강재는 그만 다른 왜군의 칼에 찔리고 말았다. 피를 토하며 강재는 그 자리에서 죽었다.

"장군….."

강재가 남긴 마지막 말이었다. 수인은 강재의 죽음이 떠오르자 혼란스러웠다. 그때 대문을 부수고 포졸들이 들이닥쳤다.

이미 채령은 도망쳤고, 남겨진 허준과 이상각을 포졸들이 포위했다.

민종사관은 먼저 도착해 있는 수인을 떨떠름하게 쳐다보았다. 이들을 추포하는 것은 자신의 몫이어야 했다. 공이 날아갈지 모른다는 생각에 으드득, 이를 갈며 수인을 노려보았다. 그런데 그가 멍하니 선 채 아무것도 하지 않자, 그 틈을 타 이상각에게 칼을 뽑아 겨눴다. 이어 포교와 포졸들에게 포박하라 명했다.

포졸들의 추포에 몸부림치던 이상각은 정신이 뒤엉켰다. 그에게 지금은 바로 십수 년 전 도원수를 찾아간 그날이었다. 자신을 포박한 자들은 도원수의 병사들이고, 포박하라 다그치는 민종사관은 도원수로 보였다.

"장군, 부디 저들을 외면하지 마십시오! 저들을 살려주십시오, 장군!"

이상각은 포졸들을 뿌리치며 몸부림쳤다. 더 많은 포졸들이 달려들어 그를 제압했다.

"하루면 함락될 거라 하셨지요? 저흰 7일을 버텼습니다. 우
린 할 수 있습니다. 허니 버리지 마십시오! 진주성을 버리지 마
십시오!"

이상각의 터무니없는 소리에 민종사관은 어이가 없었다.

"무슨 헛소리야? 대패한 진주성 애긴 왜 하는 거야?"

진주성 전투가 대패했다는 소리가 이상각의 뇌리에 박혔다.

"그게! 그게 무슨 말입니까?"

그렇다면 성은 함락된 것인가? 성안의 사람들은 모두 죽은
것인가? 자신을 따라 아내도 들어왔는데….

극심한 두통이 밀려왔다. 머리가 부풀어 올라 터질 것만 같
았다. 이 통증을 깨부수고 싶었다. 이상각의 절규와 민종사관
의 고함, 포졸들의 비명이 뒤엉켜 아수라장이 되었다. 이상각
은 양팔을 붙잡은 포졸들을 뿌리치고, 담벼락으로 뛰어 머리를
박아버렸다.

붉은 피를 흘리며 이상각은 마지막 숨을 헐떡였다. 숨이 끊
어지기 직전 그는 허공 속에서 그리운 누군가를 보았는지 옅은
미소를 지었다.

수인은 이 모든 장면이 비현실적으로 보였다. 마치 꿈속에
있는 것만 같았다. 악몽을 꾼 것처럼 비틀거리며 허준의 집을
빠져나왔다. 아무도 그를 말리지 않았다.

머리 속이 안개가 자욱하게 낀 것만 같았다. 어서 안국방 집
에 가서 눕고 싶었다.

겨우 집에 도착해 집 안을 둘러보았다. 적막에 휩싸여 있었다. 황량한 대청 위에 빈 방석 하나만 수인을 맞아주었다. 수인은 그 옆에 나란히 앉았다가 이내 모로 쓰러졌다.


전쟁이 한창일 때, 수인은 나무꾼이 나무를 하듯 왜군을 베었다. 베고 또 베고, 죽이고 또 죽이는 게 그의 일이었다. 죽음에 대한 어떤 동정심도 일지 않았다.

숙영지로 돌아오면 수인은 가흔부터 찾았다. 가흔이 부상병을 치료하고, 밥을 짓는 모습을 보면 돌처럼 굳은 마음이 노곤하게 풀어졌다. 그제야 자신이 야차가 아닌 사람이란 것을 느낄 수 있었다. 하지만 가흔은 수인과 눈이 마주치면 일부러 시선을 피했다.

가흔은 의병장의 누이로, 전장을 누비는 오라비를 따르다 수인을 만났다. 함께 지내던 어느 날, 수인은 가흔에게 청혼했다. 구리반지도 없어 풀꽃을 엮어 가흔의 손목에 채워주었다.

무심히 바라보던 가흔은 손목에서 풀꽃 팔찌를 뜯어버렸다. 수인을 노려보며 쏘아붙였다.

"어찌 저와 함께하려 하십니까?"

전쟁은 약자부터 먹어 치우며 힘을 키웠다. 노인, 아이, 아녀자는 왜군의 총칼에 철저히 짓밟혔다. 가흔 역시 끔찍한 일을 당해야 했다. 그 뒤론 죽지 못해 살고 있었다. 오라비가 있는 전장으로 와 부상병을 치료하고, 병사들에게 밥을 해주며 쓸모가 있기에 버티는 거였다.

"다신 그런 참담한 일을 겪지 않게 지킬 것이오."

"지금이야 그리 말씀하시겠지요. 허나 시간이 지나면 변할
겁니다."

수인은 자신을 그 정도밖에 생각하지 않는 가흔이 서운했다.

"사내들의 마음이 그러합니다. 변하는 사내 마음에 제 남은
삶을 기댈 순 없습니다. 장군의 말은 못 들은 걸로 하겠습니다."

가슴이 서늘한 칼에 베이는 것만 같았다. 가흔은 수인을 두
고 가버렸다. 수인은 가흔을 뒤쫓아갔다. 다른 사내들과 다르
다고 자신의 속을 뒤집어 보이고 싶었다.

가흔은 오라비의 막사로 뛰어 들어갔다. 훌쩍이는 누이를 오
라비는 안타깝게 지켜보았다.

수인을 마음에 두고 있으면서 외면하는 누이가 오라비도 안
쓰러웠다.

"어찌 최장군을 거절하는 것이냐? 최장군이 다른 사내들과
다르다는 것을 너도 알지 않느냐?"

"해서 함께 할 수 없는 겁니다. 전쟁이 끝나면, 장군 같은 분
이 조정에 계셔야 합니다. 그래야 조선을 바로 세울 수 있습니
다. 그러니 저와 엮여선 아니 되지요. 조선은 왜군에게 능욕당
한 여인을 품어주지 않을 겁니다. 저는 장군에게 방해만 될 겁
니다."

뒤따라온 수인은 가흔이 하는 말을 엿들었다. 가흔 역시 자

신을 마음에 두고 있다는 것을 안 이상 포기할 수 없었다. 막사 안으로 들어가 설득하려 할 때 강재가 수색 나갈 채비가 끝났다며 재촉했다. 망설이던 수인은 다녀와서 자신의 마음을 더 솔직하게 고백하기로 했다.

오늘 나가는 수색 범위는 여느 날과 달랐다. 숙영지를 벗어나 수색 범위를 넓힐수록 위험도는 높아지는데, 오늘은 한참이나 벗어나 왜군의 근거지로 추정되는 지역에 더 가까웠다.

언제 어디서 왜군이 튀어나올지 몰랐다. 조금만 방심해도 목숨이 왔다 갔다 했다. 그런데도 수인은 마음이 어지러웠다. 온 정신을 집중해도 모자랄 판에 정신이 딴 데 나가 있었다. 한시라도 빨리 가흔에게 돌아가고 싶었다. 그때 갑자기 총탄 소리가 들렸다. 동시에 와, 하는 함성과 함께 매복해 있던 왜군들이 튀쳐나왔다.

적의 병력이 예사롭지 않았다. 매복지에서 계속 튀어나오는데 금세 수적으로 열세가 되었다. 수인은 아찔했다. 병력 차이로 싸움이 위태로워서가 아니었다. 이렇게 죽을 순 없었다. 가흔에게 전해야 했다. 입신양명 같은 건 원하지 않는다고, 그저 당신과 함께 하기 위해 전쟁을 끝내려는 것이라고. 이 전쟁에서 가장 살리고 싶은 사람이 가흔이라고!

어떻게든 이 말을 전하기 위해 수인은 필사적으로 싸웠다.


땅거미가 질 무렵 피투성이가 된 강재가 돌아와 수색대가 전멸했다는 소식을 전했다. 숙영지는 눈물바다가 되었다. 가흔은 하늘이 무너지는 것만 같았다. 돌아서기 전 수인의 눈빛이 떠올랐다. 맑고 서글서글한 눈망울에 설움이 담겨 있었다. 그게 살아생전 자신을 바라보는 수인의 마지막 눈빛이었다는 것이 괴로웠다.

수인에게 했던 날카로운 말들이 비수가 되어 가슴에 박혔다. 수인이 지탱해줬던 세상이 주저 내려앉는 것만 같았다.

그때 말발굽 소리가 들려왔다. 수인의 말이 돌아왔다. 말 등에 피투성이 수인을 태우고.

가흔은 수인이 숨을 쉬는 것을 확인하고 눈물을 터트렸다. 몇 날 며칠 밤을 지새우며 가흔은 수인의 곁을 지켰다. 수인이 겨우 기력을 회복하자, 이번엔 가흔이 먼저 청혼했다.

"만약에 우리 두 사람 중 하나가 먼저 세상을 뜨게 되면 말이어요, 무엇이든 되어 남은 사람 곁에 머물기로 해요. 바람이 되어 뺨을 쓸어주거나 꽃향기가 되어 느끼게 해주어요, 장군. 장군이 없는 세상이 너무 암담했습니다."

겨우 일어나 앉은 수인은 가흔의 손을 잡아 자신의 가슴에 가져다 댔다. 가흔의 손길이, 온기가 느껴지자 안심이 되었다.

"내가 원하는 것은 단 하나, 안국방 작은 내 집에서 낭자와 함께 사는 것이오. 전쟁으로 허물어진 낡은 집을 고치고, 낭자와 단둘이 사는 것. 그리 살아보고 싶어 이 전쟁을 끝내려 하는 것이오. 입신양명? 그건 내가 원하는 게 아니오."

수인은 가흔을 꼭 끌어안았다. 자신의 품안에 느껴지는 가흔의 온기가, 살냄새가 참으로 좋았다.

전쟁 중이었지만, 가흔이 있어 희망을 품었다. 하지만 가흔이 죽고 전쟁이 끝이 났다. 홀로 만끽하는 평화는 곤욕이었다. 수인은 멀찌감치 떨어져 서성이는 강재를 바라보았다.

"실은 믿고 싶었다. 귀물을 부정했지만, 귀물을 단속하고 다녔지만 믿고 싶었어. 귀물이 존재해야 가흔 낭자 역시 내 곁에 있다고 믿을 수 있으니까. 가흔 낭자가 다른 존재여도 좋으니, 내 곁에 있다고 믿고 싶었으니까. 그래야 견딜 수 있었으니까. 여기 내 곁에 있다고 믿어야 이 버거운 삶이 감당되니까…."

수인은 빈 방석에 가흔의 혼령이 살포시 다가와 앉아 있기라도 한 듯 허공을 애절하게 바라보았다.

# 의녀

다급하게 대문을 두드리는 소리가 아침을 깨웠다. 찾아오는 이가 없어 늘 적막했던 집이었다.

갑작스러운 소란에 김서방이 놀라 문을 열었다. 채령이 와락 밀고 들어와 수인을 찾았다.

온 집 안을 헤집고 다녔다. 무슨 영문인지 모르는 김서방이 따라다니며 막아보았지만, 막무가내였다.

이부자리에 누워 밤새 몸을 뒤척였던 수인은 간신히 일어나 방문을 열었다. 막아서는 김서방을 밀어내며 채령이 수인의 코앞에 얼굴을 디밀었다.

"수의 영감을 저대로 놔둘 겁니까? 수의 영감을 역모로 엮으려 한다고요!"

허준에게 돈을 받아 챙기며 그가 시키면 뭐든 군말 없이 해왔던 여자였다. 그런데 그를 걱정하다니, 가증스러워 보였다.

필시 다른 꿍꿍이가 있는 것이다.

　모든 의욕이 사라진 수인은 그저 채령을 시큰둥하게 보았다. 이제 허준에게 관심을 가져야 할 이유가 사라졌다. 그가 어떻게 되든 이제 자신과 상관없다.

　채령은 실망했지만 포기할 수 없었다.

　"수의 영감이 우리 형님 병 고쳐줘야 한단 말이에요!"

　더미를 말하는 거였다. 더미는 원래 말을 못 하는 사람이 아니었다. 전쟁을 겪으며 어느 순간 입을 닫아버렸다. 그렇게 된 것이 제 탓인 것만 같아 채령은 늘 미안했다. 그래서 다시 말을 할 수 있게 해주고 싶었다. 허준이라면 그 일을 해줄 수 있을 것 같았다.

　"저 같은 자가 조선에 더 있을 겁니다. 수의 영감이 언젠가 병을 고쳐줄 거라 믿는 사람들이요. 수의는 그런 존잽니다. 존재만으로 희망을 품게 하는, 그 희망 때문에 살게 만드는…. 물론…."

　채령은 그 뒤에 인정머리 없는 노인네라 하려다 그 말은 삼켜버렸다.


　포도청에 나와 간밤에 일어난 일을 보고받은 박홍채는 어딘가 찝찝한 얼굴이었다.

　역도 이상각과 허준을 추포하면 일사천리로 일이 진행될 거라 예상했다. 하지만 이상각은 추국을 당하기도 전에 자진해버렸다.

게다가 그가 말한 부상병을 포함한 군대의 행방 역시 모호했다. 허준에 입에서 이상각과 함께 역모를 도모했고, 세자를 옹립하려 했다는 자백을 받아내야 하는데, 진행되는 꼴이 어딘지 못마땅했다.

세자는 허준이 잡히고 말았다는 소식에 포도청으로 나서려 했다. 하지만 그를 모시는 궁인과 신하들이 막아섰다. 지금 포도청으로 가 허준을 두둔한다면 그들과 함께 역모를 도모했다는 걸 인정하는 꼴이 되는 것이다.

세자도 모르지 않았다. 그렇다고 연로한 허준이 고초를 당하게 둘 수는 없었다. 그리고 이미 저들이 작정한 이상 기어이 자신도 추국장에 세우고 말 것이다. 이러나 저러나 결론이 같다면 제 사람을 지키는 노력이라도 해야 했다. 세자는 막아서는 측근들을 뒤로하고 포도청으로 향했다.

세자가 포도청에 나타나자, 박홍채는 기다렸다는 듯 그를 맞았다.

"수의는 그저 병자를 치료해준 것뿐이오. 그 병자가 수배범이었을 뿐이고. 의원으로서 병자를 외면하지 않은 것이 잘못은 아니잖소!"

박홍채는 세자의 눈을 정면으로 보았다. 그의 시선이 불안감에 일렁였다. 세자도 자신이 궁지에 몰려 있다는 것을 알고 있는 것이다. 그렇다면 더욱 세게 몰아세워야 한다. 어떻게 그를 막다른 벽에 세울지는 모두 준비되어 있었다. 세자를 압박하려는 순간, 수인이 들어왔다.

그를 보자 세자는 당혹스러운 눈치였다. 마침 잘 왔다! 박홍채는 이제 튼튼한 올가미까지 만들어놓은 것 같아 그를 든든하게 바라보았다.

박대감이 자신에게 바라는 게 무언지 수인은 잘 알고 있었다. 그의 시선을 피하며 포도대장에게 다가갔다. 간밤의 일을 상세히 보고했다.

이상각은 허준에게 부상병을 치료해 달라 찾아왔다. 부상병들이 모두 회복하고 나면 진격할 것이라 했다. 박홍채는 드디어 듣고 싶은 말이 나올 것 같아 잔뜩 기대했다.

이상각 말에 의하면, 월아산 청곡사 인근에 병사들이 모여 있다고 했다.

역도들의 은거지까지 밝혀진 것이다. 박홍채는 고무돼 포도대장과 월아산이 어딘지 잠시 이야기를 주고받았다.

"월아산은 진주입니다."

진주까지 내려가 확인을 하려면 적어도 열흘 이상은 소요될 것이다. 한시가 급하다. 박홍채는 토포(討捕) 계획을 포도대장과 의논했다. 그들을 묵묵히 보던 수인이 말을 이어갔다.

"하지만 그들을 토포하지는 못할 겁니다."

박홍채가 무슨 말이냐며 수인을 빤히 보았다.

"이상각이 진격할 곳은 바로 진주성이었습니다. 부상병을 치료하고 나면, 진주성으로 진격해 십만 왜군을 상대로 외롭게 싸우고 있는 진주 백성들과 함께하고자 했습니다. 그들을 구하고자 한 겁니다."

이상각이 어떤 상태인지도 알려주었다. 그는 지금도 여전히 진주성에서 싸움이 이어지고 있다는 환상에서 벗어나지 못했다는 걸.

"이상각은 역도가 아니라, 그저 정신이 온전치 못한 사람이었습니다. 해서 청곡사에 가도 역도를 토포하지 못할 겁니다."

"그게 무슨 망언이냐!"

박홍채는 당장 수인의 멱살이라도 잡아 패대기치고 싶었다. 그럴듯하게 시작하다가 뒤늦게 작정하고 일을 망치려 들다니!

박홍채는 수인을 노려보며 입술을 부들부들 떨다 나가버렸다. 포도대장도 민망한 모양새로 대감의 뒤를 쫓아나갔다.

긴장해 있던 세자는 다리가 풀렸는지 의자에 풀썩 주저앉았다. 허망한 얼굴로 수인을 올려다보았다. 제 살길을 열어준 이유가 무엇인가? 내 편이 되기로 돌아선 것인가? 궁금한 표정이었다. 하지만 수인은 세자를 살려준 것도, 그의 편이 되어주고자 한 것도 아니었다. 그저 자신이 알고 있는 사실을 말한 것일 뿐.

그리고 열흘 후, 들리는 말에 의하면 박대감이 무리하게 월아산 청곡사에 토포사(討捕使)[22]를 보냈지만 역도는 발견하지 못했다고 했다. 이상각 사건은 실체를 찾지 못함으로써 지지부

---

22  무장한 도적이나 반란 세력을 토벌·진압할 것을 임무로 하는 군사 책임자.

진 끝나버렸다.

　채령은 포도청 앞을 서성이며 한참이나 허준을 기다리고 있었다.

　허준이 멀쩡하게 제 발로 나오는 걸 보자 반색하며 달려가 그를 이리저리 살폈다. 고문을 당하진 않았는지, 몸이 축나진 않았는지.

　채령의 호들갑에 그저 귀찮다는 듯 허준은 손을 내젓기만 했다. 그러다 얼른 도망치듯 집으로 걸음을 놓았다. 채령은 얼마나 걱정을 했고 애를 썼는지, 그걸 돈으로 환산하면 얼마라는 둥 툴툴대며 뒤쫓아갔다.

　둘의 아웅다웅을 수인이 멀리서 지켜보았다. 당장은 그를 대면하고 싶지 않았다. 그에게 듣게 될 말이 얼마나 아플지 예상할 수 없었다. 그럴 수만 있다면 만날 날을 한참이나 뒤로 미루고 싶었다.


　사흘이 지나서야 수인은 허준을 찾았다.

　수많은 의서와 약방문, 약재와 약재 냄새가 가득한 서재를 한동안 묵묵히 둘러보았다.

　허준은 밀린 글을 쓰는 데 여념이 없었다. 수인도 말없이 그의 곁을 서성이기만 했다. 해시(亥時)[23]가 되었을 즈음, 수인이

---

23　밤 9시~11시.

간신히 입을 열었다.

"사실 견귀방이라는 게 존재하길 바랐습니다."

허준이 그제야 수인을 돌아보았다.

수인은 말을 이어갔다. 귀신이 있다는 걸 믿어야 살 수 있는 사람들이 있다. 그 정도의 환상이 필요한 것이다. 그런데 그 환상을 깨트리는 것이 무슨 의미가 있는 것인지 모르겠다. 그것이 과연 병자들에게 도움이 되는 것인가.

허준은 가만히 붓을 내려놓았다. 사실 자신도 모르겠다. 환상 속에서 살게 하는 것이 병자에게 더 나은 것일까? 그 환상 속에 고립된 채 홀로 외롭게 살아가는 것이 과연 좋은 것일까….

"지금으로선 견귀자가 단속의 대상이 아니라는 것, 그들이 병자라는 것을 인정받고, 이해받게 하는 것, 그것까지가 나의 일이라 생각하오."

허준의 말을 수인은 묵묵히 들었다.

서재 밖에서는 채령이 둘의 이야기를 엿들었다. 채령도 모르 겠다. 더미가 치료를 통해 말을 하길 바라지만, 더미는 말을 하 기 싫어 입을 다문 것일 수도 있다. 그런 더미를 치료받게 하는 것은 더미를 위하는 길인가, 자신을 위하는 길인가. 정말 모르 겠다. 그리고 다른 한편으로는 더미가 말을 하게 되면, 저에게 무슨 말을 할지 그것도 사실 두려웠다.

"견귀방, 귀신을 보게 하는 약방문이 아니라, 귀신을 보는 견 귀자에게 처방하는 약방문이었소."

귀신은 전쟁 중에 겪은 마음의 상처가 형상화된 것이다. 그들이 가진 마음의 상처를 치유하면 더는 귀신을 보지 않게 될지도 모른다. 그리되면 견귀자라 배척당하지 않고, 어울려 살아갈 수 있지 않을까.

무너진 삶 속에 방치된 그들을 일으켜 세워 남은 삶을 괴롭지 않게 살기를 허준은 바랐다.

"헌데 평수란 자는 어찌 그리 모질게 외면하신 겁니까? 그잔 죽었습니다."

허준은 대답조차 하기 싫다는 듯 고개를 내저었다. 채령이 들어와 대신 말했다.

"평수란 자는 제가 수의 영감께 소개해준 견귀잡니다."

수인은 허준에게 늦은 밤 자신을 따돌리고 그자를 찾아간 이유가 무엇인지 물었다.

몇 달 전, 채령이 허준의 명을 받아 견귀자를 데려왔다. 견귀자는 평수였다. 전쟁 중에 죽은 수많은 자가 귀신이 되어 자신을 괴롭힌다고 했다. 그가 어떤 전쟁을 겪었는지 들어야 했다. 그래야 치료를 할 수 있었다.

머뭇거리는 평수에게 이번 전쟁은 살아남는 것이 최선이었다며, 무슨 일이 있었는지 말해보라 했다.

허준을 의심하고 경계하던 그가 서서히 입을 열었다. 그리고 허준은 그의 말을 들은 것을 후회했다. 그가 겪은 전쟁은 비굴하고 사악했다. 순왜(順倭)가 되어 왜군의 길잡이 역할을 했다. 의병의 근거지를 알려줘 수많은 의병들이 학살당하게 했다. 그가 보는 귀신들은 그가 죽인 의병들이었다.

"의원님, 제발, 제발 저 좀 살려주십시오! 전쟁 중에 살아내는 것이 최선이라 하지 않았습니까? 저는 최선을 다해 살아남은 겁니다. 허니, 저는 잘못이 없지요?"

허준의 눈에는 그가 괴물로 보였다. 배가 고프면 자식까지 먹어 치울 괴물. 허준이 머뭇거리자, 평수는 되려 허준을 설득하려 했다. 왜군이 철수할 때 놓고 간 보물을 챙겼다. 자신을 고쳐주면 그 보물을 주겠다! 그 보물이란 월산대군 사저의 도식이었다.

왜군이 그린 조잡한 그림이라 관심이 없었지만, 비렁뱅이는 품고 다니며, 자신을 위기에서 구해줄 동아줄처럼 애지중지했다. 허준은 그를 내보냈다. 다신 보지 않으리라 다짐했다.

그로부터 며칠 후, 허준이 임금의 탕약을 가지고 내전에 들어간 날이었다.

임금은 오랜만에 잠을 이룬 듯, 다른 날에 비해 몸 상태가 좋아 보였다. 그건 좋은 일이었으나 어쩐지 임금은 그가 건네는 탕약을 경계했다.

달라진 게 있다면 또 있었다. 방 안에 수상한 향내가 미세하게 감돌았다. 뜸 냄새도 아니었다. 그때 바닥에 떨어진 마른 잎 하나를 발견했다. 임금이 탕약을 받아 마시는 사이, 허준은 마른 잎을 주워 소매 사이에 감췄다.

내의원으로 돌아와 물이 담긴 사발에 마른 잎을 담갔다. 물기를 머금은 마른 잎이 서서히 풀어졌다. 이어 잎을 건져 조심스럽게 펼쳤다. 아무리 들여다봐도 모르는 약초였다. 조선에서 한 번도 본 적이 없는 것이었다. 아는 약초꾼에게 보여 물었지만, 그 역시 조선팔도에서 나지 않는 거라 했다.

이게 무엇일까. 허준은 의구심이 일었다. 그리고 그 의구심은 점점 불안감으로 변모했다. 이 작은 마른 잎 하나가 임금께 무슨 짓을 벌이는지 도무지 알 수 없었다.

아니나 다를까, 얼마 뒤 임금이 갑자기 선위(禪位)[24]를 선포하며 조정을 발칵 뒤집어놓았다. 세자는 만사 제쳐두고 석고대죄했다.

"전하, 부디 명을 거두어주시옵소서."

임금은 선위할 생각이 추호도 없었다. 그저 세자의 태도를 보고 싶었을 뿐. 세자의 행동거지 하나하나를 유심히 살폈다, 실수하는 순간 내칠 것이었다. 뙤약볕 아래 세자는 석고대죄를 드리며 선위를 거둬달라 간청했다.

틈을 보이자 않자 임금은 그런 세자가 더욱 못마땅했다. 불쌍한 세자를 탄압하는 나쁜 임금으로 보이게 만드는 것 같아 화가 나기도 했다. 치솟는 화를 어쩌지 못할 때, 대신들까지 합

---

24  임금이 살아있으면서 세자에게 왕위를 물려주는 것.

세해 선위를 거둬달라 간청하자, 못 이기는 척 소동을 마무리
했다.

허준은 임금을 이해할 수 없었다. 돌발적으로 문제를 일으켰
다. 그리고 이런 일은 내전에 수상한 향내가 감돌고 난 뒤부터
일어났다.

향내가 임금을 움직이는 것인가. 그렇다면 향을 피우는 자는
누구인가. 마른 잎의 정체도, 내전에 숨어드는 자도, 그자가 임
금에게 무슨 짓을 하는지, 그렇게 함으로써 얻고자 하는 것이
무엇인지, 궁금증은 커져만 갔다.

이 모든 사단의 시작점은 분명했다. 그자는 어떻게 내전에
숨어든 것일까?

내금위가 내전을 삼엄하게 호위하고 있다. 지밀상궁과 나인
들이 지척에서 임금을 지키고 있다. 그들의 눈을 피해 은밀히
내전으로 숨어들 수는 없다. 아무리 생각해도 모르겠다. 그러
던 중 평수가 떠올랐다. 평수가 가지고 있던 도식이 생각나 그
를 찾아갔다.

늦은 밤, 효경교 근처 그의 움막 앞에 서자 허준은 마음이 무
거웠다. 상종하고 싶지 않은 자를 만나야 했기에 겨우 마음을
추스르고 움막 안으로 들어갔다.

평수는 호들갑스럽게 허준을 반겼다. 허준이 자신을 고쳐줄
사람이라 믿고 있었다. 전에 그가 준 약을 먹고, 잠시 마음이
편안했던 적이 있던 터라 그 약을 받고 싶었다. 허준은 약과 도

식을 거래하자 제안했다.

왜군이 임진년부터 다음 해까지 한성에 머물면서 월산대군 사저를 본부로 사용했다. 언제든 도망갈 것을 대비해 왜군은 비밀통로와 암문을 만들었고, 그것이 도식에 표시돼 있었다.

허준은 도식을 챙겨 평수의 움막을 나섰다. 움막 옆에다 침을 뱉었다. 다시는 저자를 만나지 않을 것이다. 저자는 죽는 순간까지 수많은 원혼에게 고통을 당해야 한다.

허준은 얼마 전 의녀들이 소곤거리는 소리를 들었다. 내전의 귀신이 지밀나인들을 데려갔다는….

그 당시에는 터무니없는 소리라 생각했다. 궁녀들의 건강을 챙겨주던 의녀를 통해 소문을 은밀히 조사했다.

실제로 사라진 나인들이 있었다. 그들은 내전에 번을 서고, 다음 날 흔적도 없이 사라졌다는 것이다. 상궁은 불경한 일을 저질러 궁에서 내쳐졌다고 했지만, 나인들은 믿지 않았다고 했다.

허준은 사라진 나인들이 번을 섰던 날을 조사했다. 모두 정화(丁火)일 당번이었다. 정화일에 내전을 지키는 궁인들을 알아보니, 제조상궁과 상선은 모두 영상이나 박대감 측 사람이었다.

허준은 확신했다. 분명 정화일 밤 암문을 통해 내전으로 들어가는 자가 있다!

그자가 마른 잎을 이용해 임금에게 망령된 짓을 하는 것이다.

허준은 혼자서라도 그자를 잡고자 했으나, 그날 수인과 의문의 사내들이 나타나 뜻을 이루지 못했다.

“저는 포도청에 고하지 않았습니다.”

허준은 이상각을 고발한 자가 당연히 수인이라 생각했다. 그런데 아니라면, 도대체 누가 포도청에 알렸단 말인가? 골몰하던 허준은 며칠 전 일이 떠올랐다.

그날, 한 여인이 중년 아낙을 데려왔다. 아낙이 귀신을 본다며, 그들이 서재에서 대기하고 있다고 어린 심부름꾼 동희가 알려왔다.

서재라니? 거기 이상각이 들어와 있을 텐데!

허준은 서재로 부랴부랴 뛰었다. 서재 문을 벌컥 열자, 그 안엔 귀신을 본다는 아낙만 덩그러니 남겨져 있었다. 데려온 여인은 이미 사라지고 없었다. 동희에게 여인의 인상착의를 물었지만 장옷을 뒤집어쓰고 있어 확인하지 못했다고 했다.

아낙도 뭔가 이상했는지 붙잡을 새도 없이 서재 밖으로 달아났다. 먼저 사라진 여인! 그녀는 이상각을 보았을 것이다. 그리고 누구인지도 알았을 것이다.

다음 날, 허준은 귀신을 본다는 중년 아낙의 집을 수소문했다. 사라진 여인에 대한 단서를 얻으려면 일단 아낙을 찾아야 했다. 그리고 해 질 무렵 간신히 아낙의 집을 찾았다.

아기에게 젖을 물리는 아낙은 눈동자가 텅 비어 있었고, 그녀의 연배로 보아 젖먹이를 데리고 있는 것도 이상했다. 아낙이 안고 있는 강보를 들여다보았다. 강보에는 아기가 아닌 베개가 싸여 있었다. 아낙은 베개를 어르고 달랬다. 이윽고 아낙의 눈에 사랑이 가득 차올랐다.

수인이 돌아가고, 허준은 한동안 마음을 잡지 못했다. 한숨을 길게 내쉬었다.

대업을 계획대로 수행할 수 있을지, 갑자기 불안감이 밀려왔다.

남들은 의원으로서 부족함 없는 삶이라 했다. 부러워하는 이들도 많았다. 하지만 전쟁이 끝나고, 자신은 과연 의원이었나 하는 의문이 들었다.

자신의 의료는 의도하지 않았지만, 정치적인 결과를 초래했다. 누구를 의료했느냐에 따라 그와의 친분을 의심받았고, 의술에 다른 목적이 있다며 의료에 배제되거나, 반대로 장려 당하기도 했다. 지금 자신이 하고자 하는 일도 정치적인 목적이 있는 것으로 몰아 정적 제거에 이용하려 들 것이다.

마음은 급하고, 불안감은 잦아들지 않았다. 답답해 숨을 크게 들이쉬었다 내쉬기를 반복했다.

동희가 병자가 찾아왔다고 알렸다. 집까지 찾아와 문을 두드리는 자들은 대부분 양반이었다. 그들은 종삼품 수의인 자신을 중인이라 무시하기 일쑤였다. 그래서 아무 때나 저리 문을 두드리는 것이다. 의원이 절실한 백성들은 감히 수의의 집 대문을 두드리지 못했다.

찾아온 병자가 양반집 부인이라 했다. 허준은 피곤이 몰려와 돌려보내라고 일렀다. 하지만 동희가 머뭇거렸다.

"아무래도 견귀자인 것 같습니다."

잠시 후, 동희의 안내를 받으며 장옷을 뒤집어쓴 부인이 서재로 들어왔다.

가흔은 천천히 장옷을 내렸다. 핏기 없는 하얀 얼굴이 드러났다.

상대가 경계하고 있다고 느꼈던지 천천히 옷고름을 풀었다. 이어 저고리를 벗고 돌아섰다. 이미 아물었지만, 등에는 길고 깊은 상처가 나 있었다.

"상처가 아문 지 십여 년이 지났습니다. 헌데 아문 상처가 지금도 저를 괴롭게 합니다. 이것이 병이 맞는지요?"

가흔은 언제 시작될지 모르는 통증에 지금도 불안한 마음이었다.

허준은 그녀를 묵묵히 바라보았다. 그러다 절차를 진행하듯 물었다.

"어떠한 전쟁을 겪었는지, 소상히 말해줄 수 있소?"

의외의 것을 묻자 가흔은 당황했다. 치료와 전쟁이 무슨 관계란 말인가. 생각만 해도 치가 떨리는 전쟁이건만. 숨이 턱턱 막히고 온몸이 난도질 당하는 것만 같은.

하지만 허준의 입을 열어야 했기에 가흔은 괴로움을 무릅쓰고 기억해내기로 했다.

지난 십여 년 전의 전쟁이 가흔의 머릿속을 가득 채웠다. 수인과 함께여서 좋았던 한때도 주마등처럼 지나갔다. 포로가 되어 목에 밧줄이 묶여 질질 끌려다녀야 했던 일. 왜장의 막사에 떠밀려 들어가 당했던 끔찍한 일. 모두 짐승의 시간이었다.

그때의 괴로움이 손끝, 발끝까지 각인 되었는지 온몸이 반응했다. 소름부터 오싹 돋는 통증이 스멀스멀 시작됐다. 가흔은 숨도 쉬지 못하고 굳어버렸다. 마치 어슬렁거리는 맹수가 자신을 못 보고 지나쳐 가기를 바라듯, 통증이 기미만 피우고 지나가기를 간절히 바랐다.

하지만 지나간 듯했던 맹수가 되돌아와 물어뜯듯이, 통증도 가차 없이 가흔의 몸을 물어뜯었다. 칼에 베이는 통증이 뼛속까지 전해졌다.

반 시진[25]쯤 지나고 나서야 가흔은 겨우 진정이 되었다. 통증을 참느라 모든 기력이 소진된 것만 같았다. 가흔이 겨우 입을 열었다.

"이것이 귀신의 조화가 아니면 무엇이겠습니까?"

가흔은 지푸라기라도 잡는 심정으로 수의를 찾아왔다고 했다.

허준은 먼저 수인에게 들려준 장수의 이야기를 꺼냈다.

전쟁 중에 겪은 끔찍한 경험이 기억을 왜곡하기도 하고, 마음의 상처가 몸에 증상으로 발현되기도 하는 것 같다. 누군가는 귀신으로 형상화되기도 한다. 부인의 통증 역시 어쩌면 전쟁 중에 겪은 끔찍한 경험이 통증으로 발현되는 것인지 모른

---

**25** 1시간 가량.

다. 병을 고치기 위해서는 전쟁 중에 입은 마음의 상처를 치유해야 한다. 자신이 도와주겠다.

허준은 이미 작성해둔 약방문을 건넸다.

가흔은 무심코 받아든 약방문을 보고 손끝이 저릿했다. 바로 박대감이 알아내라고 명했던 그 약방문이었다.

허준은 만들어놓은 약을 가져다주겠다며 잠시 기다리라 하고 자리를 떴다.

홀로 남은 가흔은 허준의 서재를 뒤졌다. 그러다 그가 자신에게 건넨 약방문과 똑같은 것을 책장에서 찾아냈다. 여기엔 약방문의 이름까지 정확히 적혀 있었다.

견귀방….

가흔은 머리가 복잡해졌다. 전쟁 중에 겪은 마음의 상처를 치유해야 한다니. 겉으로 드러나는 상처도 아닌데, 어떻게 치료를 한다는 것인가. 그리고 설령 그의 뜻대로 치료가 됐다고 치자. 허준이 그런 능력을 갖고 있다면, 그 능력으로 임금을 치료한다면, 그는 분명 자기 일에 방해가 될 것이다.

허준이 돌아왔을 때, 탁자 위에는 약방문만 남겨져 있었다. 책장을 살펴보았다. 아니나 다를까, 책장 사이에 껴두었던 '견귀방'이라 적힌 약방문도 가져갔다. 허준은 자취를 감춘 부인이 이상각을 목격한 여인이라 확신했다. 그리고 앞으로 자신에게 벌어질 일들이 고단하게 느껴져 가슴이 턱 막혀왔다.

이른 아침, 등청하던 수인은 포도청 앞을 서성이는 강재와 눈이 마주쳤다.

강재는 자신의 눈에만 보인다 했다. 다른 사람들에게 강재는 존재하지 않는다. 허준은 그를 본다는 게 병이라 했다. 전쟁 중 입은 마음의 상처가 강재를 보게 하는 거라고. 그런데 어떠한 상처의 경험인지는 떠오르지 않았다.

강재가 다가오자 수인은 못 보는 척했다. 강재는 서운하게 쳐다보았지만, 끝내 외면하고 포도청으로 들어가버렸다.

집무실로 들어서자, 민종사관이 따라 들어왔다. 그는 대뜸 허준이 의금부에 갇혀 있다며, 이유가 무엇인지 아느냐고 물었다.

조정에서 무슨 일이 벌어지고 있는지 알아야 처신을 하는데, 모르니 조바심이 나는 모양이었다. 골몰하다 민종사관이 고개를 돌렸을 땐 이미 수인은 집무실을 뛰쳐나간 뒤였다.

세자도 다시 허준이 갇혔다는 소식을 듣고 의금부로 향했다. 판의금부사[26]를 찾아 추궁했다. 판의금부사는 형조판서가 함구하라 했다며, 세자의 질문에도 일절 대답을 하지 않았다.

형조판서 박홍채 대감이 느긋하게 들어왔다.

그의 등장에 세자는 당황했다.

"정녕 수의가 의금부에 투옥된 연유를 모르십니까?"

세자는 박대감을 노려보았다.

---

26  의금부의 수장으로, 종1품에 해당한다.

“견귀방.”

박대감의 입에서 나온 소리에 세자는 당황했다. 이자가 견귀방을 알고 있다.

“이번에는 쉽게 의금부를 나서지 못할 겁니다. 저하께서도 수의와 거리를 두시지요. 저하께도 화가 미칠까 저어되옵나이다.”

세자는 그저 박대감을 노려보는 게 고작이었다. 힘없는 권위로 할 수 있는 게 없었다.

무기력하게 의금부를 나서던 세자는 수인과 마주쳤다. 그리고 수인은 세자를 통해 허준이 의금부에 갇혀 있는 이유를 알게 되었다. 견귀방이 문제가 된 것이다.

수인은 아찔한 기분이었다. 허준이 임금에게 견귀방을 처방한 것은 불경한 짓이다. 세자와 허준을 공격하고자 하는 자들이 가만있지 않을 게 자명했다.

세자는 연로한 허준이 의금부에서 추국을 당하면 죽고 말 것이라고 걱정했다.

수인은 낙심해 있는 세자를 두고 다급하게 어딘가로 향했다.


허준이 임금에게 귀신을 보게 한다. 망령된 짓을 저지른다. 가흔의 보고를 받고 박홍채는 일사불란하게 의금부를 동원해 허준을 의금부 남간[27]에 가뒀다.

---

27  의금부 안 남쪽에 있던 옥사로, 주로 반역사건에 관련된 중죄인을 가뒀다.

사평은 가흔이 직접 박대감에게 보고한 게 못마땅했다. 자신을 통해 그와 소통을 해왔는데 이번엔 직접 나선 것이다. 그녀에게 무슨 심적 동요가 있었던 것일까.

"이번 것도 그렇고, 이상각 건도 말입니다. 아씨께선 어찌 아셨을까요?"

칠수가 물은 것처럼 사평도 그게 궁금했다. 가흔은 어떻게 이상각이 허준의 집에 숨어 있다는 걸 알았을까. 어떻게 약방문 정체까지 알았을까. 그것들을 왜 자신에게는 알려주지 않은 것일까. 아직도 저를 업신여기는 것인지, 슬슬 화가 끓었다.

"평수!"

가흔이 평수의 이름을 꺼내며 벌컥, 문을 열었다.

사평과 칠수는 당황해 몸이 굳어버렸다.

약방문의 정체를 알기 위해 가흔은 둘에게 허준을 감시하게 했다. 허준이 평수를 만나러 간 날, 칠수가 뒤를 쫓았다. 그런데 그를 미행하는 자가 더 있었다. 그자를 경계하는 어수선한 상황이라 허준과 평수의 대화는 자세히 들을 수 없었다.

아무 병자나 만나주지 않는다는 수의가 비렁뱅이 평수를 찾았다는 소리에 가흔의 눈이 반짝였다. 평수를 만나면 수의가 작성한 약방문의 정체를 짐작할 수 있을지도 모른다.

가흔은 바로 그를 만나러 가려 했지만, 순라가 강화된 것을 핑계로 사평이 다음 날 아침으로 미루라며 말렸다. 그리고 다음 날 가흔이 그를 찾았을 땐 이미 자진한 후였다. 게다가 시신까지 매장된 상태였다.

평수의 움막 안을 살펴보다 벽에 붙은 부적을 발견했다. 그 부적은 가흔에게도 있었다. 사평이 무당에게 받아와 건네줬던 부적. 그렇다면 평수 역시 귀신을 보는 자였다. 허준은 병자가 아닌 귀신을 보는 자를 상대해주는 것인가.

그래서 귀신을 보는 자를 데리고 허준의 집을 찾았다. 아낙을 데리고 기다리는데, 그때 이상각을 목격했던 것이다.

가흔의 설명에 사평과 칠수는 놀라움을 감추지 못했다.

"헌데 평수란 자의 집에서 이상한 것을 보았소."

두 사람은 제 발 저린 듯 긴장했다.

"바닥에 삼줄이 떨어져 있었지. 아마 목을 매는 데 사용한 줄이었을 텐데. 헌데 비렁뱅이가 목을 매는 데 삼줄을 이용했다는 게 말이 되오?"

사평은 당황해 가흔의 시선을 피했다.

"누군가 삼줄로 비렁뱅이의 목을 졸라 살해하고 자진으로 위장한 거겠지. 그자가 누굴까? 비렁뱅이가 무엇을 알고 있기에 그걸 숨기려 자진으로 위장해 죽인 걸까?"

갑자기 가흔은 사평의 손을 잡아들었다. 이미 아물었지만 줄에 쏠린 상처가 희미하게 나 있었다. 사평은 손을 뿌리쳤다. 문에 찢어 난 상처라 얼버무렸지만, 가흔은 믿지 않았다.

"내게 숨기는 것이 있어선 아니 될 것이오. 만약 숨기는 게 있다면, 그대에게 준 모든 것을 가지고 떠날 것이니, 명심하시오."

가흔의 서슬에 사평은 아무 말도 못 하고 입술만 질끈 깨물었다.


어둠이 짙어지고 소리가 잦아들자, 내전을 지키는 상궁과 내관이 은밀하게 서로 눈짓을 주고받았다. 이어 상궁이 나인에게 심부름을 시켰다.

나인은 알고 있었다. 심부름을 시키면 최대한 늦게 와야 한다는 것을. 나인이 자리를 뜨자, 상궁은 내전 방문을 등지고 앉았다.

밤이 깊어 인적이 끊긴 한성은 정적에 휩싸였다. 수인은 숨소리마저 죽이며, 그림자처럼 정릉동 행궁으로 향했다. 그리고 도식에 표시된 암문을 찾았다.

오늘은 정묘일, 박대감의 명을 받고 암문으로 들어가는 이가 있을 것이다. 그자를 잡아야 허준을 구할 수 있다.

수인은 나무 뒤에 몸을 숨기고 암문을 지켜보았다. 반 시진이 지났을 무렵, 어둠 속에서 누군가 나타났다. 그는 풀숲에 가려진 암문 앞에 서더니, 잠시 후 감쪽같이 사라졌다.

수인이 다가가 풀숲을 헤쳐 암문을 찾아냈다. 담장처럼 위장된 암문을 당겨보고, 앞으로 밀어보고, 오른쪽으로 열어보는데, 꿈쩍하지 않았다. 분명 문이다. 여는 방법이 있을 것이다. 몇 번의 시도 끝에 드디어 암문이 열렸다. 그리고 그 앞으로 긴 어둠이 펼쳐져 있었다.

수인은 어둠 속으로 한 발 내디뎠다. 한 치 앞을 가늠할 수 없었다. 주변을 더듬어 앞으로 나갔다. 오로지 손끝에만 모든 감각을 집중했다. 긴 어둠 끝 멀리 희미한 불빛 한 점이 아른거렸다. 그 빛을 향해 천천히 나아갔다.

끝까지 당도하자 불빛이 새어 나오는 곳은 문인 것 같았다. 수인은 귀를 대보았다. 아무 소리가 들리지 않자, 조심스럽게 밀어보았다. 병풍 뒷면이 보였다. 그리고 한 번도 맡아본 적 없는 향내가 코끝을 스쳤다.

이곳은 내전 침소일 것이다. 수인은 발을 내디뎠다. 병풍 앞쪽에는 임금이 있을 것이고, 누군가 임금의 곁을 지키고 있을 것이다. 수인은 천천히 병풍 옆으로 고개를 내밀었다.

아니나 다를까, 잠이 든 임금 곁에 한 여인이 앉아 있었다. 뭔가 속삭이는 듯 임금을 향해 고개를 숙이고 있어, 정면이지만 여인의 정수리만 보였다. 두 사람 옆에 놓인 향로에서는 향연이 피어나고 있었다.

"전하, 방계혈통으로 얼마나 고단하셨습니까? 전하께선 최선을 다하셨습니다. 하지만 전하의 혈통 때문에 전하의 최선을 인정해주지 않았지요. 저들은 왕실의 권위를 흔들고 있습니다. 조선을 바로 세우는 길은 오로지 적통 왕자밖에 없습니다. 해서 영창대군을 세우셔야 합니다."

수인은 여인이 속삭이는 소리에 아연실색하고 말았다. 저 여인이 왕실을, 조선을 흔들고 있었다.

의식을 마친 듯 여인은 허리를 바로 세우더니 머리꽂이에 손을 대고 한동안 임금을 노려보았다. 그리고 그 모습을 지켜보던 수인은 경악하고 말았다. 가흔이었다. 귀신이어도 좋으니, 단 한 번만이라도 보고 싶었던 가흔. 그녀가 왜 이곳에, 저런 모습으로 있는 것인가. 수인은 이 모든 것이 그저 꿈만 같았다.

# 규수

임금을 노려보던 가흔은 이내 정신을 차렸다. 마음을 다잡고, 머리꽂이에서 손을 떼고 서서히 일어섰다. 그때 뒤척이던 임금이 눈을 떴다.

당황한 가흔이 얼른 고개를 조아렸다. 임금이 일어나려 하자 다가가 부축했다.

짧은 시간 단잠을 잤는지, 임금은 편안해 보였다. 지금까지 자신의 곁을 지킨 가흔을 대견하게 보더니, 마음이 너그러워져 다른 날이면 하지 않았을 말을 꺼냈다.

"저자에서는 내가 백성을 버린 임금이라 한다지?"

가흔은 당치도 않다며 부인했다.

임금은 가흔의 말이 진심이 아니어도 상관없었다. 그저 입바른 소리를 듣고 싶었을 뿐이다. 그래야 허물어진 마음을 다시 세울 수 있었다.

전쟁의 날들이 생생하게 떠올랐다. 새벽녘 다급하게 경복궁을 빠져나가 빗속을 쉬지 않고 북으로 북으로 올라갔던 것이 마치 어제 일 같았다. 젖은 옷을 참아야 하는 것도, 진창을 걸어야 하는 것도, 초라한 수라상을 견뎌야 하는 것도, 참으로 고단한 날들이었다.

그런 고생을 마다하지 않았던 것은 조선을 지키고자 했기 때문이었다. 종묘와 사직을 지키려 고단한 피란길을 감수했다.

그런데 평양성에서는 어찌 그럴 수가 있었단 말인가.

임금은 평양성에서의 일을 생각하면 지금도 가슴이 욱신거렸다.

피란을 가던 중 어가 행렬은 평양성에서 겨우 숨을 돌릴 수 있었다. 그러자 임금이 평양성까지 쫓겨왔다며 백성들은 겁을 먹었고, 성을 버리고 도망치려 했다. 그들을 설득해야 했다. 반드시 평양성을 사수할 것이라고. 왕실과 조정을 믿어 달라고. 그제야 백성들도 피란을 포기하고 평양성에 남았다.

임금도 평양성만은 지킬 수 있을 거라 예상했다. 부산부터 평양까지 싸우며 올라와 왜군은 많이 지쳤고, 병력 손실도 생겼으니 대동강 도하는 막을 수 있을 거라고.

하지만 예상과 달리 평양성도 위태롭다는 소식이 전해졌고, 황급히 성을 빠져나가야 했다. 그런데 백성들이 임금의 행렬을 막아섰다. 왜 자신들을 사지로 끌어들여 놓고 책임도 못 지고 도망을 가느냐며 울분을 토했다. 심지어 호조판서를 때리기까지 했다.

그렇게 백성과 왜군에게 쫓기듯 임금은 의주로 향했고, 뒤늦게 평양성이 함락되었다는 소식을 들었다. 그런데 더욱 기가 막힌 소식을 들어야 했다.

'임금이 의주로 도망쳤다!'

백성들이 성벽에 큼지막하게 적어놓았다는 것이다. 백성들이 왜군에게 임금의 행방을 고해바친 것이었다.

백성들이 임금을 버렸다. 임금은 어버이고, 백성은 자식이다. 어찌 자식이 어버이를 버린단 말인가. 불효막심한 자식을 어찌해야 한단 말인가.

그때를 생각하면 지금도 괘씸하고 노여워 손이 부들부들 떨릴 정도였다.

상심한 임금을 가흔이 가지런히 눕혔다. 다시 향을 피우고 잠이 들게 인도했다. 언젠가 만백성이 임금의 노고를 이해해주는 날이 올 것이라며, 마치 칭얼대는 아이를 달래듯 다독였다. 그러자 임금은 진정이 되었고, 서서히 잠이 들었다.

가흔은 냉정하게 그를 내려보았다. 그저 볼품없는 노인이었다. 이런 노인이 무엇이라고 백성들이 받들어야 하는지, 이 노인을 위해 목숨 걸고 싸워야 하는지, 이해할 수 없었다.

가흔은 조소하며, 발걸음을 돌려 어두운 비밀통로를 걸어 밖으로 나갔다.

암문을 열고 행궁 밖으로 나오니, 짙은 어둠 속에 적막만 가득했다.

　멀찌감치 숨어 있던 수인이 가흔을 지켜보았다. 잠시 밤공기를 깊게 들이마신 가흔은 장옷을 뒤집어쓰고 어딘가로 걷기 시작했다.

　이상했다. 그렇게 그리워하던 가흔을 만났는데, 선뜻 나서지 못하고 이리 몰래 뒤를 쫓아야 하는 것이. 왜 이런 상황이 됐는지. 모든 것이 의문투성이였다. 그렇게 혼란스러운 마음으로 그녀의 뒤를 쫓았다.

　커다란 기와집 앞에 다다랐을 때, 안에서 사내 둘이 뛰쳐나왔다.

　마중을 나갔다가 가흔과 길이 엇갈렸다며 사내는 노심초사한 모양새였다. 멀쩡한 걸 확인하고 안도하는 기색이 멀리서도 느껴졌다.

　가흔이 안심시키려 했지만, 사내는 안심하기는커녕 걱정만 더 늘어놓았다.

　지난번 암문 앞에서 불미스러운 일이 있었다. 그때 암문의 위치도 발각될 뻔했다. 항상 조심하고 경계해야 한다.

　위험을 대수롭지 않게 여기는 것 같아 사내는 화를 냈지만, 그것이 가흔을 심히 염려하는 것임을 수인은 느낄 수 있었다.

　잠시 후, 사내 앞에서 가흔이 장옷을 내렸다. 그제야 가흔이 비녀를 꽂고 있단 것을 알아챘다. 그렇다면 저 사내가 가흔의 낭군인가. 그래서 저리 염려하는 것이고. 가흔을 걱정하는 사내의 진심이 수인의 마음을 무너뜨렸다.

이어 그들이 집 안으로 들어가고, 대문이 닫혔다. 수인은 대문 앞으로 다가갔다. 굳게 닫힌 대문이 마치 가흔의 마음인 것만 같아 한동안 야속하게 바라보았다.

허준을 구하기 위해서는 비밀 의녀의 존재를 밝혀 박대감과 담판을 지어야 했다. 그런데 그 비밀 의녀가 바로 가흔이었다. 허준을 구하려면 가흔을 위험에 빠뜨려야 한다. 어떻게 그럴 수 있단 말인가. 수인은 마치 거미줄에 걸린 가련한 먹이가 된 기분이었다.


날이 밝자마자 수인은 한성 저자의 정보원들을 통해 가흔이 들어간 가회방 집을 조사했다.

늦은 오후가 되어서야 정보들이 모이기 시작했다. 가회방 집의 주인은 현재 한성 최고의 거부 윤가 사평이라 했다.

전쟁이 일어나기 전에는 대대로 파평에 터를 잡고 살았다. 파평에 전답이 있어 그것으로 먹고사는 정도였고, 가문에 딱히 벼슬이 높았던 사람도 없었다. 그런 그가 전쟁이 끝나자 거부가 되었고, 권력 실세 박대감에게 정치자금을 대 그의 사람이 되었다 했다.

전쟁을 겪으며 사람들은 많은 것을 잃었다. 하지만 윤사평은 오히려 전쟁을 겪으며 큰 부를 일궜다. 어떻게 그럴 수 있었을까.

그것만이 아니었다. 가흔은 그런 자와 어찌 만났을까. 무엇보다 어떻게 가흔은 사람의 정신을 조종하는 능력을 갖게 된 것일까.

수인은 궁금한 게 한두 가지가 아니었다. 모든 게 의문투성이라 불안은 점점 증폭되었다.

분명한 건 박대감이 가흔을 이용하고 있다는 것이다. 모두 박대감의 농간이다.

수인은 자신의 결론에 동의를 구하듯 멀찌감치 떨어져 있는 강재를 쳐다보았다. 하지만 강재는 아무 말도 하지 않았다. 동의해주지 않는 것이다.

만약 가흔이 임금 곁에 다가간다면, 그것은 필시….

수인은 난감해 눈을 질끈 감아버렸다.


병신년(丙申年:1596년), 지루하게 이어지는 전쟁에 백성들은 지쳐갔다. 언제 전쟁이 다시 시작될지 몰라 피란 짐을 풀지도 싸지도 못했다. 다음 수확을 기약할 수 없어 농사를 시작할 수도 없었다. 내일을 장담할 수 없는 불안한 나날이었다.

백성들은 불안을 잠재우고, 내일을 희망하게 해줄 지도자가 필요했다. 엄혹한 세월을 견디기 위해 의지할 누군가 절실했다. 그래서 이순신이 있는 통제영으로, 명망 있는 의병장이 있는 곳으로 약속이나 한 것처럼 모여들었다. 그렇게 의병장 김덕령에게도 백성들이 모였다.

그 무렵 흉흉한 소문이 돌았다. 몇몇 의병장과 무관들이 음력 초하루와 보름, 임금이 계신 곳을 향해 예를 올려야 하는 망궐례(望闕禮)를 하지 않는다는 것이었다.

그런 소문들은 왕실과 조정에 불안감을 키웠다. 임금을 인정하지 않는 장수와 그 밑으로 모여든 백성들이 무슨 일을 도모할지 몰라 은밀히 각 군영과 부대에 세작[28]을 심어두었다.

박대감은 수인에게 충고했다. 임금의 눈 밖에 나지 않게 항상 몸을 낮춰야 한다. 박대감에게 그런 내용의 서찰을 받을 때면, 수인은 자신보다 지기인 김덕령이 더 걱정되었다. 그의 호방한 성격이 조정의 오해를 살 것만 같았다. 그것도 모르고 백성들은 점점 더 그의 품으로 모여들었다.

가흔도 김덕령에 대한 걱정 때문에 잠을 이루지 못했다. 김덕령은 가흔의 오라비였다. 수심이 깊은 가흔을 보며 수인은 안쓰러웠다. 훌륭한 장수를 버리는 임금은 없다고 안심시키려했지만, 수인도 확신은 없었다. 그저 자신의 말이 맞기만 바랄 뿐이었다.

그러던 어느 날, 임금의 불안을 자극하는 사건이 발생했다. 이몽학이 난을 일으켰고, 많은 백성이 난에 가담했다. 임금과 조정의 걱정이 현실이 된 것이다. 그들은 이몽학의 난을 절대 묵과할 수 없다며, 본보기로 삼으려 했다.

난이 발생한 인근 군영에 이몽학을 진압하란 명을 내렸다.

---

**28** 간자.

그리고 그의 목을 벤 자에게는 큰상을 내리겠다고 했다. 김덕령의 부대에도 명이 내려졌다. 김덕령은 명을 따르기 위해 출정했다.

하지만 그사이 이몽학이 측근에게 살해당해 어이없게 반란은 금세 진압되었다. 김덕령은 회군을 결정했다. 그렇게 무사히 해결되었다 생각했다.

하지만 붙잡힌 반란군의 입에서 '김덕령'의 이름이 흘러나왔다. 김덕령이 회군을 한 이유는 바로 반란에 가담했기 때문인 것이라고 무고했다. 무고는 일파만파 커졌고, 결국 김덕령을 한성으로 압송하라는 임금의 명이 떨어졌다.

수인은 은밀히 박대감의 서찰을 받았다.

그를 돕겠다고 나서지 말라. 지금은 몸을 사리고 자신을 지킬 때다.

그리고 박대감은 수인을 지키기 위해 김덕령을 압송해 오는 임무를 맡겼다. 수인이 김덕령의 역모와 관계가 없으며, 박홍채의 사람이란 걸 알리기 위한 방책이었다.

김덕령을 따르던 장수들은 수인에게 노골적으로 적대감을 드러냈다. 박대감이 심어둔 세작이 수인이 아니냐고 의심했다. 게다가 압송을 위해 수인이 정한 길도 수상하다는 거였다. 왜군이 출몰하는 길을 굳이 선택한 것이 무엇이냐, 다른 의도가 있는 것이 아니냐.

수인은 그러한 의심과 모함이 당황스러웠다. 하지만 그들과 싸우는 것이 아무 도움이 되지 않는 것을 알기에 참았다.

막사를 나오던 수인은 가흔과 눈이 마주쳤다. 다행히 그녀의 눈빛은 흔들리지 않았다. 여전히 수인을 지지하고 있는 것처럼 굳건해 보였다.

자신은 가흔 없이 살 수 없다. 그리고 가흔도 오라비가 잘못되면 살기 힘들어할 것을 잘 알았다. 전쟁에서 자신만의 안위를 위하는 것은 무의미했다. 내가 아닌 다른 이도 살아야 나도 살 수 있다. 수인은 가흔과 함께 살기 위해 김덕령을 살리는 데 최선을 다할 것이라 했고, 가흔은 수인의 손을 잡아주었다.

다음 날, 수인은 김덕령과 무리를 이끌고 한성으로 향했다. 수인이 잡은 길은 조정에서 나온 선전관도 반대했던 길이다. 왜군이 자주 출몰하니 다른 길을 잡아라. 수인은 그곳이 지름길이고, 주상전하와 조정이 이몽학 사건을 빨리 마무리하고 싶어 하지 않느냐며, 선전관을 설득했다.

협곡을 지날 때, 모두 만반의 경계태세를 갖추었다. 무사히 통과하기를 바라던 병사들의 기원을 저버리고 왜군이 공격을 감행했다. 순식간에 육박전이 시작되었다.

수인은 이런 상황을 계획했다. 이제 혼란한 틈을 타 김덕령을 풀어줄 것이다. 하지만 예상대로 상황이 만들어지지 않았다. 왜군의 수가 애초 예상한 것보다 많은 탓이었다.

전투는 길어졌고, 왜군이 김덕령 가까이 접근하기도 했다. 수인은 싸우던 것을 멈추고, 김덕령을 구하기 위해 달려가 왜군을 베었다. 전투는 한 시진[29]에 걸쳐 이어졌다.

모두 지쳐갈 때 오라비를 걱정한 가흔이 쫓아왔다. 그녀도 칼을 들고 나섰고, 손이 뒤로 묶인 오라비를 구하기 위해 뛰어들었다. 급박한 상황 속에서 오라비의 손을 푸는 데 집중한 사이, 왜군이 가흔의 뒤로 다가왔다. 뒤늦게 목격한 수인이 달려갔으나, 이미 늦어버렸다.

가흔은 왜군의 칼에 베였고, 낭떠러지 앞까지 밀려났다. 휘청이던 가흔이 낭떠러지로 떨어지던 찰나, 수인이 그녀의 손을 움켜잡았다. 필사적으로 끌어올리려 했지만, 정신을 잃은 가흔의 몸은 결국 수인의 손에서 빠져나갔다. 움켜쥔 모래가 손가락 사이로 빠져나가듯.

그렇게 가흔이 물속으로 떨어졌고, 수인이 곧바로 따라 뛰어내리려 했다. 하지만 김응순이, 부관들이 달려들어 수인을 붙잡았다. 그들을 뿌리치려 몸부림쳤으나 소용없었다.

한성에 당도하자 김덕령은 의금부로 끌려가 고신[30]을 당했다. 이미 조정에서는 결론을 내린 것 같았다. 모진 고신에 만신창이가 된 김덕령은 마지막 힘을 내 한마디 했다.

"내가 잘못한 것이 있다면, 그건 어머님 3년 상이 끝나기도 전에 나라를 구하기 위해 전장에 나선 것뿐이오."

---


**29** 두 시간 가량
**30** 숨기는 사실을 강제로 알아내기 위해 육체적 고통을 주며 신문하는 것.

결국, 김덕령은 숨을 거뒀다. 그의 나이 스물여덟이었다.

수인도 의금부에 끌려가 고신을 당했다. 김덕령을 압송해 오는 과정에서 다른 꿍꿍이가 있었다는 게 이유였다. 수인 역시 김덕령과 함께 이몽학의 난에 가담한 것이 아닌지, 추궁을 당했다. 수인은 부인도, 항변도 하지 않았다. 가흔이 이미 이 세상 사람이 아니었다. 모든 게 부질없었다. 사는 것은 죽는 것과 다르지 않았다.

김덕령의 죽음이 알려지자 백성들의 원성이 새어 나왔다. 백성들의 반응에 조정과 왕실은 난처했다. 그런 분위기는 다행히 수인에게 도움이 되었다. 박대감까지 나서 수인의 신분을 보증해주었고, 그 덕에 풀려날 수 있었다.

수인의 고민이 커졌다. 가흔이 오라비를 죽음으로 몰고 간 임금에게 호의를 갖고 접근했을 리 없다. 원한을 품고 임금 곁에 다가간 것이다.


세자는 허준을 위해 할 수 있는 일이 없자 애가 탔다. 세자로 책봉된 이후 한 번도 마음 편한 날이 없었다. 어떻게든 자신을 끌어내리려는 자들에게 둘러싸여 이 악물고 버텨왔다.

어렸을 적, 큰 병을 앓은 적이 있었다. 내의(內醫)들이 모두 치료를 머뭇거렸다. 치료를 하다 왕자가 잘못되면 죽음을 면치 못하는 게 이유였고, 숨겨진 다른 이유는 왕자가 죽기를 바라는 자들이 소극적인 치료를 요구했기 때문이었다.

왕자라는 위치가 늘 그랬다. 누군가는 목숨 걸고 지키려 했고, 누군가는 없애려 했다. 모두 정치적인 계산을 하느라 시간은 흘렀고, 왕자의 병은 위중해졌다. 그때 나선 이가 허준이었다. 허준은 아무 이해 없이 치료해주었고, 다행히 목숨을 구할 수 있었다.

그날 이후, 허준이 세자의 사람이라 단정 지어졌고, 세자를 공격하던 자들이 허준까지 공격하기에 이르렀다. 허준은 그저 의원으로서의 길을 선택했을 뿐이었다. 그 길에 세자가 서 있었던 것이고.

노구의 몸으로 대업까지 착수한 허준을 저대로 둘 수 없지만, 그를 위해 무엇을 할 수 있으랴! 자신의 무력함에 화가 났다. 그러다 자조했다. 사실 무력하지 않은 날이 있기나 했던가.

그러다 문득 허준이 했던 말이 생각났다. 그가 의심하는 바가 있었다. 누군가 주상전하의 어심(御心)을 흔들고 있다고 했다.

그자만 밝혀낸다면, 판도는 또 어찌될지 몰랐다. 하지만 허준도 잡혀 있고, 단서 하나 없었다.


늦은 밤, 집으로 향하던 수인은 자신을 기다리는 세자와 마주쳤다. 세자는 허준을 구할 방도를 찾았냐고 물었다.

대답이 없자 세자가 조심스럽게 말을 꺼냈다. 사실 내전에 드나드는 자가 있다. 그자가 주상전하의 어심을 조종하는 것 같다. 그자가 내전에 든 다음 날이면 임금의 마음이 바뀌었다.

허준이 그자를 잡고자 했지만 실패했다. 그자를 밝혀낸다면 어찌 될 것인가? 아니 밝혀내야 한다!

수인은 소름이 돋았다. 세자도 비밀 의녀의 존재를 안다. 그녀가 세자의 손에 넘어가도 위험하다. 수인은 입을 다물 수밖에 없었다.

동조하지 않는 태도에 세자는 조금 당혹스러웠다. 그사이 계산을 한 것이라 여겼다. 자신의 이해에 따라 처신을 정한 것이라고.

"그대가 형판의 사람인 것을 잠깐 잊었소. 그대라면 백성을 위해 수의를 구해주리라 여겼는데…. 내가 어리석었소."

세자는 수인을 야속하게 노려보다 자리를 떴다.

헉! 혼자 남은 수인은 갑자기 가슴이 옥죄여 왔다. 두통까지 밀려왔고, 머리가 깨질 것 같았다. 이러다 숨을 쉬지 못하게 될까 두려웠다. 이 두려움의 정체는 무엇인가?

공포가 압도하자, 수인은 그만 중심을 잃고 쓰러졌다. 이 공포에서 벗어날 수 있게 누가 좀 도와주길 바랐다.

김서방이 자신을 기다리다 걱정이 돼 나와주지 않을까. 간절히 대문을 바라보았지만 그런 일은 일어나지 않았다. 홀로 몸부림치던 수인은 그대로 정신을 잃고 말았다.

쓰러져 있던 수인을 발견한 건 채령이었다. 가만히 앉아 기다릴 수 없어 달려온 것이다. 그사이 허준에 대한 새로운 소식을 들었을지 모르니까. 집 앞에 당도한 채령은 몸이 굳은 채 쓰러져 있는 그를 발견했다.

채령은 김서방을 불러 함께 수인을 방으로 옮겼다. 굳은 몸을 주물러 풀어주자 수인은 도피하듯 잠으로 빠져들었다. 채령은 그런 수인을 묵묵히 바라보았다. 무슨 꿈을 꾸는 것인지, 눈가에 눈물이 고였다.

난처한 상황을 모면하려 거짓으로 장군이라 불렀을 때, 수인의 눈빛이 흔들리던 게 기억났다. 장군이라 불러주던 사람 때문인가. 그 사람과 어찌 되었기에 이리 눈물을 흘리는 것일까.

채령은 머뭇거리다 눈물을 닦아주기 위해 수인의 얼굴에 손을 댔다. 따뜻한 눈물이 손에 닿자, 순간 마음이 저릿해졌다.

"낭자…."

그에 대한 안쓰러움, 그가 잊지 못하는 정인에 대한 궁금증, 왜 자신은 이런 것을 궁금해하는지 의문이 뒤엉켜 마음이 복잡해졌다. 외면하듯 채령은 벌떡 일어섰다. 그리고 그를 한심하다는 듯 내려보았다.

"아직 배를 덜 곯아봤어. 배부르고 등 따시니까, 여자 때문에 우는 거지."

채령은 수인을 흘기다 돌아섰다. 그리고 당장 방문을 열고 나가려다 무슨 이유에선지 멈춰 섰다. 방안을 천천히 둘러보았다. 그가 홀로 지내는 공간에 호기심이 생겼다.

채령은 하나하나 둘러보다 밀어놓은 서안 위에서 그리다 만 그림을 발견했다. 하얀 화선지 위에 여인의 얼굴. 수인을 장군이라 불렀을…. 내심 그림 속 여자가 부러워졌다.

채령은 이내 고개를 흔들었다. 자신이 한심해지더니, 이내 죄책감까지 밀려들었다. 죽지 못해 살면서 한가한 감정에 휩싸이는 자신이 부끄러웠다.

채령은 이내 풀어진 마음을 다잡고 그림을 서안 위에 던지듯이 내려놓았다.

그러다 갑자기 그림을 다시 들어보았다. 채령의 손이 점점 떨리기 시작했다. 여인에 대해 부러움과 궁금증은 이내 증오로 변했다. 그림 속 여자는 바로….

뒤에서 불쑥 그림을 낚아챘다. 어느새 깬 것인지 수인이 등 뒤에 서 있었던 것이다.

"여긴 어쩐 일이냐?"

"누굽니까? 헤어진 정인이라도 되는 겁니까?"

"내가 왜 대답을 해야 하지?"

수인은 불쾌하게 채령을 쏘아보았다.

"자나 깨나 잊지 못하는 그 정인, 지금은 어찌되었습니까?"

채령의 무례한 말투에 수인은 화가 났다. 마음도 번잡스럽고, 몸도 개운치 않아 수인은 그녀를 밀어내려 했다.

"그 정인, 어찌되었습니까?"

채령이 막무가내로 버티자 수인은 김서방을 불렀다.

김서방이 달려와 채령을 잡아끌었고, 채령은 발버둥쳤다. 하지만 결국 방 밖으로 끌려나갔고, 수인은 방문을 쾅 닫아버렸다.

채령은 닫힌 방문을 보며 소리쳤다. 김서방이 황급히 입을 막듯 말했다.

"우리 도련님 맘을 왜 그리 헤집는 건가? 죽은 아씨를 왜 떠올리게 해서…."

채령은 졸지에 무너져 내렸다. 게다가 굵은 눈물까지 떨구었다.

시간이 날 때면 늘 궁궐 앞을 지켰다. 한 여자를 찾기 위해서였다. 그 여자를 찾기 위해 지금까지 죽지 않고 살았다.

전쟁이 끝나면 임금 곁으로 갈 거라 다짐했던 여자. 아버지와 형제들, 의병들을 죽음으로 몰고 갔던 여자. 이름도 모르는 그 여자를 찾기 위해 지금까지 버텼다.

그런데 그 여자가 이 세상 사람이 아니라고 한다. 게다가 그런 여자 때문에 수인이 지금까지 괴로워했고, 그리워하고 있었다. 어떻게 그런 여자를….

채령의 아버지 문성식은 충북 청주에서 창의(倡義)[31]했다.

채령의 두 오라비 역시 아버지를 따라 의병이 되었다. 지역에서 명망이 높았던 문성식을 따라 지역 유생들, 농민들이 모여들었다.

큰 규모의 막강한 부대는 아니었지만, 나라에 대한 충성심만

---

31  국난이 닥쳤을 때, 나라를 위해 의병을 일으키는 일.

은 하늘을 찔렀다. 목숨 걸고 싸우는 것에 두려워하지 않았고, 이치 전투에 참전해 승전에 보탬이 된 것이 이들에겐 큰 자부심이었다.

어느 날, 왜군이 좁은 협곡을 지난다는 첩보를 입수하고 문성식 선생과 의병들은 그곳에 매복했다. 왜군들이 포로들을 끌고 협곡을 지날 때, 기습공격을 해 왜군을 궤멸시켰다.

구출된 포로들은 눈물을 흘리며 기뻐했다. 짐승 취급을 당하며 버텼던 포로 생활이 끝이 난 것이다. 모두 기쁨에 겨워할 때, 한 여자만 고요했다. 그녀의 얼굴은 백지장 같았고, 표정에선 아무런 감정도 보이지 않았다.

포로들은 푸른 눈의 괴물과 어울리면서 여자도 귀신이 되었다고 두려워했다. 의병들도 불길해  여자를 놓고 가기로 했다. 당시 포로 중 순왜가 끼어 있어 그들이 왜군의 세작 노릇을 한다는 소문도 파다했다.

그렇게 모두 여자를 놓고 가는 데 뜻을 모았다. 하지만 채령은 그럴 수 없었다. 저리 무심한 얼굴은 전쟁 중에 겪은 숱한 상처 때문이란 걸 잘 알고 있었다. 직접 나서 아버지와 오라비들을 설득했다. 자신이 항시 붙어 다니며 감시하겠다고 겨우 아버지의 허락을 받아냈다.

여자는 숙영지에 와서도 막사 구석에만 웅크린 채 사람들을 피했다. 늦은 밤, 구석에 박혀 잠을 자던 여자는 몸부림치며 괴로워했다. 입 밖으로 비명 한마디 내지르지 않았지만, 그것이 더욱 고통스러워 보였다.

홀로 고통을 참아내는 여자를 채령이 꼭 끌어안아 주었다. 혼자가 아니라고, 비명을 질러도 된다고, 그렇게 다독여주었다. 여자는 채령의 품속에서 차츰 안정되었다.

전쟁터에서 죽음은 일상이었고, 살아있는 모든 것은 애틋했다. 채령은 더는 죽음을 보고 싶지 않았다. 죽어가는 것을 어떻게든 살리고 싶었다. 그렇게 채령은 여자에게 정성을 쏟았다.

그러던 어느 날, 패전 소식을 듣고 숙영지는 우울감에 잠식되었다. 모두 깊은 두려움과 절망에 빠졌다. 채령도 내일 당장 어떻게 될지 모른다는 생각에 갑자기 두려워졌다. 그러다 여자에게 불안한 마음을 토로했다.

"우리 내년에도, 다음 달에도, 아니 내일도 살 수 있을까요?"

여자가 채령을 보았다. 지금껏 자기 생각이나 마음을 드러내지 않았던 여자가 똑똑히 말했다.

"나는 꼭 살 겁니다."

확신에 찬 여자를 보니, 조금이나마 안심이 되었다. 이어 여자가 덧보탰다.

"살아서 꼭 임금 곁에 갈 겁니다. 그리고 보여줄 거예요, 내가 본 지옥을."

채령은 아무 말도 하지 않았다. 다만 아버지가 들었다면 진노했을 것이라 생각했다.

음력 초하루가 되자, 문성식 선생은 임금이 계신 곳을 향해 망궐례를 거행했다. 오라비들과 의병들이 선생을 따라 절을 올렸다. 의식이 한창일 때, 웬 여자가 한가운데로 나섰다. 사람들을 피하던 그녀를 모두 의아하게 쳐다보았다. 여자는 큰 소리로 말했다.

"전쟁을 일으킨 장본인입니다. 전쟁이 터지자마자 젤 먼저 백성을 버린 자가 임금입니다!"

여자의 말에 모두 얼어붙었다. 아버지가 당장이라도 칼을 뽑아 여자를 벨 것만 같았다. 하지만 아버지는 화를 억누르고, 미욱한 여자를 일깨우고자 했다.

만물은 근본이 있게 마련이다. 사람의 근본은 어버이다. 임금이 어버이고, 백성은 자식이다. 임금을 부정하는 것은 결국 자신 또한 부정하는 것이다. 여자는 비웃었다.

"헌데 임금은 과연 임금다웠습니까? 아버지인 임금이 어찌 자식을 버릴 수 있단 말입니까? 임금답지 못하고, 아버지답지 못했다면, 그 임금은 바꿔야 하는 겁니다!"

대역부도(大逆不道)[32]다. 여자의 말에 모두 얼어붙었다. 채령은 안간힘을 쓰고 버티는 여자를 겨우 이끌어 자리를 피했다.

여자는 흥분이 가라앉지 않는지 몸을 부들부들 떨었다. 급기야 울음을 터트리더니 채령에게 말했다. 뜻이 달라 더는 함께 할 수 없다고. 채령이 붙잡았지만 여자는 그 손을 뿌리쳤다. 그

---

**32**  왕권을 범하거나, 어버이를 죽이는 따위의 큰 죄로 사람의 도리에 어긋남.

렇게 여자는 숙영지를 이탈했다.

지금은 화가 나서 그런 것이라고, 화가 가라앉고 나면 돌아올 거라 채령은 생각했다. 하지만 어두워지도록 여자는 돌아오지 않았다. 걱정된 채령이 여자를 찾아 나섰다.

사실 채령도 간혹 아버지의 고지식함이 답답했다. 아버지가 굳이 여자와 언쟁을 벌일 것이 뭐가 있나 싶은 생각이 들었다. 그렇게 채령은 밤늦도록 여자를 찾아다녔지만, 찾지 못하고 홀로 숙영지로 발길을 돌려야 했다.

그사이 왜군에게 기습을 당한 숙영지는 아수라장이 되었다. 여기저기 왜군이 가차 없이 사람들을 베었다. 날카로운 비명이 곳곳에서 들려왔다. 황망한 상황에 채령은 겨우 정신을 차리고 아버지를 찾았다.

노구의 몸으로 왜군과 맞서 싸우는 아버지를 겨우 찾았다. 그때 왜군이 아버지를 베려 칼을 높이 들었다. 채령이 아버지를 부르며 달려가려 하였으나, 더미가 채령을 붙잡았다.

"아기씨, 안 돼요, 아기씨."

결국 아버지는 왜군의 칼에 베여 죽었다. 더미를 뿌리치고 아버지를 향해 달려갔다. 그 순간 왜군이 총을 쐈고, 그 총알을 더미가 대신 맞았다.

왜군의 공격은 계속되었다. 채령은 더미를 데리고 몸을 숨겨야 했다. 죽은 조선인을 엄폐물 삼아야 했다. 그들 밑으로 들어가 몸을 숨겼고, 좁은 공간에서 겨우 몸을 돌리던 채령은 시신과 얼굴이 맞닿았다. 그 시신은 바로 오라비였다. 코가 잘린.

채령은 죽은 오라비와 얼굴을 맞댄 채 한 시진 이상을 버텨야 했다. 소리 죽여 통곡하며 그 시간을 견뎌냈다.

왜군이 물러가고 채령은 겨우 오라비 밑에서 기어 나왔다. 숨을 쉴 수가 없었다. 금방이라도 숨이 끊어질 것만 같았다. 산 생명은 하나도 보이지 않았다. 모두 죽음뿐이었다. 그때 안개가 가득한 사지 위로 한 여자가 귀신처럼 걸어왔다.

채령은 무서웠다. 그러면서도 이 와중에 자신의 안위를 걱정하는 것이 혐오스러웠다.

그런 마음을 억누르며 살기 위해 몸을 숨겼다. 몸을 숨기고 귀신 같은 여자를 지켜보았다. 그런데 귀신이 아니었다. 밤새 찾아다녔던 여자. 그 여자 곁에 왜나라 복장을 한 사내도 함께였다.

다음 날, 목숨을 구한 십여 명의 사람들이 수백의 시신을 부여잡고 통곡했다. 그러다 채령에게 달려와 원망을 토해냈다.

"그 여자가 왜군을 데려왔습니다!"

그 여자가 왜군을 데려와 몰살시킨 것이다. 산 사람들은 채령을 원망하며, 자신들의 슬픔을 달랬다. 채령은 수도 없이 후회하고 자책했다. 그날 이후 몸종 더미도 입을 닫아버렸다.


이제 어찌해야 할지 모르겠다. 그 여자를 엄단함으로써 죽은 영혼들을 위로하고자 했다. 그 여자를 없애는 것이 속죄하는 유일한 길이라 생각했다. 지금껏 목숨을 이어온 건 그 때문이었다. 그런데 속죄도, 엄단도 할 수 없게 되었다. 그렇다면 이제 살지 말아야 하는가.

서러움에 눈물이 터진 채령이 집으로 들어오자, 놀란 더미가 달려왔다.

더미는 채령의 몸을 살피며 걱정했고, 그런 더미를 보니 더욱 괴로웠다. 죽지 못해 사는 것으로 생각했는데, 사실 살고 싶어서 명분을 만든 건지 모르겠다. 이제 살 명분조차 사라졌으니 어찌해야 할까. 갈피를 잡지 못해 괴로워하는 채령을 더미가 다독여주었다.

저녁 무렵에야 수인도 겨우 몸을 추슬렀다.

집 앞에 쓰러진 자신을 채령이 발견했고, 많이 걱정했다는 김서방 말에 마음이 무거워졌다. 왜 하필 가흔의 그림을 보고 있었던 건지….

그러지 않았다면 그리 예민하게 굴지는 않았을 것이다. 채령을 탓하다 결국 자신의 비겁함을 깨닫고 자조했다.


가흔과 사평이 박대감 앞에 앉았다.

박대감은 사평을 조만간 돈녕부 직장에 천거할 것이라 했다. 사평이 벌떡 일어나 큰절을 올렸다. 드디어 사모관대를 하게 되었다. 꿈에 그리던 벼슬아치가 되는 것이다. 감격한 그는 연신 고개를 조아렸다.

박홍채는 비굴하게 구는 사평에게서 시선을 거두고 가흔을
보았다.

곧 허준의 추국이 시작될 것이다. 임금에게 견귀방을 처방한
것을 들어 대역부도한 죄로 몰아갈 것이다. 허준은 자신을 후
원해준 세자의 명을 받고 견귀방을 처방했으며, 결국 세자가
보위를 찬탈하기 위해 벌인 망극한 짓으로 결론이 날 것이다.

"그렇게 되면, 그땐 네가 나서야 한다. 네가 어심을 움직여 세
자를 폐하고, 영창대군을 세자로 삼도록 그리 만들어야 한다.
알겠느냐?"

가흔은 고개를 조아렸다.


사평은 기쁜 마음을 주체할 수 없었다. 날아갈 것만 같았다.
마치 구름 위를 걷는 것만 같았다. 드디어 벼슬아치가 되다니!
조선의 남자로서 마땅히 해야 할 입신양명을 할 수 있게 된 것
이다.

사평은 앞서 걷는 가흔의 뒷모습을 감격에 겨워 바라보았다.
사모관대를 한 후, 가흔의 앞에 설 생각을 하니 벌써 설렜다.

남들은 전쟁으로 많은 것을 잃어 끔찍하다지만, 그에게는 기
회였다. 전쟁은 그에게 많은 것을 안겨주었다. 그중 가장 큰 선
물이 가흔이었다. 그때 가흔을 만나지 않았다면, 이리 살진 못
했을 것이다. 그에게 가흔은 고마운 사람이며, 자신을 외면하
는 야속한 사람이기도 했다. 그리고 궁금한 사람이었다.

사평은 전쟁 중에 가흔과 함께 포로 생활을 했다. 지긋지긋하게 이어지던 포로 생활이 끝나자, 가흔은 삼 일 밤낮을 쉬지 않고 걸었다. 계곡을 건너고, 풀숲을 헤치고, 걷고 또 걸어 동굴 하나를 찾아냈다.

산짐승이나 드나드는 동굴이라 생각했다. 그런데 그 동굴 안에 수많은 보물이 쌓여 있었다. 사평은 보고도 믿기지 않아 뺨을 때렸고, 눈을 몇 번이고 껌뻑였다. 가흔은 그 보물을 보고도 안색 하나 변하지 않았다.

포로 생활을 할 때 은밀히 도는 소문이 있었다. 왜놈들이 약탈한 보물을 숨겨놓은 곳이 있다고. 그게 사실이었다. 그리고 그 보물을 가흔이 찾아낸 것이다. 푸른 눈의 괴물과 어울리던 가흔이 왜장의 보물지도를 보고 찾아낸 게 분명했다.

가흔이 사평을 노려보며 다짐을 받듯 말했다. 금은보화를 모두 넘길 것이다. 어찌 쓰든 상관하지 않겠다. 다만 보물을 발판 삼아 박홍채 대감의 곁에만 가게 해달라.

사평은 그리했다. 보물을 이용해 박대감의 환심을 사 접근했고, 그를 통해 임금에게까지 다가갔다. 하지만 그게 끝이 아닐 것이다. 가흔이 궁극적으로 원하는 것은 따로 있을 것이다. 그런데 무엇인지 모르겠다. 그럴수록 사평은 불안했고, 그녀의 속내를 알 수 없어 화가 났다.

그렇다고 그녀를 붙잡고 물을 수도 없었다. 가흔이 애초부터 조건을 걸었다. 자신에게 어떤 것도 묻지 말라고. 그렇게 거리를 두는 그녀가 사평은 야속했다.

'장군….'

십수 년 전에 아문 상처로 인해 정신을 놓을 때면 가흔이 찾는 이였다. 그자와 관련이 있는 것인가. 그자는 누군가. 며칠 전 가흔을 행궁 앞으로 마중을 나갔을 때가 떠올랐다. 그때 암문 앞을 낯선 양반이 서성이고 있었다.

암문이 탄로 날까 봐 가슴이 내려앉았다. 칠수와 호위무사들이 양반을 쫓기 위해 다가갔다. 하지만 정체를 확인하기도 전에 종사관이 길을 막아섰다. 그 바람에 그가 누군지 알아낼 수 없었다.

종사관과 칼을 겨루던 장정들이 밀리자 도망을 쳤고, 종사관이 그들을 쫓았다. 그때서야 가흔이 암문을 열고 나왔다. 다급하게 자리를 뜨려던 가흔은 되돌아온 종사관과 마주쳤다.

종사관은 가흔에게 다가가려 했고, 가흔은 뒷걸음질 쳤다. 지켜보던 사평은 난감했다. 가흔의 정체가 탄로 날까, 가슴이 쿵쾅댔다. 그때 가흔이 종사관을 향해 단도를 휘둘렀다.

종사관이 당황하는 사이, 칠수가 은밀히 다가가 뒤통수를 가격해 그를 기절시키고 무사히 자리를 피할 수 있었다.

분명 가흔과 종사관은 아는 사이다. 가흔이 잠결에 부를 정도면, 그가 가흔의 정인일지 모른다. 그렇다면 가흔은 그에게 왜 단도를 휘두른 것일까?

사평은 의문이 꼬리에 꼬리를 물자 답답했다. 당장이라도 가흔을 붙들고 묻고 싶었다. 도대체 무슨 사연인지, 원하는 것이 무엇인지, 다 말해보라고. 하지만 그럴 수 없었다.

'아무것도 하문하지 마시오.'

요구 조건을 어길 때 모든 것을 회수해 떠나겠다고 하지 않았던가. 사평은 재물을 빼앗기는 것보다 가흔이 자신의 곁을 떠나는 것이 더 싫었다. 그래서 그는 오늘도 가흔에게 아무것도 묻지 못하고, 머릿속으로 오만 생각을 하며 뒤를 종종거리며 쫓았다.


정화일(丁火日), 밤이 깊어지자 사방은 고요했다.

가흔은 사평과 칠수의 호위를 받으며 행궁으로 향했고, 그들이 암문을 열어주자 비밀 통로를 통해 내전으로 들어갔다.

어두운 통로에 서서 가흔은 잠시 생각했다. 계획한 대로 진행되고 있다. 조만간 원하던 걸 이룰 것이다. 그러기 위해 오늘밤 거행하는 의식이 중요하다. 반드시 어심을 돌려놔야 한다.

가흔은 한 번 더 다짐하고 내전으로 향했다.

이부자리 위에 앉은 임금이 가흔을 맞이했다. 가흔은 향로에 마른 잎을 넣어 향을 피웠다. 은은한 향이 내전을 채웠다. 이부자리에 누운 임금의 얼굴 앞에 가흔이 긴 목걸이를 드리웠다. 임금은 목걸이를 따라 시선을 옮겼다.

나지막한 목소리가 임금의 귓가에 울렸다. 그 말이 무슨 뜻인지 전혀 알 순 없었다. 아마 이역만리 어느 나라의 말일 것이고, 불경 같은 것이라고 임금은 이해했다.

언제부턴가 뜻을 알 수 없는 그 말이 참으로 좋았다. 자신을 비난하는 것인지, 원망하는 것인지, 알아들을 수 없는 말이 마음을 편안하게 했다. 오늘도 그 소리를 들으며 임금은 눈을 감았다.

가흔은 임금의 가슴을 토닥였다. 은은한 향, 나지막한 음성, 따뜻한 손길, 임금의 마음이 노곤해졌다. 가흔은 그의 귀에 대고 속삭이듯 말했다.

"전하, 전하께서는 도망을 가신 것이 아닙니다. 무지렁이 백성들이 그것을 도망이라 하지요. 전하께서 한성을 떠나 의주로 가셨기에 전쟁으로부터 종묘와 사직을 지킬 수 있었습니다. 전하께서 왜군에게 잡히셨다면, 조선은 지금쯤 왜의 땅이 되었겠지요. 해서 조선을 지킨 자는 그 누구도 아닌 바로 전하십니다."

임금의 표정이 편하게 풀어졌다. 가흔이 말을 이어나갔다.

"전하께서 조선을 버리고 도망을 갔다고 주장하는 자들이 있지요. 그들이 그리 말하는 것은 바로 전하의 혈통 때문입니다. 방계혈통, 전하를 무시하는 자들이옵니다. 적통이었다면 전하의 용단을 도망이라 비난하지 못했을 겁니다. 불충한 그들이 전하를 흔들고 조선을 흔들고자 합니다. 더는 왕실을 흔들게 놔둘 순 없습니다."

임금은 동의하듯 입술을 지긋이 다물었다.

암문을 통해 내전으로 숨어든 수인은 가흔의 의식을 숨죽여 지켜보고 있었다.

가흔이 어심을 움직이고 있다! 어심에 따라 고달파지는 건 늘 백성이었다. 가흔이 마치 백성을 희롱하는 것만 같았다.

"전하, 조선을 지킨 것은 세자가 아니라 전하셨습니다. 그리고 이번에도 전하께서 지키셔야 합니다. 아무도 왕실을 범할 수 없게 세자를 바로 세우셔야 합니다. 세자를 폐하고, 적통 영창대군을 보위에…."

박대감이 부담을 주었기 때문일까. 가흔은 그만 실수를 했다. 너무도 급하게 직접적으로 들어갔고, 임금의 저항이 발생했다. 임금이 갑자기 눈을 떴다. 심기가 불편한 임금은 가흔에게 물러나라 손짓했다. 가흔은 물러설 수밖에 없었다.

어두운 비밀통로에 서서 실수를 복기했다. 생각할수록 너무도 아쉬웠다. 하는 수 없이 다른 날을 기약해야 했다. 그렇게 마음먹고 걸음을 옮기는데, 차가운 칼날이 목에 닿았다.

가흔은 당황했다. 비밀통로에 괴한이 난입한 것이다. 그만 온몸이 굳어버렸다.

칼을 겨눈 수인은 마음이 급했다. 조금이라도 지체하다간 마중 나온 사평에게 걸리고 말 것이다. 수인은 칼을 겨눈 채로 그녀의 어깨를 밀어 암문 밖으로 나갔다.

곧장 채령의 집으로 향했다. 허준의 집으로 옮기기 전 살았던 집은 사방으로 막혀 있어 감시망으로부터 자유로울 것이었다.

전날 채령을 찾아 수인은 사과했고, 도움을 요청했다. 무슨 일이 있었는지 채령의 얼굴은 초췌했다. 잠시 걱정을 했지만 채령이 환하게 웃어 보이며, 돈만 넉넉히 주면 언제든 집을 내어주겠다 했다.

수인은 가흔을 곳간에 가두고 채령과 노미에게 감시를 부탁했다. 절대 곳간 문을 열어줘선 안 된다고 신신당부하고, 떨어지지 않는 발걸음을 겨우 옮겼다.

아침이 되자 의금부에서는 추국을 준비했다. 박대감도 나와 앞으로 하게 될 추국의 과정을 점검했다.

오늘 안에 모든 것이 정리될 것이다. 그는 마지막으로 옥에 갇힌 허준을 찾았다. 연로한 허준은 며칠 동안 옥에 갇혀 있던 터라 얼굴이 많이 축난 상태였다.

"순순히 자복하는 것이 본인도, 세자도, 덜 괴롭게 하는 것임을 명심하시오."

허준은 그에게 시선조차 주지 않았다. 박홍채는 위기에 몰린 상황에서도 꼿꼿한 허준이 못마땅했다. 잡학이나 공부한 의원 나부랭이에게 어울리지 않는 고고함이 느껴져 괘씸하기까지 했다.

그때 수인이 들어왔다.

"여긴 어찌 들어온 것인가?"

"세자저하께서 들여보내 주셨습니다. 밖에 세자저하께서 계십니다."

박홍채는 어이가 없단 듯 수인을 보았다. 끈 떨어진 권력을 동아줄인 양 잡은 것 같아 가련하기까지 했다.

"전하께서는 귀물을 보는 것이 확실합니다."

"수의가 견귀방을 처방했으니, 그러한 것이 아닌가!"

"견귀방은 귀신으로 형상화된 마음의 상처를 치료하기 위한 약방문입니다. 귀신을 보게 하는 것이 아닙니다."

"그 말을 누가 믿어줄 것인가?"

박홍채는 허준이 직접 쓴 견귀방을 들어 보였다.

"허면 귀물을 단속하라 하신 분께서 귀물의 존재를 인정하시는 겁니까?"

박홍채는 순간 말문이 막혔다.

"수의가 전하께 귀물을 보게 했다. 전하께서 귀물을 본다. 그것이 전하께 득이 되리라 생각하십니까? 귀물을 보는 군주가 용상에 앉아 있는 것이 합당하다 여기는 자가 얼마나 되겠습니까! 밖에 수의를 압박하고자 부른 유생들은 뭐라 할 것 같습니까."

박홍채는 대수롭지 않게 여기는 얼굴이었다. 그 정도 분란은 잠재울 수 있단 자신감까지 보였다.

"허니 대군께 보위를 물려줘야 하지 않겠나?"

수인은 박홍채를 안타깝게 보았다. 피할 수만 있다면 그녀를 거론하지 않고 넘어가고 싶었다. 하지만 방도가 없었다. 수인은 힘을 줘 입을 뗐다.

"정화일 밤, 대감의 사람들이 내전을 지키는 밤이면 은밀하게 따로 들어가는 이가 있었습니다…."

그리로 들어간 비밀 의녀가 임금의 정신을 조종하고 있었다. 비밀 의녀가 다녀간 다음 날이면 임금은 선위소동을 벌였다. 이것이 다 비밀 의녀의 짓이었다. 그렇게 종묘와 사직을 위태롭게 하고 있었다.

박홍채는 수인이 어떻게 이토록 낱낱이 알고 있는 것인지 의문이 들기도 전에 덜컥 가슴이 먼저 내려앉았다. 그는 무작정 으름장을 놓았다.

"증좌도 없으면서 헛소리하지 말게!"

"증좌를… 가지고 있습니다. 비밀 의녀, 지금 어디 있는 줄 아십니까?"

박홍채는 놀라면서도 고개를 갸웃했다. 수인의 술수를 짐작할 수 없었다.

"밖에 세자저하께서 계십니다. 저하께 비밀 의녀에 대해 말씀 올려도 되겠습니까?"

협박이라는 건 분명했다. 만약 비밀 의녀가 세자의 손에 넘어가면 판도가 달라질지 모른다. 세자는 기회를 놓치지 않고 자신을 공격할 것이다. 박홍채의 주먹 쥔 손이 부르르 떨렸다.

자신이 뜻한 바대로 거의 완성이 되는 순간이었다. 그런데 바로 눈앞에서 막혀버렸다. 바로 이자 때문에. 자신이 거둬 키운 지기의 아들 때문에.

결국 수인이 보는 앞에서 견귀방을 태우고 박홍채는 자리를 떴다.

그제야 수인은 안도했고, 비로소 옥에 갇힌 허준을 보았다.

허준도 그제야 고개를 돌려 수인을 보았다. 두 사람 사이에 신뢰가 쌓인 눈빛이 오고 갔다.

그날 추국은 취소되었고, 허준은 의금부에서 풀려나왔다.


수인은 내내 달렸다. 가흔이 존재한다는 것이, 자신이 찾아가면 볼 수 있다는 것이, 가슴을 벅차오르게 했다. 이제는 가흔을 지켜야 할 차례였다.

채령의 집 앞에 도착하자 수인은 숨을 가다듬었다. 이 문을 열면 가흔이 있다. 수인은 감격에 겨워 문을 밀고 들어섰다. 하지만 분위기가 어딘지 어수선했다. 채령을 불렀지만 답이 없었다. 불안한 마음에 곳간 문을 열어젖혔다. 아무도 없다!

방 안에서 신음소리가 들려왔다. 수인이 달려가 방문을 열자 채령과 노미가 재갈이 물린 채 묶여 있었다. 수인이 재갈을 풀고 어찌 된 것인지 다그쳐 물었다. 괴한들이 난입해 자신들을 묶고 곳간에 갇혀 있던 자를 데려갔다고 했다.

황망한 얼굴로 수인이 뛰쳐나가려 하자, 채령이 붙잡았다.

"끌려간 게 아니었습니다. 방에 갇혀 있던 터라 본 것은 없지만, 들리는 소리로는 서로 아는 사이였습니다."

박대감이 끌고 간 게 아니라면…. 잠시 안도했지만 이내 실망했다. 윤사평이다.

"누굽니까?"

채령이 물었지만 수인은 대답하지 않았다. 가흔을 이제 뭐라 불러야 할지 모르겠다. 다른 이의 부인이 된 그녀를 어찌 불러야 할까.

상심한 수인의 얼굴을 보고 채령이 조심스럽게 물었다.

"누구기에 그리 안타까워하십니까?"

세상이 무너져 내린 듯한 표정을 보고서야 채령은 짐작했다. 수인의 정인은 죽지 않았다. 살아있다. 그 여자가 살아있는 것이다. 다행이다. 정말 다행인가. 채령은 혼란스러웠다.

수인이 가흔을 찾기 위해 뛰쳐나가려 하자 채령이 그의 팔을 잡았다. 수인이 그녀의 손을 뿌리쳤다.

홀로 남겨진 채령은 무너지지 않으려고 주먹을 쥐고, 입술을 깨물었다.


축시(丑時)[33] 무렵, 암문 앞으로 마중을 나간 사평은 가흔이 나오지 않자 신변에 변고가 생긴 것을 직감했다. 박대감에게 알려야 하지 않느냐는 칠수의 말에 그는 절대 안 된다고 했다. 그가 알기 전에 가흔을 찾아야 했다. 지금은 그녀가 박대감의 명에 따라 움직이기 때문에 필요한 존재지만, 만약 적에게 넘어가면 가차 없이 버릴 것이다.

---

**33** 새벽 1시부터 3시 가량.

사평은 불현듯 종사관이 떠올랐다. 그를 살피면 길이 보일지도 몰랐다. 칠수를 시켜 종사관을 수소문했다.

종사관은 그때 허준을 구명하려 고군분투하고 있었다. 칠수는 종사관이 허준의 집에서 무당과 함께 나서는 것을 목격했고, 그들을 미행했다. 그리고 낡은 집에 가흔이 갇힌 것을 확인했다. 칠수의 보고를 받자마자 사평이 바로 움직였다. 불시에 들이닥쳐 채령과 노미를 감금하고, 곳간에 갇힌 가흔을 찾아냈다.

그녀가 무사한 것을 보고서야 사평은 긴장이 풀어졌다. 무슨 일이 생겼을까 봐 전전긍긍했건만, 그래서 서둘러 왔건만 고맙다는 말 한마디 듣지 못했다. 그건 못내 서운했다. 하지만 지금은 다급한 상황이었다. 그녀를 한성의 비밀 가옥으로 피신시키는 게 급선무였다.

"누구요, 나를 그곳에 가둔 이가?"

"종사관. 종사관 최수인."

사평은 종사관과 무슨 사이냐고 일부러 다그쳤다. 이참에 한꺼번에 분통을 쏟아냈다.

그자 때문에 일을 그르치게 생겼다. 알량한 벼슬 하나 얻으려고 그 개고생한 것이 모두 수포로 돌아가게 생겼다. 그리고 이제 더는 임금 곁에 다가가지도 못할 것이다. 이 모든 것이 그놈 때문이다.

가흔의 귀에는 그의 불평이 제대로 들리지 않았다. 자신을 내전에서 데려 나와 가둔 이가 수인이었단 사실만이 마음을 복잡하게 만들었다.

가흔은 눈을 감아버렸다. 수인이 자신을 방해하고 있다. 칼에 베인 상처가 욱신거렸다. 또다시 통증이 찾아올 것만 같았다.

사평은 정신이 나가 있는 가흔을 한 번 더 다그쳤다.

"그자가 그댈 데려와 거기 가둔 이유가 뭐라 생각하오! 형판과 협상을 하기 위한 것이오. 그대를 버리고 수의를 구한 거란 말이오. 그대만 미련하게 잊지 못하고 있단 거요!"

가흔이 고개를 흔들며 버럭 소리를 질렀다.

"그자는 나의 원수요! 그래서 잊지 않는 것이고. 절대 잊어서도 안 되는 것…!"

한때는 목숨보다 소중했던 사람. 자신보다 믿고 의지했던 사람. 수인이 전쟁에서 가장 지키고 싶었던 이가 가흔이었듯, 가흔도 그랬다. 그러므로 그의 배신이 뼈아팠다. 그리고 아직도 그때의 배신이 자신을 괴롭혔다.

수인이 원수임을 밝혀 그에게 가려는 마음을 붙들기로 했다. 가흔은 그렇게 사평에게 수인과 얽힌 지난 일을 들려주었다.

그렇다면 박대감 곁에 가고자 한 것은 무엇인가.

그들을 이용해 수인을 치기 위함이라고 가흔이 대답했다.

물론 궁금증이 모두 해소된 건 아니지만, 사평은 가흔의 말을 믿기로 했다. 그리고 그녀의 말이 사실이라면, 수인은 절대 용서받을 수 없을 것이다. 그제야 사평은 분노를 가장한 질투를 거뒀다.

박대감에게서 사평만 만나자는 연통이 왔다.

그는 생각보다 진노해 있었다. 비밀 의녀의 존재를 저들이 알게 되었다고.

"허니 첩실 하나 버리는 것이야 일도 아니지 않은가?"

사평은 당황했다. 예상하지 못한 바는 아니었으나, 막상 직접 듣고 나니 난감했다.

만약 비밀 의녀의 존재가 탄로 나면, 대감뿐만 아니라 사평 자신 역시 궁지에 몰릴 것이라며 한 편임을 강조했다. 박대감은 수인이 비밀 의녀를 데리고 있으니 찾아내라 압박했다.

대답을 회피하던 사평은 저도 모르게 억눌렸던 궁금증이 튀어나왔다.

"포청 종사관 최수인과는 어찌된 사이십니까?"

괘씸한 마음이 들었는지 박대감의 입에서 술술 수인과의 관계가 튀어나왔다.

수인은 지기의 아들이다. 지기가 죽음으로써 자신의 안위가 보전된 적이 있었다. 그에 대한 미안함으로 지금껏 후견인이 되어주었다. 그런데 그런 아량 따윈 베풀지 말았어야 했다. 병신년 그때, 내 뜻을 거역하고 김덕령을 보호하려 했을 때 버렸어야 했다.

전말을 듣고 사평은 크게 놀랐다. 가흔의 오라비가 의병장 김덕령이었다니. 그리고 박대감 말에 의하면, 가흔이 수인을 오해하고 있는 것이다.

박대감 집을 나와 걸으며 사평은 생각했다. 이제야 가흔이 원하는 게 무언지 알겠다. 왜 박대감에게 접근했는지, 왜 비밀 의녀가 되어 내전에 들어갔는지, 모든 것이 명확해졌다. 그리고 선명하게 깨달았다. 결코 서로의 목표가 일치할 수 없다는 것을.

이대로라면 자신이 목표한 것을 이룰 수 없게 된다. 대감의 말대로 첩실 따위 하나 버리는 것. 그 뭐가 어려운 일이겠는가. 사평은 한숨을 길게 내쉬었다.

# 이조정랑

의금부에서 나오자마자 허준은 그동안 밀린 집필에 몰두했다. 마치 글을 쓰는 데 매진하기 위해 서재에 스스로를 가두고 있는 것만 같았다.

몸이 축났을 텐데…. 쉴 새도 없이 고된 집필을 이어가는 허준이 걱정돼 동희가 내내 서재 앞을 서성였다. 어느새 채령도 동희와 함께 서재 앞을 지켰다.

술시(戌時)[34]가 끝나갈 무렵 수인이 찾아왔다.

채령은 그를 보자 눈을 흘기곤 자리를 피했다.

수인은 서재에 들어서서도 기척을 내지 않았다. 묵묵히 집필에 몰두하는 허준의 뒤에 붙박인 듯 서 있었다. 입을 몇 번 달싹였을 뿐 헛기침도 하지 않았다.

---

34 저녁 7시부터 9시 가량.

이각이나 지나서야 뜸을 들이던 수인이 허준 앞에 섰다.

"전에 기억을 지워 달란 장수 말입니다…."

글을 쓰던 허준이 가만히 붓을 내려놓고는 수인을 쳐다보았다.

눈을 마주치고서야 드디어 그의 입에서 봇물처럼 말이 시작되었다.

기억을 지울 수 있다면, 잃어버린 기억을 되찾을 수도 있는 것이 아니냐. 장수의 기억을 지워주었듯이, 자신의 잃어버린 기억을 되찾게 도와 달라. 수인이 간청했다.

허준은 그를 묵묵히 바라보다 고개를 숙이며 말했다.

"지워버린 기억을 되찾았을 때… 마주해야 할 현실을 감당할 수 있겠소?"

의외의 전제가 달린 물음이었다. 감당할 것이 그토록 어려운 것인가! 수인은 당황해 쳐다보았다.

"어쩌면 그 기억을 가지곤 살 수 없기에 일부러 지워버린 걸 수도 있소."

무슨 경고를 들은 것처럼 두려움이 엄습했다. 수인은 선뜻 입을 열지 못하고 고개를 돌렸다. 서재 밖을 서성이는 강재가 보였다. 그와 눈이 마주치자 수인은 서재 문을 닫아버렸다.

전쟁 이후, 머릿속에 늘 안개가 낀 것 같았다. 자욱한 안개를 걷어내고 희미한 것들을 선명하게 보고 싶었다. 하지만 그 안개가 모두 걷히고 났을 때, 마주하게 될 것이 끔찍할 수 있다는 것은 별로 생각하지 않았다. 갑자기 자신이 보게 될 것이 두려워졌다.

　대답을 못 하고 머뭇거리던 수인은 마음을 먹은 듯 허준을 똑바로 보았다. 정리가 된 것이다. 그것이 무엇이라 하더라도 반드시 직면해야 한다. 그래야 가흔을 지킬 수 있다.

　그러나 허준은 확답을 해주지 않았다. 예의 무심한 얼굴로 그를 바라보다 다시 쓰던 글로 몸을 돌렸다.

　서재 밖에서 두 사람의 이야기를 엿듣던 채령은 다짐했다. 수인은 반드시 그 여자를 찾아낼 것이다. 그때가 되면 자신이….

　굳게 다짐하듯 주먹까지 움켜쥐었다.


　며칠이 지나도록 허준은 치료를 시작하자는 말이 없었다.

　수인은 답답했지만 재촉하지 않았다. 그사이 할 일은 많았다. 기별을 기다리며 틈날 때마다 윤사평의 집을 감시했다.

　집 안에는 몇몇 노비들만 오갈 뿐 사랑채에도 안채에도 노상 불이 꺼져 있었다. 가흔은 이 집에 없는 것이다. 그렇다면 어디로 간 것일까.

　앞만 신경 쓰느라 뒤를 소홀했던 탓일까, 수인은 뒤늦게 누군가 자신을 주시하는 걸 눈치챘다. 단순한 관심인지 미행인지 확인해야 했다.

　수인은 슬며시 길 쪽으로 걸음을 옮겼다. 아니나 다를까, 누군가 뒤따르는 게 느껴졌다.

　수인은 여러 갈래 길에 잠시 멈추었다가 으슥한 모퉁이를 돌아 기다렸다. 그리고 금세 자신을 뒤쫓아온 자를 붙잡았다. 민 종사관이었다.

그의 낯빛은 어둠 속에서도 당황한 기색이 역력했다. 어찌 미행했느냐 다그치자 그는 어설프게 손사래를 쳤다. 그저 가던 길이라며 얼버무렸고, 황급히 자리를 떴다.

쉽게 추측할 수 있었다. 박대감이 시킨 것이리라. 자신을 미행해 가흔의 행방을 찾으라고. 그러니 그역시 그녀가 어디 있는지 모른다. 다행스럽기보다 오히려 마음이 급해졌다. 한시라도 빨리 가흔을 찾아내야 한다!

수인은 정보원인 가쾌[35]들을 통해 윤씨 집안이 소유한 가옥들을 조사했다.

윤사평은 현재 거주하는 가회방[36] 집을 제외하고, 낙선방[37], 회현방[38], 순화방[39]에 각각 한 채씩 집이 더 있었다. 수인은 낙선방과 회현방 집을 살펴보았다. 거긴 다른 이들이 살고 있었고, 가흔의 흔적은 찾을 수 없었다.

어둠이 내려앉고 나서야 마지막으로 순화방 집에 당도했다. 집은 인적이 끊긴 지 오래된 듯 스산함이 감돌았다. 작은 불빛

---


35  집을 사고파는 흥정을 붙이는 직업의 사람.
36  현재 종로구, 가회동, 재동, 안국동 일대.
37  현재 충무로, 을지로 일대.
38  현재 중구, 남대문, 회현동, 명동 일대.
39  현재 종로구, 효자동, 체부동, 누하동, 통의동 일대.

하나도 찾을 수 없었다.

수인은 소리도 없이 담을 넘어 들어갔다. 어둠에 휩싸인 집을 살펴보았다. 기척이 들리자 몸을 숨겼다.

윤사평이 먼저 어둠 속에서 걸어 나왔고, 그 뒤를 칠수가 뒤따랐다. 급한 용무가 있는지 그들은 바로 집을 나섰다. 여기 어딘가 가흔이 있겠구나.

막 찾아 나서려는데, 발소리가 들려왔다. 돌아보니 가흔이었다. 답답했던지 바람을 쐬며 마당을 서성였다.

수인의 급한 마음이 그만 발소리를 냈다.

사평이 되돌아왔나? 가흔이 돌아섰을 때, 뒤엔 수인이 서 있었다.

가흔은 온몸이 굳어버리는 것만 같았다. 애절한 눈을 한 그를 어찌 대해야 할지 몰랐다. 그의 음성이라도 듣게 되면, 순식간에 무너질 것만 같아 가흔은 힘을 모아 천천히 돌아섰다.

"낭자! 가흔아!"

가흔은 눈을 질끈 감았다. 머릿속에 각인돼 있던 수인의 음성에 가슴이 요동쳤다. 하지만 동요하는 마음을 들켜선 안 됐다.

수인은 자신을 피하는 가흔이 야속했다. 그렇게 불러만 놓고는 자신도 어찌할 바를 몰랐다. 붙잡고 싶었다. 더 멀어지기 전에.

그녀가 떼는 한 걸음이 백 리처럼 멀어지는 것만 같았다. 가흔을 붙잡으려는 순간, 살기가 뻗쳐왔다. 쉬익, 바람을 가르는 날카로운 소리는 칼만이 낼 수 있는 소리였다. 어둠에 숨어 침입한 자가 가흔을 향해 칼을 휘둘렀다. 반사적으로 수인의 칼이 괴한의 칼을 받아냈다.

대체 누구를 노리는 것인지 몰랐지만, 괴한의 다음 공격으로 선명해졌다. 복면의 괴한은 다시 가흔을 향해 칼을 휘두른 것이다.

공격은 필사적이었다. 그러느라 뒤를 내준 괴한의 등을 수인이 가차없이 베어버렸다.

칼에 맞은 괴한은 그대로 엎어졌다. 수인은 아찔한 기분에 사로잡혔다. 미행은 늘 신경 쓰고 있었다. 일부러 다른 길을 골라 다니기도 했고, 엉뚱한 데서 경계를 보기도 했다. 그런데도 따라붙었다면 여전히 자신이 미숙한 탓이다. 그런 미숙함이 가흔을 위험에 빠트린 것 같아 스스로에게 화가 났다. 수인이 복면을 벗기기 위해 다가갔다.

히이잉, 그때 윤사평이 되돌아왔는지 말 우는 소리가 들려왔다. 수인과 가흔은 서로를 먼저 바라보았다. 그들이 함께 있는 이 상황은 위험했다.

어찌해야 하나…. 괴한을 두고 먼저 대문 쪽으로 다가갔다. 그 틈에 부상이 커서 움직일 줄 몰랐는데, 괴한은 어느새 담을 넘어 도망쳤다.

수인이 가흔의 손목을 움켜잡아 이끌었다. 가자, 일단 여기서 빠져나가야 한다! 그런 암묵의 행위였다. 하지만 가흔은 움직이지 않았다. 다시 잡아끌었지만 이번엔 손을 뿌리쳤다.

이내 한 무리의 사내들이 들이닥쳤고, 순식간에 가흔을 호위했다.

격렬한 칼싸움이 시작되었다. 어떻게든 가흔에게 다가가고자 했지만, 겹겹이 쌓인 적을 뚫기는 어려웠다. 상대를 죽이지 않고 돌파하려니 공격의 정도를 조절하느라 더욱 애를 먹었다.

가흔은 사내들의 호위를 받으며 자리를 떠났다. 싸우는 와중에도 애타게 불렀지만, 가흔은 뒤도 돌아보지 않았다. 전쟁이 끝나고 지금까지 오로지 그녀만 그리워하며 살아왔다. 그런데 그 세월을 부정당한 것만 같아 수인은 서러움이 북받쳐 올랐다.


허준은 다급해 보였다. 좀처럼 보이지 않던 조급한 모습이었다. 그렇지만 사발에 약초를 넣고 짓이길 때는 능숙한 솜씨였다. 약초, 붕대를 비롯해 치료에 필요한 물품들을 챙겨 서재를 나섰다. 그러다 수인과 마주쳤다.

허준은 난처했다. 그가 왜 찾아왔는지 모르지 않았다. 절박한 심정도 이해했다. 하지만 그보다 먼저 해결해야 할 일이 있었다.

위중한 병자가 있으니 다음 날 오라 했다. 수인은 뒤늦게 허준의 옷자락에 피가 묻은 것을 보았다. 그의 말은 사실일 것이다. 하는 수 없이 길을 비켜주었다.

수인은 우두커니 남아 허공만 맥없이 바라보았다. 오늘도 기댈 곳이 없어 마음이 허전했다.

수인은 집을 나서려고 행랑채를 지났다. 행랑방 앞에 전전긍긍하고 있는 노미가 보였다. 무슨 일인가 싶어 다가갔다.

노미는 수인을 알아보고 고개를 숙였다. 방문에 허준의 그림자가 일렁였다. 중한 병자가 있다더니, 설마 채령인가? 수인이 방문을 열어젖혔다.

방에 채령이 엎드려 있었다. 등에는 길고 깊은 자상이 그어져 있었다. 허준은 상처에 황단 가루를 바르며 지혈에 애를 썼다. 극심한 통증이 몰아치는지 채령은 이를 악물며 참는데도 신음이 터져 나왔다.

아랫목에는 피 묻은 옷가지들이 어지럽게 놓여 있었다. 그 옆으로 익숙한 검정 복면이 눈에 들어왔다. 대번에 좀 전 칼을 섞었던 괴한이 떠올랐다. 그러고 보니 괴한의 몸집이 사내치고 왜소했다. 설마 하는 심정으로 물었다.

"너를 벤 자가 누구냐?"

채령은 아무 말도 하지 않았다.

"너를 벤 자가 나였더냐!"

부정도 하지 않았다. 그제야 수인은 가흔을 공격한 괴한이 채령이라 확신했다.

"도대체 왜!"

왜 이런 사단을 만드는지 도무지 알 수가 없었다.

채령이 힘겹게 일어나 앉았다.

수인은 어찌 그런 짓을 했느냐며 소리쳤다. 더미가 눈물을 참아가며 원망스럽게 수인을 보았다.

"나리께서 귀신이어도 좋으니, 보고 싶다고 한 그 정인 말입니다. 그자가 제게는 반드시 죽여야 할 원수입니다."

원수라니? 수인은 채령의 말이 선뜻 이해되지 않았다. 가흔이 누군가에게 원수라니…. 원수라는 말에 혹 다른 뜻이 있는가…. 순식간에 혼란에 사로잡혔다.

채령은 겨우 힘을 끌어모아 말을 이어갔다. 가흔 때문에 더미가 말을 잃었다. 가흔 때문에 아버지와 오라비들이 죽었고, 수많은 의병이 몰살당했다.

수인은 칼을 맞은 듯이 비틀거렸다. 가흔은 그런 사람이 아니다. 그럴 리 없다. 분명 잘못 알고 있는 것이다. 수인이 변명처럼 소리를 내지르는 사이에 이 악물고 버티던 채령은 그만 실신했다. 더미가 다급하게 채령을 부축했다.

허준이 버럭 소리를 지르며 수인을 행랑방에서 쫓아냈다.

"여기는 사람을 살려야 하는 곳이네! 당장 나가게!"

수인은 방에서 쫓겨나서도 한동안 꼼짝도 하지 못했다. 도대체 가흔은 어떤 삶을 산 것인가. 그동안 무슨 일을 겪은 것인가. 깊은 늪에 빠진 것처럼 숨이 막혀왔다.


김덕령을 한성으로 압송하던 그날, 가흔은 왜군의 칼에 베였다. 그걸로도 모자라 천 길 낭떠러지에서 떨어졌다. 그런데 그게 전부가 아닌 것이다.

그날 자신이 모르는 무언가 더 있다. 알아내야 했다. 그래야 어둠에 감춰진 가흔의 적의를 들춰볼 수 있을 것이다.

그러려면 그들을 만나야 한다. 그날 김덕령을 압송하는 데 함께했던 이들. 그들이라면 자신이 기억하지 못하는 걸 알고 있을지 모른다. 고인이 된 김응순을 제외하면, 장수 중엔 세 사람이 남아 있다. 이신엽, 유명호, 박필주.

수인은 이른 아침 이조로 향했다. 등청하는 관원들 사이에서 수인은 이조정랑[40] 이신엽을 찾았다. 멀리 관복 차림으로 다가오는 그를 발견하고 성큼성큼 다가갔다.

두 사람은 전쟁이 끝난 후 한 번도 마주친 적이 없었다. 수인은 고통스러운 시간을 함께 보낸 자와는 되도록 만나지 않았다. 그들을 만나면 잊고 지냈던 피비린내가 떠올랐다. 역한 냄새가 숨을 따라 들어와 속을 뒤집었다. 역겨움을 참는 것 자체가 고역이었다. 그건 상대도 피차일반일 것이다.

"장군!"

이신엽은 전쟁 중 자신이 모셨던 수인을 장군이라 부르며 다가왔다. 수인은 장군이란 호칭이 불편했다. 자신보다 품계도 높으니 종사관이라 부르라 했지만, 이신엽은 잠시 망설이다 다시 장군이라 불렀다.

이신엽은 김덕령이 억울하게 죽자 잠시 낙향했었다. 그랬던

---

**40** 인사권을 담당하는 이조의 정오품 관직.

그가 현재 청요직인 이조정랑이 돼 있었다. 세월은 흘렀고, 남은 사람은 어찌 되었든 살아야 했다. 그가 현실과 타협한 것을 두고 비난하고 싶진 않았다.

수인은 이신엽에게 단도직입적으로 물었다. 김덕령을 압송하던 그날에 대해 기억나는 대로 말해 달라고. 이신엽은 금세 안색이 굳었다.

"장군, 다신 떠올리고 싶지 않은 일을 어찌하여…."

이신엽은 수인과 함께 김덕령을 한성으로 압송했다. 압송 과정에서 발생한 불미스러운 일로 인해 그도 추궁을 당했다. 수인과 함께 김덕령을 풀어주려 한 것이 아닌지, 함께 역모에 가담한 것은 아닌지.

수인도 그때 일을 떠올리는 것이 괴로웠다. 그래서 그를 이해 못 하는 바도 아니었다. 그러나 다른 이의 사정을 봐줄 여유가 없었다. 애원하다시피 부탁했다.

이신엽은 난처해하면서도 숨을 고르고, 조심스럽게 그날을 떠올렸다.

그 역시 수인의 기억과 별반 다르지 않았다. 수인은 내심 실망했다. 그때 이신엽이 물었다.

"도대체 왜 그런 겁니까? 그날에 대해 왜들 묻는 건지요."

'왜들 묻느냐니?'

수인은 자신 말고 그날에 관해 물은 이가 있다는 사실에 의아했다. 그자가 누구냐고 되물었다. 이신엽은 골치 아픈 상황에 엮이는 것만 같아 입을 다물었다. 괜한 말을 꺼냈다고 후회하는 눈치였다. 아랑곳하지 않고 수인은 재차 물었다.

그날 김덕령을 압송하는 데 함께 했던 이들 중 유명호가 찾아왔다고 했다. 그는 전쟁이 끝난 후 조정에서 관직을 마련해 주겠다 했지만, 끝내 낙향해 살고 있었다. 의병장 곽재우도 벼슬을 마다하고 산에 들어가 살지 않았던가.

전쟁이 끝나고, 조선에 진정 필요한 자들은 모두 권력의 칼날을 피해 숨어버렸다. 의심과 탐욕이 드글거리는 세상에 나서려 하지 않았다. 나서 봤자 최후가 어찌되는지 김덕령이 여실히 보여주지 않았던가! 그래서 전쟁이 끝나자 많은 의로운 이들이 세상을 등졌다.

유명호는 자신을 괴롭히는 자를 찾고 있었다. 그날을 상기시키며 괴롭힌다고 두려워했다.

"누군가? 괴롭히는 자가…."

"장쇠였습니다."

유명호는 김덕령의 충복 장쇠의 행방을 물었다고 했다. 하지만 장쇠가 그를 괴롭힐 순 없었다.

"장쇠는 이미 죽었습니다."

무인(誣引)[41] 사건이 일어났을 때, 장쇠 역시 고신을 받다 죽었다.

---

41 죄가 없는 사람을 무고하여 끌어들이는 행위.

수인은 혼란스러웠다. 그렇다면 귀신의 농간이란 말인가. 유명호 역시 귀신 짓이라며 두려워 돌아갔다고 했다.

그가 지금 어디 사는지 물었다. 잠시 고민하던 이신엽이 안내하겠다며 따라붙었다. 그렇게 두 사람은 유명호가 사는 양주로 향했다.


밤이 되어서야 양주에 도착했다. 이신엽도 기억이 가물가물한 탓에 동네 사람들에게 물어물어 겨우 집을 찾았다.

금방이라도 무너질 것 같은 집 앞에서 둘은 착잡한 심정이었다. 낙향해 세상과 등진 이가 살 법하다며 수인은 속으로 생각했다. 문을 두드리자 노복이 나왔다.

노복은 어쩐지 잔뜩 겁에 질린 얼굴이었다. 경계하는 기색도 뚜렷했다. 유명호를 찾아왔다 하자 노복은 잠시 망설이다 문을 열어주었다.

집으로 들어서니 소복 차림을 한 그의 처 박씨가 맞아주었다. 수인은 설마 했다. 아니나 다를까, 이미 유명호는 죽어 보름 전에 장례를 치렀다고 했다.

“지병이 있었던 겁니까?”

박씨는 울먹이며 말했다.

“관아에서 현재 수사 중입니다….”

박씨의 말에 의하면 유명호는 살해당했다. 도무지 믿기지 않아 말없이 쳐다만 볼 뿐이었다.

유명호는 전쟁이 끝나고 4년 정도 한성에서 살았다. 끊임없이 왕실과 조정의 눈치를 봐야 했던 세월이었다. 내내 아무것도 하지 않고, 아무도 만나지 않는다는 것을 끊임없이 입증해야 했다. 그런 삶에 지쳐 결국 관직도 버리고 낙향했다.

낙향하고 몇 달간은 마음 편히 살았다. 하지만 그 후로도 조정의 감시는 계속되었다. 감시하고 있다는 신호를 끊임없이 보내는 감시였다. 유명호는 밤낮으로 시달리며 괴로워했다.

작년부터 이상한 일들이 발생했다. 밤에 홀로 깨 서책을 보고 있으면 한 사내의 그림자가 일렁였다. 누구냐, 물으면 답이 없었다. 쫓아 나갔다가 공격을 당해 정신을 잃기도 했다.

그러던 어느 늦은 밤, 둔탁한 소리에 잠이 깬 박씨는 사랑방으로 달려갔다. 그리고 이미 칼에 찔려 숨을 헐떡이는 남편을 발견했다. 유명호는 겨우 한마디를 남기고 숨을 거뒀다.

"뭐라고 했소?"

수인이 재촉해 묻자, 박씨는 괴로운 듯 눈을 감으며 힘겹게 말했다.

"장쇠. 장쇠라고 하셨어요. 서방님을 죽인 자가…."

그리고 '보고도 못 본 척, 듣고도 못 들은 척, 알고도 모른 척한 자들은 모두 죗값을 받게 될 것이다'라는 글이 적힌 종이 한 장이 발치에 떨어져 있었다.


뜬눈으로 밤을 새우고, 둘은 다시 한성으로 향했다. 이제 남은 사람은 수인과 이신엽, 박필주, 셋이었다.

한성에 도착한 두 사람은 갈래길 앞에 섰다. 이신엽은 등청을 해야 한다며 아쉬워했다. 그러면서 만약 새로 알게 된 것이 있다면 꼭 알려달라 신신당부를 하고 나서야 수인과 헤어졌다.

수인은 바로 박필주를 수소문했다. 박필주가 한성에 살고 있다는 소식은 몇 년 전에 들어 알고 있었다. 가쾌들을 동원해 그의 집을 알아냈고, 그날 밤 당도했다.

늦은 밤이지만 달이 휘영청 떠 있어 저녁 무렵처럼 환했다. 집에는 불이 꺼져 있었다. 싸리나무 문을 열고 들어가 불러도 대답이 없었다. 댓돌 위에는 짚신 한 켤레만 놓여 있었다.

수인이 조심스럽게 방문을 열었다. 어두운 방 안, 한가운데 사내가 누워 있었다. 설마….

수인이 다가가 사내를 흔들어보았다. 미동도 없었다. 몸에서는 피가 묻어났다. 아니나 다를까, 그는 박필주였다. 그 역시 살해당한 것이다.

달빛이 비치는 방 안에는 여기저기 부적이 붙어 있었다.

박필주 역시 귀신에게 시달렸던 것인가? 난감해하는 사이 밖에서 웅성거리는 소리가 들려왔다. 수인은 뒷문을 통해 밖으로 빠져나갔다.

잠시 후, 포교가 포졸들을 이끌고 들어왔다. 누군가 포도청에 직접 신고를 한 모양이었다. 수인은 멀리서 지켜보다 자리를 떴다.

포도청에 먼저 도착해 포교 일행을 기다렸다.

포교는 먼저 민종사관에게 상황을 보고했다. 이웃이 박필주에게 종이를 빌리려 갔다가 시신을 목격하고 포도청에 신고해 현장에 나갔다고 했다.

민종사관은 절차대로 초검[42]을 하겠다며, 의원과 오작인[43]을 부르라고 시큰둥하게 지시했다. 머뭇거리던 포교는 소매에서 종이 하나를 꺼내 건넸다.

"이런 것이 옆에 있었습니다."

민종사관은 포교가 건넨 종이를 펼쳐보았다.

"보고도 못 본 척, 듣고도 못 들은 척, 알고도 모르는 척한 자들은 모두 죗값을 받게 될 것이다. 이게 뭐야?"

가까이서 듣고 있던 수인은 소름이 돋았다. 유명호처럼 박필주 역시 장쇠에게 살해당한 것인가? 죽은 자가 어떻게?

자신을 포함한 이신엽과 김응순, 유명호, 박필주는 모두 김덕령의 사람이었다. 그렇다면 김덕령을 제거한 쪽에서 남아 있는 자들까지 제거하는 것인가.

김덕령의 죽음을 방관한 자를 응징하는 것 같은 글은 또 무엇이란 말인가. 생각할수록 혼란만 가중되었다. 어찌 되었든 남은 자는 이제 자신과 이신엽, 둘뿐이었다. 그리고 자신도, 이

---

42  살인사건이 있을 때, 처음으로 사체를 검시하는 것.
43  시체를 검사할 때, 직접 시체를 만지고, 맞추는 일을 하던 하인.

신엽도 장쇠의 목표이 될 것은 틀림없었다. 갑자기 스스로 덫으로 들어온 것 같은 기분이었다. 만약 이신엽을 만나지 않고 그래서 그들을 찾지 않았다면 이런 위협에 휘말리지 않았을까? 수인은 고개를 저었다. 언제고 어차피 닥칠 일이라는 걸 부인할 수 없었다.

수인은 퇴청 무렵 이조로 향했다. 이조에서 나오던 이신엽이 먼저 그를 알아보고 다가왔다.

어찌 되었는지 궁금해했다. 수인은 박필주의 죽음을 소상히 알려주었다. 유명호 곁에서 발견된 글이 이번에도 발견되었다는 것까지.

이신엽은 불안해했다.

"귀신의 짓입니다! 장쇠, 장쇠가 복수를 하는 겁니다! 억울하게 죽은 장쇠가 복수를 하는 거라고요! 우리도 가만두지 않을 겁니다."

수인이 그를 다독였다. 장쇠의 죽음에도, 김덕령의 죽음에도 관여된 바가 없으니 겁먹을 것 없다고 했다. 게다가 귀신이라니, 말도 안 되는 일이다!

"아무래도 충용장을 제거한 쪽에서 충용장을 따르던 자들까지 죽인 것인지 모르겠네."

"그럴 리가 없습니다! 분명 약조까지 했습니다!"

수인은 가만히 이신엽을 노려보았다. 그의 낯빛이 노랗게 변했다. 무슨 소리냐고 은근히 물었다. 이신엽은 정신이 없어 말이 헛나왔다고 얼버무렸다.

더는 묻지 않았다. 무슨 협박을 해도 결코 당장은 입 밖에 내지 않을 것이다. 그것이 무엇인지, 기다려야 한다. 그의 불안한 정신 상태가 결국 이런저런 말을 토해내게 될 것이다. 그 말들 속에서 숨기는 것 또한 찾을 수 있을 것이다. 그때를 위해 그를 곁에 두어야 했다.

이신엽도 자신 역시 장쇠의 먹잇감이라며, 이대로 집에 머물다가는 가족들에게도 화가 닥칠 것 같다며 두려워했다. 그렇다면 함께 있어야 방비할 수 있다 하자, 이신엽도 순순히 응했다.

수인은 그를 안국방 집으로 데려갔다. 오는 동안 계속 떨리는 그의 입을 흘깃거렸다.

밤이 늦어 이부자리에 누웠다. 잠이 오지 않는지 이신엽은 연신 뒤척였다. 그러면서 전쟁 중에 겪었던 소소한 일들을 추억하듯 말을 이었다.

수인의 반응이 없자 그도 입을 다물었다. 이각 정도 침묵이 흘렀다. 잠이 들었나 싶었는데, 이신엽이 중얼거리듯 말을 이었다.

"장군은 귀신 같은 것 믿지 않겠지요?"

수인은 대답하지 않았다. 아랑곳하지 않고 이신엽은 멍하니 허공을 보며 말을 이어갔다.

몇 달 전, 늦은 밤 이신엽은 승지에게 급히 전달한 장계가 있어 행궁을 찾은 적이 있었다. 무사히 장계를 전달하고 행궁을 나서다 행궁 으슥한 곳에서 움직임도 소리도 없이 걸어오는 한 여인과 마주쳤다. 거긴 외부인이 출입할 수 있는 데가 아니었다.

여인의 복색으로 보아 궁녀도 아니었다. 느껴지는 기운이 너무도 차가웠다. 구름에 가려졌던 보름달이 드러나면서 얼굴을 볼 수 있었다. 얼굴을 확인하고, 이신엽은 놀라 숨이 멎는 것만 같았다. 여인은 김덕령의 죽은 누이와 너무도 닮았다.

눈을 비비고 다시 보았다. 하지만 그사이 여인은 사라지고 없었다. 귀신이 되어 돌아온 것인가. 억울하게 죽은 오라비에 대해 복수하기 위해 원귀가 되어 돌아온 것인가.

이신엽은 원귀가 된 김덕령의 누이를 보았다고 아무에게도 말하지 않았다. 믿어줄 사람도 없거니와 귀신을 입에 올려선 안 되는 시대였다.

그날 이후부터 이신엽은 부쩍 불안에 휩싸였다. 그런데 유명호, 박필주까지 귀신에게 죽임을 당했다. 김덕령을 압송하는 과정에 있던 이들 모두 죽었다. 수인과 자신만 빼고.


코 고는 소리가 들려왔다. 수인은 이신엽을 돌아보았다. 피곤했는지 잠이 깊어 보였다. 수인은 잠이 오지 않아 연신 뒤척였다. 눈을 뜨면 무거운 어둠이 짓누를 것만 같고, 눈을 감으면 가흔의 노려보던 눈빛이 떠올랐다. 잠이 들었다 깼다를 반복하다 새벽녘이 되어서야 겨우 잠이 들었다.

이제 곧 닭이 울 시각이었다. 잠을 자면서도 수인은 닭 울음

소리가 곧 들려올 것을 인지하고 있었다. 그런데 갑자기 숨이 턱, 막혀왔다.

옴짝달싹 못 하게 어딘가 갇힌 것만 같았다. 간혹 한 번씩 하는 발작이 시작된 것인가. 하지만 이전의 발작과는 달랐다. 이러다 정말 숨이 끊어질 것만 같았다.

수인은 팔을 뻗어 더듬었다. 이신엽이 닿지 않았다. 눈을 번쩍 떴다. 누군가 위에 올라타 목을 조르고 있는 것이 아닌가.

수인은 악몽이라 생각했다. 하지만 정말 죽을 것처럼 괴로웠다. 그러는 사이 어둠에 눈이 익어 수인은 자신을 누르는 자의 얼굴을 분간할 수 있었다. 이신엽이었다.

"보고도 못 본 척, 듣고도 못 들은 척, 알고도 말하지 않은 척, 죽어 마땅하다!"

수인은 정신이 혼미해지는 와중에도 의문만 들었다. 도대체 왜….

# 순왜

촛불 하나 밝힌 채 허준은 글을 써내려갔다.

흐트러짐 없는 자세라 붓의 움직임이 없었다면, 마치 서재 안의 모든 게 정지된 것만 같았다. 촛불조차 미동이 없었다.

쿵쿵! 정적을 깨고 다급하게 대문을 두드리는 소리가 들려왔다.

허준은 위중한 병자려니 여기고 잠시 붓을 내려놓았다. 발소리가 가까워졌고, 이어 서재 문이 벌컥 열렸다. 수인이었다. 등에는 한 사내가 업혀 있었다.

허준이 얼른 침상으로 안내하자 수인이 힘겹게 사내를 눕혔다. 수인은 거의 넋이 나가 있었다.

허준은 목에 난 그의 상처에 약부터 발라주었다. 어느 정도 진정이 되자 수인이 더듬거리며 입을 열었다.

자신의 몸에 올라타 목을 조르는 이신엽과 눈이 마주쳤을 때,

수인은 귀신을 보는 줄 알았다. 광기로 번들거리는 눈이 사람의 것이 아니었다. 입가가 찢어진 채로 목소리가 튀어나왔다.

"너도 싫었지? 사람들이 너보다 믿고 따르는 그가 싫었잖아."

수인은 무슨 소리를 하는지 몰랐고, 서걱이는 목소리만이 역겹게 들렸다.

"충용장, 너도 그가 잘못되길 바랐잖아!"

무과 출신도 아닌 그가 장군 행세하는 것이 싫었던 것 아니냐고, 그를 시기해 죽음으로 몰고 간 것이 아니냐고, 그래서 그를 위해 나서지 않은 것이냐고 몰아붙였다.

겨우 정신을 차린 수인은 이신엽을 밀쳐내고, 그의 몸을 짓눌러 제압했다.

이신엽은 굴복하지 않고, 온몸을 뒤틀며 발악했다.

꼼짝 못 한 채 지쳐가는 걸 보고 조심스럽게 물었다.

"누구냐? 누구야, 넌?"

"장쇠!"

수인은 믿을 수 없었다.

"유명호, 박필주도 죽인 것이냐?"

대답을 듣기도 전에 힘을 소진한 이신엽은 그만 정신을 잃었다. 수인이 그를 둘러업고 달려온 것이다.

허준은 정신을 잃은 이신엽을 물끄러미 바라보았다. 인자한 얼굴이었다. 수인이 말한 광기와는 거리가 먼.

"마치 빙의된 자 같았습니다. 헌데 수의께선 귀신은 없다 하

214

셨습니다."

허준은 자신의 생각을 설명했다.

별당아씨의 사례처럼, 이신엽도 어떤 충격적인 사건을 겪었고, 그것이 마음과 정신을 부서뜨려 장쇠라는 인물을 만들어냈을 것이다. 차마 이신엽이었을 땐 하지 못한 일을 장쇠가 되어 한 것이리라.

장쇠는 보고도 못 본 척, 듣고도 못 들은 척, 알고도 모르는 척한 자들을 처단했다. 결국 충용장을 배신한 자들을 처단했다는 말이다. 그렇다면 자신과 죽은 이들이 그를 배신했다는 것인가.

충용장 김덕령을 압송해 오는 과정에서 왜군과 육박전이 있었단 선전관의 보고에 역도 잔당이 그를 빼돌리려 한 것이 아닌지 의심받았다. 압송을 담당했던 수인도 고신을 당했다.

김응순, 박필주, 유명호, 이신엽도 의금부에서 고초를 당했다. 자신이, 그들이 왜 김덕령의 충복인 장쇠에게 처단의 대상이 되었는지 도무지 이해가 되지 않았다.

어느새 깼는지 이신엽이 눈을 뜨고 있었다. 겨우 일어나 앉은 그는 왜 자신이 여기 있는지 몰라 불안한 얼굴이었다.

"제가 어찌 여기에 있습니까?"

수인이 조심스럽게 입을 열었다.

"장쇠가 누군지 알아냈네."

"그자가 누굽니까?"

수인은 묵묵히 이신엽을 쳐다보았다. 어디서부터 어떻게 설명을 해야 할지 난감했다. 허준이 세운 가설을 어떻게 설명해야 할까. 설명을 한들 믿을 사람은 또 얼마나 될까.

고민 끝에 입을 열었다. 우선 허준에게 들었던 장수 이야기부터 했다. 끔찍한 사건을 겪고, 정신과 마음이 부서진 장수. 살기 위해 결국 자신의 기억을 지웠다.

이신엽 또한 어떤 충격적인 사건을 겪었고, 그 충격으로부터 자신을 보호하고자 '장쇠'라는 인물을 만들었을지 모른다. 저라면 하지 못할 일을 장쇠가 대신 한 것이다. 장쇠는 귀신이 아니라, 이신엽이 가진 병이다.

예상대로 그는 수인의 말을 이해하지 못했다. 이해하지 못하는 동시에 불안해했다. 그것은 알지 못해 불안한 게 아니었다. 수인이 조심스럽게 물었다.

"혹 내게 숨기는 것이 있는가?"

이신엽의 눈동자가 흔들렸다.

벌떡 일어서더니 다짜고짜 서재를 나가려 했다. 수인이 그를 막아섰다. 아무것도 밝혀진 것 없이 이대로 보낼 순 없었다.

수인은 그를 붙들고 한 번 더 다그쳤다. 제발 알려달라고 매달리는 모양새에 가까웠다.

이신엽은 버티지 못하고 결국 호통을 쳤다.

"어찌 종육품 종사관이 정오품 이조정랑인 내게 이리 무례하게 구는 것이오?"

수인은 어이가 없었다. 지위를 내세워 입을 막으려 한다. 필시 중대한 것을 숨기고 있다. 맥이 빠진 수인을 밀쳐내고 이신엽은 황급히 나가버렸다.

황망해진 수인은 괜히 허준에게 신경질을 부렸다.

어찌해서 치료를 시작하지 않느냐고, 빨리 치료를 시작해 자신의 잃어버린 기억을 찾아달라고. 끔찍한 기억이어도 좋으니, 기억나게 해달라고.

허준의 무심한 태도가 더 화를 돋구었다.

"솔직해지십시오. 자신이 없는 겁니다. 수의께서 세운 가설에 대해 자신이 없는 것이지요. 치료를 안 하는 것이 아니라, 못하는 겁니다. 아니 그렇습니까?"

화가 나 씩씩대던 수인은 결국 문을 박차고 나가버렸다.

서재를 나서다 채령과 마주쳤다. 채령은 많이 수척해 있었다. 미안한 마음이 들어 안부를 물으려다 그만 입을 다물었다. 그녀에게 무슨 말을 할 수 있겠는가. 가흔이 저지른 일을 믿을 수도 없고, 채령의 오랜 원한을 달랠 수도 없는 처지인 것을.

결국 수인은 입을 다물기로 했다. 그렇게 수인은 채령을 외면했다.

몸 상태가 어떤지, 걱정 한 마디 없자 채령은 못내 서운했다. 서운함이 화가 되어 멀어지는 수인의 뒤에 대고 소리쳤다.

"나한테 괜찮냐고 물어봐야 하는 거잖아! 안부 정도 물을 수 있잖아! 나도 걱정 좀 해달라고!"

수인은 뒤도 돌아보지 않고 자리를 떴다.

멀어지는 수인을 노려보며 씩씩대던 채령은 점차 측은함이 밀려왔다.

그의 잃어버린 기억은 분명 감당하기 힘든 고통일 것이다. 그래서 일부러 지워버린 것이리라. 그것을 알아냈을 때, 괴로워하는 수인을 어떻게 봐야 하나. 과연 볼 수 있을까. 자신이 없었다.

그러다 갑자기 채령이 자신의 뺨을 세게 후려쳤다. 그의 심정 따위 헤아릴 처지가 아닌데.

그리고 그가 잃어버린 기억을 되찾든, 어떻게 해서든 가흔을 찾아내면! 그땐 자신이 가흔의 목숨을 거둘 것이다. 지난번처럼 절대 실패하지 않을 것이다. 채령은 굳게 다짐했다.


사평은 골머리를 썩고 있었다. 박대감이 비밀 의녀에 관해 물어올 텐데, 어찌해야 할지 답을 정하지 못했다. 아니 답은 정해져 있었다. 자신의 목적만 생각하면 가흔을 버리면 그만이었다. 보물 또한 제 손에 있지 않은가. 이렇게 갈등하고 망설일 이유가 없었다. 그런데 선뜻 그러지 못하는 자신이 본인도 답답해 죽겠다.

"나리, 칠숩니다."

그동안 칠수는 종사관을 꾸준히 감시해왔다. 칠수의 말에 의하면, 종사관은 이조정랑 이신엽을 만났다. 그리고 그와 함께 유명호, 박필주를 차례로 찾았다.

"그들이 누구기에 종사관이 찾아다닌 건가?"

칠수 역시 그 점이 궁금해 조사했다. 그리고 그들이 바로 충용장 김덕령을 한성으로 압송할 때 종사관과 함께했던 자들이었음을 알아냈다.

김덕령의 이름이 나오자 사평은 화가 났다. 종사관은 결국 가흔을 추적하고 있는 것이다. 그는 가흔을 포기하지 않았다. 어떻게든 찾아내고 말 것이다. 사평은 그의 집요함에 넌덜머리가 났다.


스멀스멀 통증이 시작되자 가흔은 온몸을 웅크린 채 잦아들기를 바랐다. 십여 년 전 칼에 베일 때의 고통이 생생하게 살아났다. 차가운 칼날이 살을 베고, 뼈에 닿았을 때의 그 서늘함이.

그러다 등을 따스하게 감싸주던 수인의 온기가 느껴져 진정이 되었다. 하지만 그것도 잠시, 다시 손끝, 발끝까지 시리기 시작했다. 이불을 뒤집어썼지만 통증에 떨리는 몸은 진정이 되지 않았다.

남들은 꾀병을 부린다 여길 것이다. 십수 년 전에 다 아문 상처가 아프다는 것을 누가 믿을 까. 귀신에 씌었다고 혀를 차고 말 것이다.

허준은 마음의 상처가 귀신으로 형상화된 것이라 했다. 그의 말이 맞다면, 그 마음의 병이란 게 치유되면 통증도 사라지는 것일까.

가흔은 잠깐 희망을 품어보았다. 그러다 그럴 수 없음을 상기했다. 자신의 상처는 천형(天刑)처럼 이고 가야 하는 것이었다. 뜻을 다 이루고 난 후에 거추장스러운 육신으로부터 벗어나면 그만인 것이다. 그저 그때까지 자신의 명이 버텨주길 바랄 뿐이었다.

발소리가 들려왔다. 가흔은 뒤집어썼던 이불을 치우고 억지로 일어나 앉았다.

문이 벌컥 열리고 사평이 들어와 털썩 앞에 엉덩이를 깔았다. 가흔은 예의 차가운 얼굴로 그를 대했다. 자신을 몰아세우기 위해 온 것임을 잘 알고 있었다.

사평이 입을 떼기 전에 가흔이 먼저 그를 쏘아붙였다.

이렇게 숨어지낼 수만은 없다. 박대감에게 연통을 넣어 나를 궁에 들어갈 수 있게 해달라.

사평이 제 말만 해대는 가흔을 노려보았다. 당장이라도 분통을 터트리고 싶었다. 종사관 때문에 모든 게 엉망이 돼버렸다. 종사관만 없었다면, 가흔이 원하는 것도, 자신이 원하는 것도 무리 없이 이룰 수 있었다. 이게 다 종사관 때문이다!

하지만 아무 말도 할 수 없었다. 자신의 호통은 결국 가흔이 떠나갈 빌미를 줄 뿐일 테니.

가흔은 오라비가 김덕령이라는 것도 밝힌 적이 없었다. 오히려 숨긴 셈이다. 만약 자신이 알고 있다 발설하면, 가흔은 어찌

나올까. 절대 어떤 것도 하문하지 말라던 그녀가.

사평은 화를 억누르고 가흔을 노려보았다. 가흔의 표정 역시 다르지 않았다. 늘 저런 표정으로 자신을 대했다. 처음 봤을 때도 저 표정이었다. 경계와 적의가 노골적인 저 얼굴….


사평이 왜군에게 잡혀 그들의 허드렛일을 하며 목숨을 연명하던 어느 날, 왜군이 조선인 십여 명의 목을 밧줄로 엮어 짐승처럼 끌고 왔다. 그들 사이에 가흔도 섞여 있었다. 나중에 들으니, 강가에 정신을 잃고 쓰러져 있던 걸 잡아온 거라 했다.

사평은 조선인 포로들을 말뚝에 짐승처럼 묶었다. 누더기 고소데를 입고 있었으나, 조선인인 것을 알아본 포로는 동포이니 풀어달라 애원했다. 자신이 풀어준다고 살 수 있는 것도 아니기에 본 체도 안 했다.

그러자 그다음엔 비난이 쏟아졌다. 버러지만도 못한 놈, 나라 팔아먹은 천벌 받을 놈.

들은 척도 않고 말똥을 치우던 사평은 등에 깊이 베인 상처로 혼절을 거듭하던 가흔을 발견했다. 상처에서는 피와 고름이 계속 흐르고 있었다. 사평은 그런 가흔이 걸리적거렸다. 곧 송장이 될 것 같았고, 갖다버리는 것도 제 일이라 달갑지 않았다.

혀를 차며 돌아서는데 말똥이 날아와 얼굴에 맞았다. 포로들의 비난을 잘 참아왔던 사평은 순간 눈이 돌아갔다. 말똥을 던진 포로를 붙잡아 흠씬 두들겨 팼다.

"구척장신 푸른 눈의 괴물! 보고도 나라 안 팔아먹을 자신 있지? 내가 보여줘? 괴물 앞에 데려다줘?"

사평의 서슬에 포로들은 눈길을 피하고 입을 다물었다. 비겁해진 그들을 보고 나서야 마음이 놓였다.

그들도 극한 상황에 몰리면 자신과 같은 선택을 할 것이라 확신했다. 자신만 특별히 비겁해서 순왜가 된 것이 아니다. 누구라도 상황이 여의치 않으면 순왜든 뭐든 되는 것이다.

그렇게 자신의 마음을 다독이며 돌아서다 가흔과 눈이 마주쳤다. 그 시선이 칼처럼 자신을 찔렀다. 그래서 말로 갚아주었다.

"그래봤자 결국 아무것도 지키지 못하게 될 거야."

아니나 다를까, 포로 중 아녀자들은 왜장의 막사로 끌려갔다.

가흔 역시 끌려갈 위기에 놓였다. 가흔은 말똥을 움켜쥐더니 얼굴과 몸에 더덕더덕 묻혔다. 가흔의 이목구비는 말똥에 가려 보이지 않았고, 몸에서 나는 악취에 왜군은 얼굴을 돌렸다. 그렇게 가흔은 몇 번의 위기를 모면했다.

하지만 그 운도 다해 결국 가흔도 막사로 질질 끌려갔고, 사평은 아무것도 하지 않았다. 자신이 나선다고 달라지는 것도 없으니까.

왜장의 막사로 떠밀려 들어간 가흔은 그때 처음 푸른 눈의 괴물과 마주했다.

푸른 눈의 괴물은 처음 보는 향로에다 향을 피웠다. 총상을 입고 누워 괴로워하는 왜장에게 긴 목걸이를 늘어트리더니, 부드럽게 속삭였다. 마치 신성한 의식을 치르는 박수처럼 보였다.

괴로워 소리 지르던 왜장은 좌우로 흔들리는 목걸이에 집중하더니, 이내 얼굴이 편안해졌다. 그러자 푸른 눈의 괴물은 칼로 상처를 찢고 총탄을 꺼냈다. 생살을 헤집었는데도 왜장은 얼굴 한 번 찌푸리지 않았다. 그 모습이 너무도 생경해 보였다.

도대체 어떻게 하였길래 생살을 찢는데도 눈살 한 번 찌푸리지 않을까….

분명 왜장은 푸른 눈의 괴물에게 홀렸다. 푸른 눈의 괴물은 사람을 홀리는 방도를 알고 있다. 그 능력에 호기심이 생겼고, 탐이 났다. 처음이었다. 가흔은 죽을 고비를 넘기고, 처음으로 욕망이 생겼다.

그날 이후 가흔은 비난과 멸시를 감수하며, 푸른 눈의 괴물 곁으로 다가갔다. 포로들 사이에서 은밀히 퍼지는 소문이 있었다. 푸른 눈의 괴물은 왜군을 따라 조선에 온 장사치라고 했다. 그들이 사고파는 것은 물건이 아니라 조선인이라 했다. 조선인을 잡아다 배에 가득 실어 아주 먼 곳으로 데려가 팔아먹는다는 것이다. 조선인은 개돼지보다 못한 값에 감히 상상조차 할 수 없는 낯선 곳으로 팔려갔다고 했다.

그런데 가흔이 그런 괴물의 시중을 들었다. 정절을 목숨처럼 여기는 사대부가의 규수가 왜군도 모자라 괴물과 붙어먹었다고 포로들은 가흔을 경멸했다.

그들이 수군거리는 건 가흔에겐 아무것도 아니었다. 괴물 곁으로 다가갈 수는 있었지만, 더 이상의 진전이 없었다. 그가 하는 말을 알아들을 수 없었기 때문이다. 그때 처음으로 가흔은 사평에게 독기를 빼고 말을 걸었다. 도와 달라고. 다행히 괴물은 왜나라 말을 했다. 괴물의 말을 조선말로 자신에게 들려달라 했다.

사평은 가흔의 부탁을 흔쾌히 들어주었다. 포로들에게 똑같이 멸시받는 동질감의 발로였다.

어느 날, 포로들을 끌고 주둔지를 옮기던 왜군은 의병의 기습공격을 받았다. 갑작스러운 공세에 왜군은 혼비백산했다. 교전은 의병의 승리로 마무리되었고, 포로들도 구출되었다. 모두 기뻐 하염없이 눈물을 흘렸다.

하지만 사평은 몸을 숨겨야 했다. 자신이 한 악행이 알려지면 죽은 목숨이었다. 게다가 왜나라 옷을 입은 것도 나설 수 없는 이유였다. 그렇다고 가흔을 두고 발이 떨어지지도 않았다.

며칠이나 그들의 숙영지를 배회했다. 가흔에게 다가가려 틈을 엿보았지만, 가흔은 막사 밖을 나오지 않았다. 보름가량 배회하다 결국 포기하고 돌아섰다. 발걸음은 무거웠고, 미련이 계속 뒤를 돌아보게 했다.

겨우 단념하고 달아나던 사평은 철수하던 왜군 무리와 딱 마주쳤다. 또다시 붙잡힌 사평은 눈앞이 캄캄해졌다. 그때 왜군의 길잡이를 하는 순왜 평수를 만났다.

여기저기 얻어맞은 상처로 그는 사람의 몰골이 아니었다. 벌벌 떨며 사평의 귀에다 대고 속삭였다. 만약 조선군을 찾아내지 못하면, 왜군이 다리, 팔, 마지막에 머리를 자를 것이라고.

겁에 질린 평수는 어떻게든 조선군을 찾아야 한다고 사평을 채근했다. 그 역시 두려웠다. 그렇다고 선뜻 가흔이 있는 의병의 숙영지를 알려줄 수도 없었다.

평수에 이어 왜장도 칼을 뽑아들고 사평을 위협했다. 그때 가흔을 데려올 방도가 떠올랐다.

모여 있는 왜군은 수십 명에 불과했다. 이들이 의병의 숙영지를 공격한다 해도 패하고 말 것이다. 그 틈을 타 가흔을 데리고 나오면 된다.

사평은 그렇게 마음먹고 왜군을 의병의 숙영지로 안내했다. 그런데 밤이 되어도 공격할 기미가 안 보였다. 의아해서 평수에게 물었다.

"왜 공격을 하지 않는 것이야?"

"바보가 아니고서야 질 게 뻔한데 적은 병력으로 공격을 왜 하나? 다른 부대가 합류하면 그때 친다고 하니, 기다리게."

사평은 당황했다. 계획한 것보다 일이 고약하게 돌아갔다.

곧이어 왜군들이 합류하기 시작했고, 그렇게 모인 왜군의 규모를 보고 사평은 아연실색했다. 전멸이다! 의병은 전멸당하고 말 것이다. 눈앞이 캄캄했다.

밤이 깊어지자 대규모 왜군이 기습을 감행했다. 그들은 가리는 것이 없었다. 야차같이 조선인을 베었다. 사평은 아수라장 속에서 가흔을 찾아 헤맸다. 하지만 어디에도 보이지 않았다.

가흔도 찾지 못하고, 수많은 사람이 죽어가는 것만 보자 더는 그곳에 있을 수 없었다. 사평은 미친 듯이 전장을 벗어났다. 죽어가는 자들이 발목을 붙잡을 것만 같아 쉬지 않고 달렸다. 넘어져 구르다가 다시 일어나 달렸다.

어두운 산길을 구르듯이 달리던 사평은 그만 멈춰 섰다. 가흔이 눈앞에 서 있었다. 잘못 본 게 아닌가 싶어 몇 번이고 눈을 비비고 껌뻑였다.

가흔은 문성식 선생과 언쟁을 벌이고 홧김에 숙영지를 나왔고, 화가 가라앉자 다시 돌아가던 길이었다. 그런데 갑자기 사평이 나타나 가흔도 놀라기는 마찬가지였다.

사평이 호들갑을 떨었다.

왜군이 쳐들어와서 모두 죽임을 당했다. 돌아가면 죽음뿐이다!

그저 호들갑이 아니었다. 사평의 얼굴이 지옥의 끔찍한 그림처럼 일그러져 있었다.

그제야 놀란 가흔은 사평의 만류에도 기어이 그곳으로 달려갔다.

그사이 왜군은 철수하고, 숙영지는 커다란 무덤이 되어 있었다. 가흔은 시신들을 헤치며 채령을 찾았다. 그러다 코가 잘린 문성식 선생을 발견했다. 자신을 훈계하던 그의 날카로웠던 눈은 텅 비어 있었다.

가흔은 울지 않았다. 그를 위해, 죽은 수많은 의병을 위해 우는 것조차 가증스럽게 느껴졌다. 울지 않았지만, 가슴으로 통곡했다.

사평은 그때 가흔에게서 무언가 빠져나가는 것을 보았다. 달빛 아래 처연한 모습은 살아 있되 산 사람이 아니었다.

사평은 갑자기 두려워졌다. 왜군을 데려온 자가 자신이란 것을 알게 되면 가흔은 가만있지 않을 것이다. 자신을 반드시 응징할 것이다. 사평은 다짐했다. 이걸 무덤까지 숨겨야겠다고.

사실 사평이 박대감에게 굽신거리며 벼슬에 집착하는 것도 가흔 때문이었다. 가흔의 시선이 닿지 않는 것이 천한 신분 때문이라 생각했다. 벼슬이라도 있으면 돌아봐주지 않을까.

그런 그이기에 가흔을 이기지 못하고, 또다시 뒤로 물러섰다. 아무 말도 못 하고, 못마땅하게 헛기침 몇 번 하고 가흔의 방을 나섰다.

사평이 나가자 긴장해 있던 가흔은 무너지고 말았다. 다시 이불을 끌어당겨 뒤집어썼다. 온몸이 시렸다. 눈에 눈물이 맺히더니, 무심히 뺨을 타고 흘렀다. 그렇게 통증이 잦아들 때까지 이불에서 나오지 않았다.


예상대로 박대감이 불렀다. 그의 집으로 가는 사평의 발걸음이 여느 때보다 갑절로 무거웠다. 분명 비밀 의녀를 어찌 처리하였는지 추궁할 것이다. 난감했지만 피할 수도 없었다.

사평은 절을 올렸다. 아니나 다를까, 박대감의 차가운 눈빛이 꽂혀들었다. 비밀 의녀를 찾지 못했다고 하자 찻잔이 먼저

날아왔다. 어찌 되었건 박대감을 붙잡고 있어야 했기에 사평은
납죽 엎드렸다.

"비밀 의녀를 찾고자 종사관을 감시했습죠. 헌데 그자가 은
밀히 만나는 자가 있었습니다요."

"…."

"이조정랑 이신엽이었습니다."

박홍채의 얼굴이 일순 일그러졌다. 그러다 이내 진정하고 눈
을 부라렸다. 계속해보라는 뜻이었다.

사평은 박대감의 심기를 건드릴 생각이 없었다. 그의 인내심
을 건드리지 않기 위해 서둘러 말을 이었다. 종사관이 이신엽
과 함께 유명호, 박필주를 만나고 다녔다고.

박대감의 낯빛이 더욱 어두워졌다.

"해서 그들을 만났는가?"

"만나지 못했습죠. 만나기도 전에 그들은 이미 살해되었으니
까요."

박대감의 얼굴에 당혹감과 함께 이상한 안도감이 스쳤다.

"누군가? 그들을 죽인 자가?"

박홍채는 진정 궁금했다. 하지만 사평은 그것까진 알아내지
못했다. 그렇다면 살아남은 이신엽이 걱정이었다. 그가 입을
잘못 놀리기라도 하는 날에는…. 생각만 해도 골치가 아팠다.

사평은 박대감의 가려운 부위를 긁어주고 싶다는 듯 입을 열
었다.

"대감, 말씀하시지요. 저는 대감의 사람입니다!"

사평을 노려보던 박홍채는 여전히 갈등 중인지 선뜻 입을 열지 않았다.

사평이 몰아붙이듯 말했다.

"충용장!"

박대감의 얼굴이 무섭게 일그러졌다. 사평은 얼른 고개를 조아렸다.

"그들이 충용장을 입에 올리는 것을 들었습니다!"

박홍채는 눈을 질끈 감았다.


전쟁이 끝나가던 병신년, 의병장들이 망궐례를 하지 않는다는 소문이 돌았다. 왕실과 조정은 그들을 용서할 수 없었다. 조정에서는 급기야 각 군영에 세작을 심어두었다. 세작으로 하여금 의병장들을 감시해 보고하게 했다.

박홍채는 그 일을 수인이 해주길 바랐다. 하지만 고지식한 수인은 제 뜻을 따르지 않았다. 게다가 간혹 김덕령에 대한 것을 축소해 보고하기도 했다. 그럴 때면 수인을 버리고 싶었다. 하지만 수인의 아비가 피눈물을 흘리며 한 당부가 늘 자신의 발목을 잡았다. 그 일말의 양심 때문에 박홍채는 수인을 버리지 못했다.

결국 다른 이를 세작으로 삼을 수밖에 없었다. 자신에게 빚이 있는 사람 중 하나를 골랐다. 가난한 형편으로 서책 하나 맘

놓고 사지 못하고 끼니까지 걸러야 했던 자. 자신이 문객으로 거둬 숙식을 제공하며, 서책까지 주었던 그자가 적합했다. 게다가 현재 김덕령의 신망까지 두터웠다. 그렇게 박홍채는 이신엽을 세작으로 지목했다.

이신엽은 연로한 어머니의 끼니와 약을 챙겨주는 박홍채의 명을 거역할 수 없었다. 망설이던 그는 결국 성실하게 세작 노릇을 했다.

그렇게 그가 보고한 정보 덕에 김덕령에게 누명을 씌울 수 있었다. 그리고 이제 김덕령의 자복만 받아내면 되었다. 하지만 그는 모진 고신에도 굴복하지 않았다. 난감했다. 증인이 있는 것도 아니었기에 그의 자복이 절실했건만.

박홍채에게도 압박이 가해졌다. 영웅에 대한 탄압을 멈추라고 여기저기서 들고 일어났다.

어떻게든 이 상황을 돌파해야 했다. 고민 끝에 박홍채는 김덕령의 압송을 함께했고, 현재 의금부 옥에 갇혀 있는 이신엽을 불렀다. 그에게 증인이 되라고 요구했다. 이번에도 양심 사이에서 갈등하던 그의 발목을 연로한 어머니가 붙잡았다.

결국 이신엽은 김덕령이 이몽학과 내통했다고 거짓을 고했다. 갑자기 나타난 증인에 김덕령을 지키려는 쪽에서는 믿을 수 없다며, 증인을 공개하라 압박했다.

그리고 증인이 나타났다는 말에 옥에 갇혀 있던 김응순, 박필주, 유명호도 흔들리기 시작했다. 증인이 나타났다는 것은 결과가 정해졌다는 것이다. 어떻게서든 김덕령의 죽음으로 이 사건은 마무리될 것이 자명했다.

결국 체념한 김응순이 입을 열었다.

"왜군이 출몰하는 곳으로 길을 잡은 것이 수상했습니다. 아무래도 역도들과 교감이 있지 않고서야… 그 길을 잡았을 리가 없습니다."

김응순은 고신을 당해 만신창이가 된 수인의 시선을 피하며 말했다. 고초를 당하던 박필주, 유명호도 결국 김덕령을 배신했다.

수인만 끝까지 입을 열지 않았다. 그저 혹독한 고통을 묵묵히 견뎠다.

그리고 김덕령은 죽음을 맞이했다.

그러고 얼마 지나지 않아 갑자기 김덕령을 지지하던 자들이 나서기 시작했다. 백성들도 가만있지 않았다. 김덕령이 역모를 도모했다고 증언한 자를 공개하라 압박했다.

상황이 급변하자 임금과 조정은 당황스러웠고, 사태를 빨리 수습하고자 했다. 부랴부랴 옥에 갇혀 있는 의병장이나 백성들의 신임을 받는 자들을 풀어주었고, 수인도 그때 풀려날 수 있었다.

그런데 수인이 그 일을 추적하고 있다. 자신을 곤경에 빠뜨리려 한다. 배은망덕도 유분수지. 폐인이 된 놈을 포도청 종사관에라도 앉혀준 자신을 이리 배신하다니!

온몸에 열이 오른 박홍채는 은근한 눈길로 사평을 쳐다보았다. 사평은 얼른 명을 내리라 재촉하듯 보았다.

"대감, 저는 대감과 한배를 탄 사람입니다."

차라리 잘됐다. 사평의 손에 피를 묻혀 발목을 잡아야겠다고 박홍채는 마음먹었다. 이어 가까이 오라 손짓했다. 그리고 그의 귀에 대고 뱀처럼 속삭였다.


이신엽은 잠시도 가만있질 못했다. 일도 손에 잡히지 않았다. 장쇠라니. 죽은 장쇠가 어떻게…. 자신이 정녕 그 귀신에 씌었단 말인가.

이신엽은 두려웠다. 두려움이 진정되지 않아 무당집으로 달려갔다. 자신에게 붙어 있는 귀신을 떼어내 달라고, 굿을 하든 부적을 쓰던 어떻게든 해달라고 애걸복걸했다.

그는 이미 불안에 함몰되어 있었다. 그런 자의 마음을 움직이는 것은 쉬운 일이었다. 무당은 거금을 요구하며 그의 불안을 자극했다.

"죽은 이가 곁을 떠나지 못하고 있습니다. 무슨 원한이 그리 깊은지…. 나리를 용서치 않겠다고 합니다!"

겁에 질린 이신엽은 가진 돈을 들이밀며 굿을 재촉했다.

무령 소리를 시작으로 굿이 시작되었고, 이신엽은 손이 닳도록 빌었다. 부디 자신에게 붙어 있는 원귀(冤鬼)가 떨어지기를….

장쇠는 김덕령의 충복으로 그 역시 끌려가 고신을 당했다. 김덕령이 역모를 도모했단 자복을 받아내기 위해 혹독한 고신이 이뤄졌지만, 그는 일체 한마디도 하지 않았다. 상전을 따라 죽는 것이 얼마나 어리석은 일이냐고 나장들이 비아냥댔다. 장쇠는 답답했다.

"제가 저희 도련님을 위해 죽겠단 것이 아니라, 하지 않은 것을 하지 않았다고 하는 것뿐이구만요. 어찌 하지도 않은 일을 했다고 하라 하시는지요? 답답해 죽겠구만요."

억울해 하던 장쇠는 결국 숨을 거뒀다.

멀쩡한 몸으로 추국장을 나서던 이신엽은 버려진 시신 사이에 있는 장쇠와 눈이 마주쳤다. 이신엽은 눈을 뜨고 죽은 장쇠의 시선을 비굴하게 피해버렸다.

그날 이후 간혹 한 번씩 장쇠의 눈빛이 생각나곤 했다. 그럴 때는 갑자기 온몸이 근질근질했다. 마치 누군가 자신의 몸을 훑는 것만 같았다. 아니, 장쇠 귀신이 자신의 몸에서 떨어지지 않으려 발악을 하는 것이었다. 이신엽은 더욱 간절히 빌었다.

그때 가노가 찾아왔다. 박홍채 대감의 서찰을 건네며 한시가 급하다고 했다. 이신엽은 굿이 끝나지도 않았는데, 자신을 불러대는 박대감에게 화가 났다. 하지만 굿이 끝나거든 찾아가겠다는 말도 차마 하지 못했다.

수인은 이조와 이신엽이 사는 반송방[44]을 오가며 헤맸지만 찾

---

44　현재 충정로, 아현동, 옥천동, 현저동 일대.

지 못했다. 늦은 밤이 되어서야 지쳐 돌아온 수인에게 김서방이
서찰 하나를 건넸다. 그토록 찾던 이신엽이 보낸 것이었다.

할 말이 있으니 해시(亥時)[45], 효경교 아래서 만나자 했다. 이
미 해시에 들어섰기에 바로 뛰쳐나갔다. 굳이 서찰까지 보내
만나자니, 마음이 급했다.

효경교에 도착했을 땐 이미 인경 후라 지나는 사람 하나 없
었다. 순라군에게 들킬세라 수인은 조심스러웠다.

달빛이 가려진 효경교 아래는 어두워 한 치 앞도 볼 수 없었
다. 어둠에 익숙해지자 사물의 윤곽선이 조금씩 분간되었다. 저
앞에 누가 있는 듯해 움직이는데, 무언가에 발이 걸려 넘어지고
말았다. 돌덩이라 생각했다. 하지만 물컹 만져지는 것이 돌덩이
가 아니었다. 설마, 하는 심정으로 이곳저곳 더 만져보았다. 그
리고 달빛이 비치는 곳으로 끌어당겨 확인했다. 이신엽이었다.
수인은 눈앞이 캄캄했다. 벌써 누군가 그의 입을 막은 것이다.

달빛에 비춰 시신을 살펴보니 교살의 흔적이 보였다. 오른쪽
목에 난 액흔이 예사롭지 않았다. 그러고 보니 이와 비슷한 액
흔을 본 적이 있었다. 비렁뱅이 평수 역시 흡사했다.

그렇다면 평수와 이신엽의 살인범은 동일인일지도 몰랐다.
바로 윤사평이!

용서할 수 없었다. 악행을 악행으로 덮으며 더 큰 악행을 저

---

지르는 그를. 그리고 그런 자 곁에 가흔이 있는 것도 참을 수 없었다.

"잡아라!"

순라군들이 몰려오고 있었다. 맨 앞에서 민종사관이 달려오고 있었다.

함정인가! 순라군들이 수인을 범인으로 착각한 것인지, 처음부터 덫을 놓은 것인지 몰랐다. 바로 추적을 따돌리고 달아나긴 했지만, 포도청과 한성부에서는 이조정랑 이신엽의 살해범으로 자신을 수배하게 될 게 뻔했다. 그렇다면 지금 한성에서 자신이 피할 곳은 없었다.

새벽이 되자마자 수인은 은밀히 도성을 빠져나와 윤사평의 본가가 있는 파평으로 향했다.

무너져 가는 윤문의 집은 한성 최고 거부의 본가라고 믿기 어려울 정도였다. 노복 하나만 집을 지키고 있었다.

그의 말에 의하면, 전쟁 중에 집안사람 모두 죽었고 종손인 윤사평만 겨우 목숨을 보전했다. 그리고 그는 현재 한성에 거주하고 있다.

묵묵히 듣던 수인은 그림 하나를 내밀었다. 윤사평을 확인하기 위해 그려온 그림이었다. 눈이 침침해 한참 들여다보던 노복이 입을 열었다.

"이잔 찾지 못할 텐데요."

수인이 의아해 쳐다보았다.

"전쟁 중에 이미 죽었습죠."

"이자가 누군가?"

"충삼이요. 같은 가노였습죠."

수인은 황망하게 쳐다보았다.


전쟁이 발발하고 보름 만에 한성이 함락되었다는 소문에 주인 윤사평은 의주로 피란을 준비했다. 왜군이 턱 밑까지 쫓아왔다고 하니 집안 사람 모두 겁을 먹었다. 짐을 꾸리고, 남은 귀중품은 숨기느라 정신이 없었다.

그 와중에 은자 몇 냥이 보이지 않자 윤사평은 충삼이를 의심했다. 화가 치민 윤사평은 충삼이 방으로 달려갔다. 충삼이가 또 매타작을 당하겠거니, 노비들은 짐작했다. 하지만 충삼이를 염려할 겨를이 없었다. 왜군이 곧 있으면 이곳을 덮칠 것이다.

소란한 와중에 행랑방에 불까지 났고, 모두 불을 끄기 위해 달려들었다. 겨우 불이 꺼지자, 방 안에서 불탄 시신 한 구가 발견되었다. 노비들은 그가 충삼이라 생각했다. 주인어른에게 매를 맞다 호롱불이 쓰러져 불이 난 모양이라고 생각했다.

정신없는 와중에 주인 나리가 먼저 의주로 떠났다는 소리를 듣고, 노비들도 몸을 피했다고 했다.

모든 것이 명확해졌다. 윤사평은 전쟁 중에 주인을 살해하고 주인의 신분을 훔쳐 산 것이다!

수인은 다시 한성으로 향했다. 허준이 그랬다. 비밀 의녀가 갖고 있던 약초는 조선의 것이 아니라고. 아무래도 왜나라에서 들여온 것 같다고.

평수는 순왜였다고 했다. 순왜 출신 평수를 윤사평이 살해했다. 왜 살해했을까, 윤사평의 비밀을 알고 있어서? 윤사평의 비밀은 바로 주인을 살해하고 주인 행세하는 종놈이었다는 것, 그리고 그 종놈이 순왜였다는 것이다.


이신엽은 포도청 종사관 최수인이 살해한 것으로 마무리되었다. 지금 포도청에서 수인을 수배하고 있으니 조만간 잡히고 말 것이다.

박홍채의 표정이 느긋해졌다. 그의 눈치를 살피던 사평은 지금이 적기라 생각했다. 명을 충실히 따랐으니, 부탁 하나는 들어줄 것 같았다. 비밀 의녀는 자신이 알아서 처리할 터이니 맡겨 달라고.

입을 떼려는 순간, 청지기가 다급하게 박대감을 불렀다. 이런, 제길! 사평은 속으로 욕을 씹었다. 오늘이 아니면, 기회가 없을 것만 같았다. 하지만 대감은 밖에 나가 청지기의 말을 듣고 오더니, 급한 용무가 생겼다며 사평을 두고 황급히 집을 나섰다.

기회를 놓친 사평은 못내 아쉬워 마른 입만 다셨다.

# 종사관

수배범 최수인이 제 발로 포도청으로 들어왔다.

박홍채는 옥에 갇힌 그를 보고도 믿기지 않았다. 공연히 힘들이지 않아 다행이지만 마음 한구석에 찝찝함이 가시지 않았다. 어쨌든 일은 잘 처리되었다. 이신엽의 입을 막아버렸고, 그의 죽음을 수인에게 덮어씌웠다. 그리고 수인은 이조정랑을 살해한 살인범으로 옥에 갇혀 있다.

"어찌 이조정랑을 죽인 것인가?"

수인은 추궁에 대답하지 않았다. 오히려 침착해 보였다. 그게 조금은 당황스러웠다. 저게 죄인의 몸으로 옥에 갇힌 자의 태도라 할 수 있는가! 불안이나 두려움 같은 게 전혀 보이지 않았다. 애써 털어냈던 불안이 또다시 스멀댔다.

"어찌 이조정랑을 살해했나?"

침묵을 이어가던 수인이 천천히 입을 열었다.

"충용장이 이몽학과 내통했다고 증언한 자가 누구였습니까?"

"…."

"충용장의 군영에 심어두었던 세작이 누구였습니까?"

수인이 박홍채에게 침을 뱉듯 말했다.

"이조정랑 이신엽!"

"해서 그자를 살해한 것인가? 그자가 충용장을 감시하고 모함했다 생각해 살해한 것인가?"

박홍채는 역으로 물고 늘어졌다.

수인은 환멸스러웠다. 이신엽은 박홍채의 사주를 받고 자신이 모셨던 장군을 배신했다. 크나큰 죄책감으로 마음이 부서졌다. 그 부서진 마음이 이신엽의 정신을 분열시켰고, 그런 그가 장쇠가 되어 충용장을 배신한 자들을 단죄했다.

그는 병자였다. 박홍채로 인해 병자가 되었고, 박홍채는 병자의 쓸모가 다하자 죽여버린 것이다. 헛웃음이 나왔다.

옥에 갇힌 채 자신을 조소하는 수인이 박홍채는 어처구니가 없었다.

"아십니까? 대감 역시 치료를 받아야 할 병자라는 것을요."

전쟁으로 정신이 망가진 힘없는 백성은 그 상처가 자기 탓이라며, 스스로를 공격하고 괴롭혔다. 하지만 정작 책임을 져야 하는 자들은 자신이 한 짓을 스스로 망각하고, 어쩔 수 없는 선택이었다고, 나라를 위하는 길이었다며, 책임을 피하고자 또

다른 악행을 저질렀다.

"그 또한 병입니다!"

사리분별을 못 하는 병자가 막중한 자리에 앉아선 안 된다. 병자에게 수많은 백성의 목숨을 맡길 순 없다. 그러니 물러나라. 물러나 치료를 받아라.

박홍채는 자신을 정신이 온전치 못한 뒷방 늙은이 취급하는 것이 괘씸했다.

"배은망덕한 놈 같으니라고! 내가 자넬 지켰네. 지금까지 자네 목숨을 내 손으로 지켰단 말일세!"

수인은 알고 있었다. 박홍채가 자신을 살려두었던 이유를. 그것은 자신이 역도 잔당과 내통하는지 살피고, 그런 일이 있다면 자신을 통해 역도 잔당을 제거하기 위함이었다. 그리고 베풀어준 은혜에 보답하란 무언의 압박이었다.


옥 밖으로 나와서도 화가 가시지 않았다. 감히 주상전하를, 자신을 병자 취급하다니. 화가 나 씩씩대던 박홍채는 갑자기 걱정이 밀려왔다. 허준이 진행하고 있는 일이 마음에 걸렸다.

전쟁이 발발하고 병신년(丙申年) 임금의 명을 받아 허준은 의서편찬을 시작했다. 하지만 이듬해 정유재란으로 중단되었고, 전쟁이 끝나고 나서 그 일은 다시 시작되었다.

전쟁 중에 몸과 마음에 상처를 입은 백성들을 위로하고, 그들의 상처를 치료하기 위해 시작한 일이었다. 그 일이 가져올

결과는 왕실과 조정에 대한 충성이었다.

그런데 허준의 말대로 백성들 마음의 상처를 인정해주면, 강상은 무너질지 모른다. 그러다 결국 자신들을 지켜주지 못한 왕실과 조정에 분노를 표출할 것이다. 전쟁의 상처가 채 아물지 않았다. 세자를 바로 세우지도 못했다. 이런 상황에서 허준의 행위는 위험하다. 그러니 그의 의서편찬 작업을 막아야 한다. 그것도 당장!

우선 김서방을 잡아와 겁박했다. 며칠 사이 수인의 행방을 빠짐없이 보고하라. 만약 사실대로 말하지 않으면 포도청에 갇힌 수인의 목숨은 장담할 수 없을 것이다.

김서방은 손이 닳도록 싹싹 빌었다. 그는 대대손손 수인의 가문 노비였다. 전쟁 중에는 피란도 가지 않고 집을 지켰고, 왜군이 물러난 후에는 집을 수리하며 수인을 기다렸다. 김서방에게 수인은 상전이자, 자식이고, 세상 전부였다. 자신이 평생 모신 도련님을 지켜야 했다.

결국 김 서방은 수인이 파평에 다녀왔다는 사실을 털어놓았다. 그의 머리로는 그것이 수인을 지키는 길이라 생각했다.


박홍채는 윤사평의 본가인 파평으로 급히 민종사관을 파견했다.

민종사관은 집안일에 빠삭한 노복을 만나 며칠 전 찾아온 자를 확인했고, 엽전 몇 푼에 노복은 흔쾌히 그자와 오간 이야기를 털어놓았다.

노복은 전쟁이 끝난 이후로 그를 직접 본 적은 없고, 다만 집안의 대소사가 있을 때는 한성에서 필요한 물품과 돈을 보내왔다고 했다. 그런 시시콜콜한 얘기까지 다 꺼냈다.

민종사관은 모두 듣고서도 답답한 기분이었다. 노복의 말에서 딱히 걸리는 게 없는 것이 더 아쉬웠다.

그때 노복이 물었다.

"그림은 안 물어보십니까?"

"그림?"

민종사관이 의아하게 노복을 쳐다보았다.

"그림을 보여주며, 아는 자냐고 물었습죠."

민종사관의 눈에 불이 켜지는 듯했다.

"그래, 그자가 누구였나? 그림 속 남자, 누구였나?"

노복은 참 이상하다고 했다. 전쟁 중에 죽은 노비 충삼이 그림을 왜 갖고 다니는지, 자신도 그 이유를 알고 싶다고 했다.


밤이 늦어서야 보고를 들은 박흥채는 머리가 환해지는 기분이었다. 모든 게 맞춰졌던 것이다. 노비 충삼이 상전인 윤사평을 불에 태워 죽이고 양반 행세를 하고 산 것이다. 괘씸하기 짝이 없었다. 노비 따위가 양반 행세한 것도, 노비 따위에게 정치자금을 받은 것도 참을 수 없었다.

박흥채는 진정하고 생각을 정리했다. 그러니까 수인은 윤사평의 정체를 밝혀 자신을 협박할 모략을 꾸미고 다닌 것이다. 코웃음이 나왔다. 고작 그딴 것을 가지고….

고작이라…. 고작이라 생각하니 이상하게 또 불안이 스멀댔다. 그딴 것만 가지고 수인이 그리 당당하게 나올 리가 없었기 때문이다. 무언가 더 있을 것이다!

골몰하던 박홍채는 점점 얼굴이 일그러졌다. 윤사평과 비밀 의녀를 처음 만나 내전으로 들이는 방도에 대해 의논할 때, 그가 정릉동 행궁의 암문을 찾아냈다.

그의 말에 의하면, 왜군이 월산대군 사저였던 정릉동 행궁을 본부로 사용하면서 언제든 탈출을 대비해 암문을 만들었다는 소문을 들었다고 했다.

비밀 의녀 또한 의식을 치를 때면, 뜻을 알 수 없는 이상한 말을 했다. 거북하기는 했지만 한 번도 그에 대해 문제 삼지 않았다. 임금께서 침수만 들게 된다면, 임금께서 세자에게 마음을 거두기만 한다면, 그게 무엇이든 상관없었다. 그런데 지금 생각해보니 그 말은 왜군을 따라 조선에 온 양인(洋人)이 사용하는 말이었다.

박홍채는 난감해 눈을 질끈 감았다. 아무리 생각해도 그는 바로 순왜였다. 나라를 팔아먹고, 조선인을 사지로 몰아넣은 버러지만도 못한 순왜. 그런 순왜에게 자신은 지금껏 정치자금을 받은 것이다.

수인이 그토록 자신만만했던 이유는 바로 그것이었다. 왕실과 조정에 정치자금을 댄 자가 조선을 팔아먹은 순왜였다는 것! 그것을 밝혀 자신을 압박하고자 한 것이다.

눈앞이 캄캄해졌다. 정신을 수습하고, 박홍채는 은근한 눈길로 민종사관을 쳐다보았다.

민종사관은 충성을 다짐하듯 단단한 표정이었다. 그리고 신뢰를 구걸하듯 한마디 보탰다. 윤문의 노복은 이미 처리했으니 그가 추국장에 서는 일은 없을 것이라고. 그러니 안심하시라고.


아침을 물리자마자 사평은 박대감의 호출을 받았다.

도착해 절을 올리고 얼굴을 살피는데… 이상했다. 분위기가 예사롭지 않았다. 자신을 쳐다보는 눈빛이 칼로 찌르듯 날카로웠다. 사평은 무슨 영문인지 알 수 없어 조바심이 났다.

드디어 박대감이 입을 열었다.

"종사관 최수인, 그자가 자꾸 발목을 붙잡네."

아, 그거였구나! 사평이 엎드린 채 박대감을 올려다보았다. 그리고 이내 그의 뜻을 알아채고 응답했다.

"소인에게 맡겨주십시오. 알아서 처리하겠습니다."

사평은 다시 고개를 조아렸다. 박대감은 용건이 끝났다는 듯 돌아앉았다.

사평은 결국 하고자 했던 말은 못 하고 방에서 나와야 했다.

종사관은 자신에게도 거슬렸다. 이참에 제거하는 것이 나쁠 것 없다는 결론을 내렸다. 게다가 나중에 가흔이 원망을 하더

라도 박대감의 명이었다고, 어쩔 수 없는 선택이었다고 핑계를
댈 수도 있었다. 쇠뿔도 단김에 빼라고 오늘 밤 종사관을 처리
하기로 마음을 먹었다.


  설핏 잠이 든 가흔은 악몽을 꾸었다. 또다시 칼에 베이는 꿈.
꿈이라지만 칼에 베일 때의 고통은 그대로였다. 결국, 비명을
지르며 깼다.

  가슴이 미친 듯이 뛰었다. 갑자기 초조한 감정이 일었다. 언
제까지 이렇게 숨어지내야 하는가. 임금의 건강이 위중하다는
소문을 들었다. 계획을 실행하지 못하게 될까 두려웠다.

  가흔은 마음이 급해져 윤사평의 처소로 향했다.

  밤이 늦었지만 그의 처소는 어딘지 분주한 느낌이었다. 가흔
은 방문 앞으로 다가갔다. 안에서 윤사평과 칠수의 음성이 흘
러나왔다.

  "오늘 밤에 없애는 것이 좋을 듯싶습니다. 뜸을 들이다간 종
사관에게 당하고 말 겁니다."

  종사관이라면 수인을 말하는 것이다. 수인을 해치고자 모의하
고 있는 것인가? 갑자기 손발이 부들부들 떨렸고, 심장이 요동치
기 시작했다. 겨우 떨리는 마음을 진정시키고 자리를 피했다.

  이내 밖에서 소란스러운 소리가 들려왔다. 가흔은 저도 모르
게 대청마루로 뛰쳐나갔다.

  담 너머로 사평과 칠수가 장정들을 이끌고 집을 나서는 게

보였다. 검은 옷을 입고 몰려가는 그들이 사자처럼 보였다. 수인의 목숨을 거두러 몰려가는 저승사자.

가흔은 윤사평의 뒤를 쫓았다. 수인을 안 보곤 살아갈 수 있을 것 같았다. 하지만 잘못될 것을 알면서 가만히 있을 순 없었다.


늦은 밤이 되어서야 수인은 안국방 집으로 돌아왔다. 포도청에서는 이신엽을 죽였다는 직접적인 증좌가 부족하다며 갑자기 풀어주었다. 이상하고 찝찝했다.

수인은 박대감이 순왜에게 돈을 받아 온갖 악행을 저질렀다는 것을 추국장에서 정식으로 폭로할 계획이었다. 옥에 갇혀 있기만 한다면 추국은 이루어질 테고, 그러면 계획은 틀어질 리 없었다. 그런데 풀려나면서 일이 어그러진 것이다.

설마 박대감이 자신의 동선을 밟은 것일까? 그렇다면 윤사평은 죽은 목숨이었다. 가흔 또한 위험해질 것이다.

휘익, 대문을 들어서자마자 화살이 날아와 수인의 뺨을 스쳤다. 뺨에 붉은 피가 맺혔다. 휘익, 한 번 더 소리가 들렸고, 화살은 다행히 기둥에 꽂혔다.

수인은 칼을 뽑아 화살이 날아온 곳을 노려보았다. 또다시 날아오자, 칼을 휘둘러 물리쳤다. 이어 순식간에 복면을 한 자들이 담을 넘어왔다. 한꺼번에 달려들어 수인에게 칼을 휘둘렀고, 수인은 그들의 칼을 막느라 급급했다.

이내 수인의 공세로 바뀌었다. 그의 칼에는 노여움이 섞여 날카롭고 거칠었다. 이젠 확실해졌다. 박홍채가 자신의 계획을 알아버렸고 자신을 없애고자 윤사평을 보낸 것이다. 더는 칼에 사정을 둘 필요가 없었다. 살기 위해 죽이는 것이다.

자객들은 수인의 칼에 베여 하나둘 쓰러졌다. 아무리 수가 많아도 전장에서 숱한 실전을 겪으며 다져진 그의 검술을 당해 내기는 어려웠다. 결국 칠수까지 칼에 맞았다. 복면을 한 윤사평만이 남았다.

간단히 칼등을 휘둘러 윤사평의 손목을 내리쳤고, 상대는 급기야 칼을 놓쳤다. 무기 없이 빈 손인 채 당황해 물러서다 그만 뒤로 자빠지고 말았다.

수인이 칼을 높이 들어 내리쳤다. 사평은 눈을 질끈 감았다. 그의 칼이 자신을 베고, 베인 상처로 뜨거운 피가 쏟아질 차례였다. 하지만 어쩐지 아무 일도 일어나지 않았다. 윤사평은 슬며시 눈을 떴다.

수인의 칼이 허공에 멈춰 있었다. 그럴 수밖에 없었다. 가흔이 수인의 앞을 막아서고 있었다.

칼자루만 다잡은 채 아무것도 못하고 수인은 가흔만 노려보았다.

"비켜서시오!"

가흔은 눈을 부릅뜨고 수인과 맞섰다.

팔로 기어 뒤로 물러선 사평은 가흔의 작은 어깨를 묵묵히 바라보았다. 저를 보호하는 여린 여인의 어깨가 참으로 든든했다. 마음이 충만해졌다. 세상 모든 걸 가진 기분이었다. 그러고 보니 자신이 갖고 싶었던 건 양반이란 허울이 아니었다. 그저 그녀에게 따뜻한 눈길 한 번, 손길 한 번 받고 싶었을 뿐. 그러기 위해 양반이란 허울이 필요하다 여겼을 뿐이다.

수인은 가흔을 야속한 눈길로 노려보았다. 위협하듯 칼을 다시 높이 치켜들었고, 그럴수록 가흔은 더욱 굳건하게 사평을 지켰다.

분노한 수인은 가흔을 잡아당겨 윤사평과 떼어놓았다. 그리고 바로 칼을 내려쳤다. 윤사평은 옆으로 몸을 굴러 피하며, 바닥에 떨어진 칼을 들어 수인을 막아냈다.

두 사람은 칼을 부딪치며 싸웠다. 그들의 칼에는 한 치의 망설임도 아량도 없었다. 한동안 격렬한 칼싸움이 한동안 계속되었다.

칼소리만 요란한 게 아니었다. 바깥에서도 소란스런 소리가 들려왔다. 곧 불청객들이 들이닥쳤다. 민종사관이 가장 앞에 보였다. 그 뒤로 포졸들이 뒤따랐다.

민종사관의 활이 자신을 정확하게 겨누는 게 보였다.

화살은 이내 바람을 가르며 날카롭게 날아왔다. 윤사평의 칼을 막아내느라 수인에게는 화살을 피할 틈이 없었다. 간신히 첫발을 눈앞에서 쳐냈다. 이미 민종사관은 두 번째 화살을 장전했고, 바로 쏘았다. 이제 더는 어찌할 도리가 없었다. 이대로라면 화살이 수인이라는 과녁에 꽂힐 수밖에. 그 찰나에 가흔이 수인을 향해 몸을 던졌다. 그 앞으로 윤사평도 몸을 날렸다.

화살이 가흔의 심장을 노리고 달려드는 순간, 사평이 그녀를 밀쳐냈다. 그리고 화살은 정확하게 그의 가슴에 꽂혔다. 화살에 맞자 그대로 무릎을 꿇었고, 가흔이 놀라 그를 부축했다.

세 번째 화살은 날아오지 못했다. 수인이 먼저 화살처럼 튀어올랐다. 근접거리에 이르자 수인은 민종사관의 활을 쳐냈다. 공중으로 날아가는 활을 쳐다볼 틈도 없었다. 민종사관은 코앞으로 달려드는 수인의 칼을 막아내느라 정신이 없었다.

수인이 민종사관과 포졸들을 상대로 싸우고 있는 사이, 가흔은 사평을 부축해 자리를 피했다. 그의 몸은 축 늘어져 너무 무거웠다. 그 와중에도 얼굴에는 미소가 번졌다. 가흔이 수인이 아니라 자신을 선택했다. 그것만으로도 충분했다. 아니, 한없이 좋았다. 마음이 따뜻한 기운으로 가득 차올랐다.

가흔의 마음도 천근만근이었다. 사평이 집을 나서자마자 수인이 걱정돼 달려왔었다. 하지만 자신도 어쩌지 못하는 사이에 수인에게 맞서는 꼴이 되었다. 아무래도 수인에 대한 걱정만큼 아니 그보다 더 원망이 깊게 자리 잡았음을 새삼 깨달았다.

돌아보니 수인이 쫓아오고 있었다. 벌써 그 많은 포교들과 포졸들을 따돌렸단 말인가. 부상의 흔적도 보이지 않았다. 어떻게든 절뚝거리는 사평을 데리고 도망쳐보려 했지만 그가 쫓는 순간부터 허사였다. 어느새 수인은 그들 앞을 막아섰다.

수인은 이대로 그녀를 보낼 수 없었다. 다시 손을 내밀었다.

가흔은 그 손을 뿌리쳤다. 이제 수인은 화가 났다. 이번엔 가흔의 손목을 잡아당겼다. 하지만 가흔은 꿈쩍도 하지 않았다.

어느새 사평이 부상 당한 몸을 일으켜 수인을 들이받았다. 균형을 잃고 뒤로 밀린 수인에게 한 번 더 몸을 던졌다. 그 바람에 사평과 수인은 동시에 엎어지고 말았다.

"사람이 왜 이리 염치가 없는 것이냐! 저 여인을 배신한 자가 이제와서…. 왜 이제와서 그러는 거냐고!"

그의 말이 무슨 뜻인지 수인은 알아듣지 못했다. 마치 다른 사람을 두고 하는 말 같았다.

가흔을 배신했다고? 윤사평에게 헛소리하지 말라고 소리쳤다.

"모르겠어? 저 여인을 사지로 밀어 넣었던 자가 당신인 거? 당신이 죽였잖아!"

머릿속이 하얘졌다. 아무것도 이해되지 않았다.

가흔이 저 멀리로 고개를 드는데 시선이 불안하게 일렁였다. 수인과 사평의 고개도 절로 돌아갔다. 민종사관이 홀로 달려오는 것이 보였다.

수인은 당장 처리할 일을 먼저 하기로 했다. 쇄도하는 민종사관은 수인의 목에만 급급해 허점이 훤하게 보였다. 수인은 칼을 새워 그를 사정없이 베어버렸다.

순간 한 장면이 퍼뜩 떠올랐다. 왜군과 육박전을 벌이던 그 순간이! 자신이 뛰어올라 왜군의 등을 사정없이 베어버렸던 것이!

칼에 베인 왜군이 힘없이 돌아섰고, 왜군의 얼굴을 확인한 수인은 충격에 빠졌다. 자신이 벤 자는 왜군이 아니라 가흔이었다. 찰나에 범한 실수를 돌이킬 수 없어 그만 주저앉았다. 피를 흘리는 가흔이 저를 원망하듯 노려보았다. 그녀의 차가운 눈길에 수인은 심장이 부서지는 것만 같았다.


수인이 김덕령을 압송해 떠나고 난 후, 가흔은 의병들이 수군거리는 소리를 들었다. 수인이 잡은 길이 수상하다는 것이었다. 왜군 출몰이 잦은 지역인데, 왜 굳이 그곳을 정했을까.

조정에서는 어떻게든 김덕령을 살려두지 않으려 한다. 형조판서 박홍채와 연이 있는 수인이 그를 압송하는 것도 수상하다.

김덕령의 최측근인 유명호, 박필주가 가흔에게 걱정을 토로했다. 혹시 그가 왜군이 공격해 오면, 김덕령을 제거하고, 왜군에게 죽임을 당한 것으로 꾸미고자 하는 것은 아닌지 의심했다. 사실 조정에서도 추국을 진행하는 것이 부담스러웠다. 대신들 사이에서도 그를 옹호하는 자들이 적지 않았기 때문이다. 그러니 추국 전에 제거하고자 하는 것인지도 모른다.

가흔은 그들에게 화를 냈다. 수인을 의심하지 말라고, 다신 자신 앞에서 수인을 모함하지 말라 경고했다.

마음을 다스리기 위해 가흔은 수인의 막사를 찾았다. 수인이 떠나고 난 막사 안은 스산했다. 흔들리는 마음을 털어버리려 청소를 시작했다. 걱정이 가득하다 보니 손길이 부산스러워 그만 책상 위에 있던 서책을 떨어트렸다.

펼쳐진 서책에서 마른 들꽃 팔찌가 떨어져 나왔다. 수인이 가흔에게 청혼하며 채워줬던 팔찌였다. 가흔이 모질게 끊어버렸던 것인데, 끊어진 팔찌마저 수인은 고이 간직하고 있었다. 그의 마음을 헤아리자 가흔은 너무도 미안했다. 갑자기 그가 너무도 그리워졌다.

보고 싶은 마음을 겨우 추스르고 가흔은 서책을 내려놓았다, 서책 사이로 종이 하나가 삐죽 나와 있었다. 가흔은 무심코 종이를 펼쳐보았다. 대수롭지 않게 읽어가던 가흔의 표정이 점점 굳어졌다. 그것은 수인이 받은 서찰이었다.

서찰의 내용을 차마 믿을 수 없어 몇 번을 읽고 또 읽었다. 자신이 한자 뜻을 잘못 알고 있는 것은 아닌지, 수십 번을 다시 읽었다.

서찰은 박홍채 대감이 수인에게 보낸 것이었다. 그동안 보고를 잘 들었다, 압송에 최선을 다해달라, 수인의 소원대로 전쟁이 끝나고 평화가 찾아오면 정인과 함께 지겹도록 소박한 생활을 할 수 있게 되리라는 내용이었다.

그동안 박홍채와 내통하고 있었다는 게 사실일 줄이야!

세작이 바로 수인이었다! 불안이 가흔을 압도했다. 이대로 가만있을 수 없었다. 우선 오라비를 구해야 했다.

가흔은 왜군의 복장으로 변복하고, 수인의 뒤를 쫓았다. 오라비를 따랐던 유명호, 박필주, 이신엽과 함께였다.

수인은 무리를 이끌고 왜군 출몰 지역에 들어섰다. 아무리 방비를 해도 기습에는 속수무책인 경우가 많았다. 특히 이렇게 외길 지형에서는 더욱 그랬다. 병사들은 잔뜩 긴장한 채 걸었다. 그리고 드디어 예상대로 매복해 있던 왜군들이 튀어나왔다.

왜군과 싸우며 수인은 다시 한번 계획을 점검했다. 혼란한 틈을 타 김덕령을 풀어줄 것이다. 그가 도망갈 기회는 지금뿐이다. 활로를 열어주면 그는 동조하는 동료 몇을 대동해 충분히 빠져나갈 수 있을 것이다. 그 틈을 엿보며 수인은 계속 싸웠다. 하지만 애초 수인이 예상했던 것보다 왜군의 수가 많았고, 싸움은 지리하게 이어졌다.

잠시 눈을 떼었다가 돌아보니 멀리 김덕령에게 필사적으로 다가가는 왜군이 보였다. 양손에 칼을 쥔 왜군은 금세 김덕령을 벨 듯 위협하고 있었다. 김덕령은 아직 묶인 몸에다 무기도 없었다. 그를 지켜야 했다. 그가 이대로 허무하게 죽음을 맞이하게 할 순 없었다.

수인은 왜군 몇을 밀어내고 그를 구하기 위해 달려갔다. 높이 뛰어올라 왜군의 등을 사정없이 베었다. 순간 김덕령과 눈이 마주쳤다. 이어 그의 얼굴이 처참하게 일그러졌다. 김덕령의 몸에는 아직 상처 하나 없었다. 그런데 왜 저런 고통스런 표정이 나오는가.

수인은 온몸이 떨릴 정도로 두려움이 엄습했다. 무언가 잘못되었다는 걸 직감했다.

잠시 후, 칼에 베인 왜군이 비틀거리며 돌아섰다. 그리고 차마 믿고 싶지 않은 일이 벌어졌다. 자신이 벤 자는 가흔이었다. 왜군 복장을 한 가흔을 자신이 베었다.

그녀가 수인을 향해 비틀거리며 한 걸음 한 걸음 다가왔다. 그녀의 얼굴에 원망이 가득 서려 있었다.

수인이 넋이 나가 주저앉은 사이, 왜군과 싸우던 강재가 그들을 목격했다. 왜군이 수인을 공격한다고 생각한 강재가 칼을 들고 달려왔다. 영락없이 장군이 위기에 몰린 모양새였다. 높이 날아올라 왜군을 베려 하는 순간, 수인이 본능적으로 칼을 치켜들었다. 그의 눈에 강재와 가흔이 동시에 보였다. 그리고 가흔을 지키기 위해 강재를 베어버렸다.

강재는 그대로 바닥으로 고꾸라졌다. 급소에 꽂힌 칼을 움켜잡고 강재가 억울하게 수인을 보았다. 피가 가슴에서, 입에서, 코에서, 눈에서 쏟아져 나왔다.

"장군, 어찌…."

강재는 친형제 이상으로 각별한 사이였다. 과묵했던 그는 결국 아무 원망도 없이 죽음을 맞이했다.

악몽 같았다. 정신은 몽롱해졌고, 세상의 모든 소리가 일시에 멎은 듯 아무것도 들리지 않았다. 자신의 앞에 펼쳐진 것들이 그저 비현실적으로 보였다.

절망하기는 가흔도 마찬가지였다. 가흔은 비틀거리며 낭떠러지가 있는 곳으로 쓰러지려 했다. 이 참혹하고 기구한 전장을 순식간에 벗어날 유일한 곳이었다. 그제야 수인이 달려가 가흔의 손을 붙잡았다. 가흔은 정신을 잃어가는 와중에도 수인의 손을 거부했다. 결국 그녀는 천 길 낭떠러지로 떨어졌다.

수인이 따라 뛰어들려 했다. 하지만 김웅순이, 부관들이 수인을 부여잡았다. 가흔을 삼켜버린 강물을 보며 수인은 절규했다. 불과 반 시진 사이에 수인은 모든 것을 잃었다. 불과 반 시진 사이에 인생이 송두리째 바뀌었다.

그 후, 수인은 어떻게 한성까지 오게 되었는지 기억나지 않았다.

이신엽, 박필주, 유명호는 왜군으로 위장해 김덕령을 풀어주려 했다는 이유로 추국을 당했다. 이신엽은 박홍채의 세작이었기에 무사히 풀려나왔지만, 박필주와 유명호는 고신을 당해야 했다. 김덕령의 최측근으로 충실히 그를 따랐던 박필주와 유명호도 결국 그를 배신했다. 원하는 바대로 증언하겠다며, 목숨을 구걸해 추국장을 걸어 나갔다.

수인 역시 모진 고신을 당했다. 왜군이 출몰하는 곳으로 길을 잡은 이유를 추궁당했다. 김덕령을 풀어주기 위한 것이 아니냐고 자복하라 압박을 당했다.

수인은 살고자 하는 의지가 없었다. 강재를 제 손으로 죽였고, 김덕령은 곧 죽게 될 것이다. 사랑하는 가흔마저 자기 손으로 죽였다. 이렇게 괴로울 바에야 차라리 고신을 당하는 것이 편했다. 자신에게 벌을 주는 그 순간이 덜 괴로웠다. 벌을 받다 차라리 숨이 끊어져버렸으면 좋겠다고 수도 없이 생각했다.

여러 날 동안 고신이 이어졌고, 많은 사람들이 죽어 나갔다. 의병장들의 죽음이 알려지자 상황이 바뀌었다. 백성들의 불만이 쌓였고, 조정에서도 추국과 고문을 진행하는 데 부담이 커졌다. 수인이 수혜자가 되었다. 게다가 박대감이 그의 신분을 보장해주면서 수인은 풀려나올 수 있었다.

텅 빈 눈에 만신창이가 돼 걸어 나온 수인은 살아있는 것이 고통이었다. 억울해하는 강재의 눈빛이 잊히지 않았다. 가흔을 베는 순간이 떠올랐다. 자신이 날카로운 칼로 가흔의 살을 찢고, 그녀의 뼈를 갈랐다. 궂은 병영 생활로 가흔의 몸이 상할까, 늘 전전긍긍했었다. 한겨울 부르튼 손조차도 마음이 아려 못 보던 자신이 그녀의 숨을 끊어버린 것이다.

저녁 어스름이 내려앉을 무렵, 수인은 허준의 집을 찾았다. 그에게 무릎을 꿇었다.

"조선 제일의 명의시니, 할 수 있을 겁니다! 아니, 반드시 해주셔야 합니다!"

수인은 자신의 머릿속에 남은 기억을 지워달라 했다. 허준의 다리를 붙잡고 필사적으로 애원했다. 허준은 답을 주지 못했다. 기억을 지워달라니…. 그런 처방은 존재하지 않았다.

돌아가라 하자 수인은 댓돌에 머리를 찧었다. 피 흘리는 얼굴로 칼을 뽑아 들더니, 머릿속을 도려내겠다고 소란을 피웠다. 제발 자신을 어떻게 좀 해달라고, 괴로운 기억을 지워달라고 몸부림쳤다.

허준은 해줄 수 있는 것이 없었다. 할 수 있는 능력도 안 됐다. 무력감이 밀려와 괴로웠다. 저자를 저대로 보낸다면, 조만간 세상을 등질 것이 자명해 보였다. 전쟁이 끝났다고 더 죽지 않는 게 아니었다. 온갖 상처에 시달리는 사람들이 부지기수였다. 아까운 목숨을 더는 놓치고 싶지 않았다.

겨우 수인을 진정시키고, 침상에 눕혔다. 침을 놓아주었다. 그리고 심신(心身)을 보하기 위해 역삼씨, 석창포, 귀구를 섞어 만든 환약 하나를 건넸다. 집으로 돌아가 환약을 먹고 한숨 자고 나면 괴로웠던 기억들이 말끔히 지워져 있을 것이라고. 허준은 정말 그리되기를 기원하며 귀에 대고 속삭였다.

집은 낡고 엉망으로 망가져 있었다. 여기저기 문짝이 떨어져 있었고, 담은 무너졌다. 수인은 대청마루에 걸터앉았다. 아무 소리도 들리지 않았다. 손에 쥔 환약을 묵묵히 바라보다 입에 넣고 삼켰다. 그대로 대청마루에 쓰러져 잠이 들었다.

새벽녘 수인은 눈을 떴다. 수인의 눈앞에 강재가 보였다. 해맑게 웃으며, 수인의 잠자리를 걱정했다. 이슬을 맞으면 입이 돌아간다고, 좀처럼 하지 않던 농담도 했다.

수인은 강재를 보며 미소 지었다. 강재가 곁에 있어 너무도 좋았다.

# 장수

양쪽 다리에 묵직한 돌덩이가 매달려 있는 것만 같았다. 사평은 자신을 부축하는 가흔이 버겁지 않게 힘을 내보려 하였으나 온몸이 천근만근이었다. 숨도 점점 가빠졌다.

그 와중에도 울화통이 치밀었다. 제 돈 받아먹을 때는 언제고, 쓸모가 없자 내팽개치다니! 박대감이 눈앞에 있다면 목이라도 물어뜯고 싶은 심정이었다.

도대체 무엇 때문에 자신을 죽이려 한 것일까. 가흔을 숨겨 화가 난 것인가. 그게 죽일 만큼 잘못한 일인가. 망할 노인네!

돈도 없으면서 양반이랍시고 제 앞에서 고고한 척한 것도 가소로웠다. 이 지경에 놓이게 된 것은 모두 그자 탓이다. 아니, 그러고 보니 종사관 탓이다. 종사관이 들쑤시지만 않았다면 이리되지도 않았을 것이다. 이제 보니 모든 게 두 사람 때문이다!

사평은 다른 이를 탓하고 싶었다. 이리된 게 제 탓이 아니라고 믿고 싶었다. 하지만 그는 알고 있었다. 이 지경에 이른 것은 결국 자신이 선택한 것이었음을.

수년 전, 금은보화에 눈이 멀어 가흔의 제안을 받아들인 것도 자신이었다. 포로 생활을 하다 풀려나 가흔과 헤어졌을 때, 그녀를 다시 찾은 것도.

누군가를 원망하고 탓하고 싶은데, 생각하면 할수록 모두 다 스스로 내린 선택의 결과였다. 그러자 제 어리석음에 화가 치밀었다.

씩씩대며 욕설을 해대는 걸 가흔이 진정시키려 했지만, 사평은 흥분을 삭이지 못했다. 욕설은 더욱 거칠어졌다.

"권모술수로 온갖 못된 짓만 한 노인네! 세작까지 붙이고, 그것도 모자라 조작까지 해서 전쟁 영웅을 죽인 악랄한 노인네!"

오라비 이야기임에도 가흔은 별다른 반응을 보이지 않았다.

씩씩대던 사평의 욕지거리가 점차 잦아들었고, 고개가 밑으로 축 처졌다.

가흔이 제풀에 지친 사평을 처연하게 쳐다보았다. 죽음이 가까워졌으리라. 그런 그에게 가흔이 위로하듯 다그쳤다. 욕을 해야 할 자들이 수두룩하지 않은가. 밤새도록 들어줄 테니, 실컷 계속해봐라.

사평은 어쩐지 피시식, 웃었다.

"암만 생각해도…. 이리된 것이 다 내 탓이긴 한데 말이오. 다시 돌아가도 나는 같은 선택을 할 것 같소…."

사평이 기어이 바닥으로 고꾸라졌다. 가흔도 힘에 부쳐 같이 엎어졌다. 말을 할 듯 말 듯 망설이던 그가 겨우 입을 열었다.

"그잔 세작이 아니었소…."

무슨 말인지 몰랐다. 가흔은 흘려들었다.

"종사관 최수인, 세작이 아니란 말이오."

그제야 놀라 사평을 보았다.

겨우 몸을 돌린 사평의 시선은 하늘에 매달려 있었다. 눈꺼풀은 무거웠고, 정신은 혼미해져 갔다. 노비로 태어나 온갖 멸시와 핍박을 받고 살다 전쟁이 기회인 줄 알고, 상전을 죽여 양반 행세를 했다.

양반만 되면 부러울 것이 없을 줄 알았다. 하지만 그렇지도 않았다. 양반이 되고 나니 벼슬이 탐이 났고, 권력도 갖고 싶었다. 결국 이리되고 보니 모든 게 부질없었다.

그나마 제 삶에서 가치 있는 일이라면 가흔을 지켰다는 것이다. 숨이 끊어지는 지금까지 자신은 가흔을 버린 적이 없었다. 그때 만신창이가 돼 포로로 끌려온 가흔을 지키는 것이, 온갖 악행을 저질렀음에도 사람임을 증명하는 길이라 생각했다. 짐승이 아닌, 괴물이 아닌 사람의 길.

힘겹게 가흔을 보았다.

"종사관은 그대의 오라비를 배신하지 않았소. 그대가 종사관에게 가지 못할 연유가 없단 말이오."

가흔은 숨을 흡, 들이켰다. 호흡이 멈춘 채 얼어붙었다. 무슨 말인지 사실대로 말하라고 다그쳤다. 사평은 힘겹게 겨우 말을 이었다. 박홍채의 사주를 받은 세작은 이신엽이었다. 그렇게 그는 모든 진실을 털어놓았다.

"…허니 그대가 종사관을 오해한 것이오."

가흔은 눈앞이 아득해졌다. 긴 말을 늘어놓고 숨을 헐떡이는 사평의 멱살을 움켜잡았다. 왜 이제야 그 말을 해주는 것이냐고, 왜 지금이냐고! 원망이 가득 담긴 목소리에는 울음이 그득 차 있었다.

가흔이 지내던 가회방에서 안국방은 지척이었다. 수인이 사는 안국방으로 달려가고 싶은 마음이 하루에 수도 없이 들었다. 하지만 그럴 수 없었다. 수인이 자신을 벤 것 때문이 아니었다. 그것은 오히려 문제가 되지 않았다. 수많은 사람의 기대와 희망을 배신한 자를 잊지 못하고 마음에 두는 자신이 혐오스러웠다.

그를 단념하지 못하는 스스로에게 수도 없이 화를 내고, 비난도 했지만, 수인에게 향하는 마음을 거둘 수 없었다. 그 마음이 한 번씩 자신을 괴롭히는 몸의 통증보다 더욱 괴로웠다.

그런데 수인이 배신자가 아니었다는 것이다. 그만이 오히려 끝까지 오라버니를 저버리지 않았다는 것이다.

그렇다면 이제 그에게 가지 못할 이유가 없다. 당장이라도 달려가 그를 끌어안고 싶었다.

점점 사평의 숨소리가 거칠어졌고, 고통스럽게 숨이 끊어질 듯 말 듯 이어졌다.

가흔이 그의 심장에 박혀 있는 화살을 잡았다. 사평이 마지막으로 힘을 내 그녀를 보았다. 가흔이 힘을 쥐 화살을 더욱 깊이 찔러 넣었다.

"그대의 고통을 덜어주는 것… 이것이 내가 마지막으로 해줄 수 있는 호의요."

사평은 희미하게 웃었다. 그리고 이내 숨이 끊어졌다. 눈물이 맺힌 눈을 가흔이 감겨주었다.

그의 마음을 그동안 모르지 않았다. 다만 그를 받아줄 마음도, 여유도 없었을 뿐이다. 그의 마음을 알았기에 복수에 집중할 수 있었던 것이, 그가 자신을 버리지 못할 거란 확신이 있었기에 그를 마음 놓고 이용했던 것이, 그저 미안했다.

가흔은 냉정하게 돌아섰다. 괴로워하고 있을 수인에게 가야 했다. 자신을 베었다고 고통스러워하는 수인에게 말해야 했다.

허준이 치료를 시작하지 않은 이유를 수인은 비로소 알고 말았다. 심장이 옥죄여 숨을 쉴 수가 없었다. 가슴을 쥐어뜯다 무심코 제 손을 보았다. 두 손이 원망스러웠다. 이 손으로 가흔에게 너무도 큰 고통을 주었다.

가흔에게 가야 했다. 발걸음을 옮기려다 갑자기 멈춰 섰다.

찾아가 무슨 말을 할 수 있겠는가. 이제 와 그녀에게 가려는 것은 욕심일 뿐이다. 오히려 멀어지는 것이 그녀를 위하는 길일 것이다.

수인은 참으려 했지만, 몸이 말을 듣지 않았다. 이미 그의 발걸음이 가흔에게로 향하고 있었다. 가흔이 자신을 베면 그 칼을 맞을 것이다. 자신의 두 손을 자르겠다면 기꺼이 손을 내어줄 것이다.


수인이 어둠을 헤치듯 달려오고 있었다.

가흔은 그를 알아보았지만, 수인은 미처 어둠 속에 가려진 자신을 알아채지 못했다.

거리를 좁히며 다가서던 가흔은 갑자기 멈춰서 버렸다.

잠시 갈팡질팡하던 발길이 옆에 뻗은 나무 뒤로 향했고, 가흔은 황급히 몸을 숨겼다.

수인은 그녀를 못 보고 곁을 지나쳐 갔다.

가흔은 한동안 어둠 속에서 나오지 않았다. 그러다 마음을 주체하지 못하고 뛰쳐나와 멀어지는 그의 뒷모습을 바라만 보았다. 어쩌면 이것이 그와 마지막일지 몰랐다.

가흔은 그를 마주하면 모든 것을 포기하게 될 거라는 걸 알았다. 모든 것을 내려놓게 될 것이다. 실은 그러고 싶었다. 다 포기하고 그만 보고 살고 싶었다.

하지만 피 흘리고 죽어간 수많은 사람이 눈에 밟혔다. 그들의 울음소리가 귓가에 맴돌았다. 그들의 희생을 허무하게 만들 순 없었다.

집필에 열중하던 허준은 지쳐 붓을 내려놓았다.

동희가 불렀다. 서재 문을 열자 의외의 인물이 나란히 서 있었다. 가흔이었다. 자신을 위기로 내몰았던.

그녀의 눈빛에 후회와 자책의 감정이 어려 있었다. 왜 찾아왔는지 선뜻 입을 열지 못했다. 허준이 말없이 들어오라 손짓했다.

서재에 들어서자 가흔은 망설이는 기색도 없이 물었다.

"제게 들려주셨던 장수의 이야기 말입니다. 너무도 괴로운 기억이기에 그것을 지워버렸던 장수. 그 장수가… 혹 포도청 종사관 나리신지요?"

허준은 이미 알고 온 듯한 가흔을 말없이 보았다. 대답을 할 필요는 없었다. 그저 조금 고개를 숙였을 뿐이다. 그것만으로도 대답은 충분했다. 장수를 떠올리는 것만으로도 안타까운 그의 마음을 가흔은 이해했다.

실수로 연인을 베고, 연인을 지키기 위해 형제 같은 강재를 베었다. 형제보다 애틋한 지기가 모진 고신을 받다 억울하게 죽어가는 것을 지켜봤을 것이다. 가흔은 심장이 저미는 듯했다. 그 고통이 얼마나 컸으면 스스로 기억을 지웠을까.

그러고 보니 허준이 없었다면 수인과 재회하는 것도 불가능했을 것이다. 추국장에서 나오자마자 수인이 허준을 찾지 않았다면 그는 이미 이 세상 사람이 아니었을 테니.

그로 인해 수인은 살았고, 그로 인해 수인을 다시 만났다.

가흔은 묵묵히 서재 안을 훑어보았다. 수많은 의서와 약방문이 서재를 가득 채웠다. 밤이 늦었는데도 마르지 않은 채 붓은 먹물을 가득 머금고 있었다. 종이에는 귀신이 보여 괴로워했을 병자들의 삶이 빼곡히 적혀 있었다.

가흔은 속으로 다짐했다. 이곳을, 허준을, 허준의 대업을 지켜야겠다고. 반드시 지켜내겠다고.


서재 밖에서 이 모든 이야기를 채령이 엿듣고 있었다.

가흔이 저 안에 있다! 분명 가흔이었다.

채령은 처소로 달려가 단도를 찾았다. 이불 사이에 숨겨둔 단도를 찾아 품속에 감췄다. 어쩐지 이전과 달리 손이 머뭇거리는 걸 느꼈다. 채령은 머리를 흔들었다. 이제 와 되돌릴 수 있는 건 아무것도 없다. 그녀는 황급히 뛰쳐나갔다.

서재 문을 확 열어젖혔다. 안에는 허준만 보일 뿐이었다. 어디 숨어 있는 것이냐! 다른 방을 뒤졌다. 어디에도 보이지 않았다.

채령은 대문을 열고 뛰쳐나갔다.

다행히 저 멀리 가흔이 보였다. 금방이라도 고꾸라질 것처럼 비틀거리며 그녀는 간신히 걷고 있었다. 채령은 발소리를 죽이며 가흔의 뒤를 따라갔다. 어둡고 인적 없는 곳에 다다르자 칼집에서 칼을 뽑았다. 무엇을 할지는 이미 정해져 있었다. 수백 번, 수천 번 반복한 동작이었다. 이제 어깨를 잡아 돌려 가슴에 단도를 꽂을 것이다.

가흔은 채령이 바로 뒤에 붙었는데도 기척을 알아채지 못했다. 손쉬운 먹잇감이었다. 마음만 먹으면 가능한 일이었다. 가흔의 어깨를 잡으려는 순간, 하필 수인이 떠올랐다. 기억을 지운 장수….

귀신이어도 좋으니, 한 번만이라도 보고 싶었다던 여자. 수인이 그토록 보고 싶어 하는 가흔을 자기 손으로 없애야 했다.

이런, 젠장! 욕이 절로 나왔다. 마음이 약해지자 죽은 아버지와 오라비를 떠올렸다. 다시 분노가 치밀었다. 머뭇거리는 사이에 가흔은 조금 더 멀어졌다. 쫓아가려 걸음을 떼는 순간, 채령은 그만 단도를 떨어트렸다. 안 그래도 머뭇대던 손이 일부러 떨어트린 것만 같았다. 채령은 바닥에 떨어진 단도를 묵묵히 바라보았다.

수인이 누구보다 지키고 싶어 했던 사람이었다. 그녀가 없어진다면 겨우 버텼던 수인의 세상은 무너지고 말 것이다. 그렇게 되면 그 역시 삶의 끈을 놓을지 모른다. 자신 역시 그가 없는 세상은 상상이 되지 않았다.

그렇게 채령은 바닥에 떨어진 단도를 내버려두고 돌아섰다. 멀어지는 가흔과 채령 사이에 단도만이 남았다. 누군가 발견하지 않는다면 흙에 묻혀 세월에 덮이고 말 것이었다.


허준의 서재 기단에 채령이 무너질 듯 앉아 있었다.

언제부터 그 자리에 있었는지 몰랐다. 문득 바람을 쐬러 나오다 그녀를 보았다. 아직 찬 기운이 예사롭지 않은데 예서 뭘 하느냐 꾸짖었다. 채령이 올려다보며 중얼거렸다.

"영감, 이제 나는 어떻게 하죠?"

허준은 비로소 때가 왔음을 알았다. 채령을 지그시 바라보았다. 들을 준비가 되었다. 그동안 무당행세를 하며 다른 사람의 상처만 들려줬던 채령이 이젠 자신의 이야기를 할 때였다.

"그래, 말하거라. 쏟아내거라. 그래도 될 터이니."

허준의 음성에 채령은 선뜻 가흔과의 만남부터 지금까지의 일을 들려주었다.

묵묵히 듣고 있던 허준이 안타깝게 채령을 보았다.

"왜 그리 보시오? 동정하는 것이오?"

채령이 반항하듯 노려보았다.

"그 여인은 자네 복수의 대상이 아니었네."

채령은 의아했다. 그가 무슨 소리를 하는 것인지 이해할 수 없었다.

허준은 채령에게 들려주었다. 가흔이 병자로 위장해 자신을 찾아왔을 때, 그때 들은 가흔의 이야기를.

의병들이 모여 있던 숙영지로 왜군을 끌고 온 것은 가흔이 아니었다. 오히려 가흔은 왜군으로부터 채령을 지키고자 달려왔었다. 하지만 도착했을 땐, 이미 모든 것이 끝이 난 상황이었다. 가흔도 그날 그들을 지키지 못해 지금까지 괴로워하고 있었다.

"거짓말! 거짓말이오!"

채령은 화를 냈다. 가흔에게 돈을 받고 그런 소릴 하는 것이냐며 비난했다.

허준의 말이 사실이라면, 지금까지 이 악물고 살아온 명분이 사라지는 것이다. 그저 자신의 오해였다고? 괜한 사람을 증오하며 지금까지 살아온 것이라고? 어처구니가 없었다. 눈앞이 졸지에 캄캄해졌다. 허무가 밀려와 웃음만 나왔다.

"지금 그렇게 얘기하면, 나더러 죽으란 소린 건 아시오?"

안타깝게 바라보던 허준이 말했다.

"모르겠나! 그 증오심이, 복수심이 자네에게 가장 소중한 것을 지켰음을!"

그건 또 무슨 터무니없는 소리냐며 채령이 소리쳤다.

"만신창이가 된 몸과 마음으로 버틸 수 있었던 건 그 증오심과 복수심 때문이었네. 만약 그것이 없었다면, 진즉에 자넨 가장 소중한 자넬 죽였겠지. 그 복수와 증오가 자넬 살린 걸세."

채령은 가슴속에서 울분이 치솟았다. 의병들의 죽음으로 죄책감 때문에 학자 문성식 선생의 고명딸 문채령의 삶을 버렸다. 자신을 가장 하찮게 대했다. 그 하찮았던 날들이 너무도 서러웠다.

"그 전쟁에서 우린 스스로 지키는 것이 최선이었네. 자넨 자네의 최선을 다했어."

채령은 통곡했다. 멀리 떨어져 묵묵히 듣고 있던 더미가 다가왔다. 아기처럼 엉엉 우는 채령을 더미가 꼭 끌어안았다.


　수인을 놓쳤다는 보고를 받고 박홍채는 밤이 늦도록 잠자리에 들지 못했다. 윤사평이 수인을 죽이면 그를 바로 즉결처분하라! 민종사관에게 은밀히 내린 명은 절반에 그쳤다.
　지금 임금의 옥체가 위중하다. 임금께서 보위 문제를 마무리 짓지 못하고 승하라도 하는 날에는 자신의 앞날을 장담할 수 없었다. 게다가 허준의 의서 편찬까지 골치가 아팠다.
　모든 것을 단번에 해결할 방도가 떠오르지 않아 머리가 지끈거렸다. 민종사관을 쫓아내고 한 시진이 넘도록 그의 고민은 계속되었다.
　그때 스르륵 방문이 열렸다.
　무심코 고개를 들었다가 박홍채는 기겁을 했다. 가흔이 귀신처럼 서 있는 게 아닌가. 박홍채는 엉덩이를 끌고 뒤로 물러나며 그녀의 양손부터 확인했다. 다행히 아무것도 들려 있지 않았다. 오히려 가흔은 느닷없이 큰절을 올렸다.
　도대체 무슨 꿍꿍이길래….
　절을 올리고 고개를 조아렸다.
　지아비가 죽임을 당했다. 세상에 의지할 곳이 없다. 그러니 자신을 거둬 달라.
　의심스럽기 그지없는 작태였다. 자신이 사평 그놈에게 비밀 의녀를 버리라 지시했다. 그걸 모른다는 건가? 사평이 첩에게 말하지 않았다고?

"이러나저러나 어차피 죽은 목숨입니다. 애원이라도 해봐야 겠기에 찾아왔습니다."

지금 비밀 의녀가 간절하게 필요하긴 했다. 하지만 선뜻 그녀와 손잡을 수도 없었다. 믿을 만한 무엇이 필요했다.

가흔은 그의 의중을 눈치채고 먼저 입을 열었다. 지금 상황을 타개할 방도가 있다. 허준의 일도 막고, 어심을 돌려놓을 수 있는 방도.

그 말에는 어쩔 수 없이 귀가 솔깃했다.

"저를 쓰시든지, 버리시든지 선택은 이제 대감께서 하시는 겁니다. 저는 대감을 선택했습니다."

한동안 가흔을 노려보기만 하더니, 소리내 청지기를 불렀다. 가흔을 별당으로 안내해 거처를 마련하라 지시했다.


수인은 박대감 집 담을 넘었다. 그가 가흔을 잡아두고 있는 게 틀림없을 테니.

가장 안쪽 별당이 수상했다. 수인은 한 번 더 담을 넘었다.

박대감의 여식들은 이미 출가하여 별당이 비어 있다는 걸 알고 있었다. 그런데 불이 켜져 있었다. 댓돌 위에 당혜[46] 한 켤레 놓여 있는 것을 보고 수인은 확신했다. 조심스럽게 방문을 열

---

46 양갓집 부녀자들이 주로 신었던 가죽신.

었다.

　가흔을 보자 수인은 털썩 무릎을 꿇었다. 자신의 칼이 가흔을 베었다. 자신이 가흔을 죽였다. 죽음의 문턱에서 살아 돌아온 가흔에게 무슨 말로 용서를 구해야 할까. 수인은 도무지 어떤 말도 생각이 나지 않았다.

　가흔은 반가운 마음을 감추고 돌아섰다. 수인을 만나면 마음이 흔들릴 것이 분명했다. 그렇게 되면 자신이 뜻한 바를 외면하게 될 것이다. 그래서 허준부터 만났고, 박대감을 찾아온 것이다. 그렇게 마음을 다잡기 위해 몸부림쳤다. 그런데 찾아와 또다시 마음을 흔들고 있었다. 지금 가흔의 가장 큰 장애물은 수인이었고, 수인만 그것을 모르고 있었다.

　자리끼를 들이던 여종이 수인을 보고 놀라 쟁반을 떨어트렸다.

　여종의 비명에 사내종들이 몰려들었고, 집안은 순식간에 소란스러워졌다.

　박홍채도 다급하게 뛰쳐나왔다. 수인이 칼을 뽑아 그들을 겨눴다.

　가흔은 여기서 어떻게든 수인을 내보내야 했다. 안전하게 그를 쫓아내야 했다. 다행히 박홍채는 자신과 수인의 관계를 몰랐다. 가흔이 슬며시 수인에게 다가가 그의 칼을 잡아 자신의 목에 가져갔다. 마치 수인이 자신을 인질로 삼은 모양새가 되었다.

　수인은 그녀의 의도를 알아차렸다. 박홍채에겐 자신이 비밀 의녀를 잡아가려는 것처럼 보일 것이다. 수인은 칼끝으로 제 손가락에 피를 내 가흔의 목에서 흐는 것처럼 보이게 했다.

수인은 조금씩 뒷걸음질 치며 활로를 찾았다. 가흔은 자신을 살리는 동시에 스스로를 보호하기 위해 인질이 되려는 것이다. 가흔이 자신을 따라나서기로 마음을 정한 것이다. 수인은 그렇게 판단하고, 가흔을 인질 삼아 박대감의 집을 나섰다.

사내종들이 몽둥이를 들고 쫓아나왔으나, 수인이 휘두르는 칼에 바로 나가떨어졌다. 더 이상 뒤쫓는 무리는 없었다.

파루[47] 종소리에 창의문이 열렸다. 수인과 가흔은 창의문을 통해 도성을 벗어났다.

아침이 되어 사방이 환해진 후에야 산중에 들어와 안전해진 것을 알았다.

수인은 차마 가흔의 눈을 똑바로 볼 수 없었다. 아무 말도 못하고 고개만 떨군 수인을 가흔이 먼저 다가와 안아주었다.

그제야 수인도 가흔을 끌어안았다. 떨리는 손으로 가흔의 등을 어루만졌다. 깊은 상처가, 그 통증이 손끝을 통해 오롯이 전해지는 것만 같았다.

저녁 무렵, 두 사람은 화전민의 오막살이를 발견했다. 다행히 마음씨 좋은 노부부가 두 사람에게 방까지 내어주었다.

밤이 늦어 두 사람은 초라한 이불 위에 나란히 누웠다. 그동

---

47  통행금지를 해제하기 위해 종을 치던 일.

안 못 보고 지낸 것이 아까워 두 사람은 어둠 속에서 서로에게 눈을 떼지 못했다.

수인이 팔을 뻗어 가흔을 끌어당겨 품에 안았다. 가흔도 수인의 품으로 파고들었다. 몇 해 전 맡았던 가흔의 살냄새가 코끝을 스쳤다. 가흔이 살아있다는 것이, 가흔이 자신의 품속에 있다는 것이 가슴이 벅차오를 정도로 기뻤다.

엉성한 나무문 틈으로 두런두런 노부부의 말소리가 들려왔다. 내년 농사를 걱정하는 노부부의 대화가 참으로 평화로웠다. 수인은 생각했다. 더 깊은 산으로 들어가 저 노부부처럼 살 것이다. 밭을 일구고, 아궁이에 불을 땔 때 밥을 지어 먹으며, 가흔과 평화롭게 살 것이다.

그런 미래를 머릿속에 그리는데, 점점 눈꺼풀이 무거워졌다. 가흔을 좀 더 눈에 담으려고 애써 잠을 쫓았지만 감기는 눈은 어쩔 수가 없었다. 아까 가흔이 준 환약을 먹었는데, 설마 그것 때문은 아니겠지. 그런 생각을 하며 수인은 잠이 들었다.

잠에 빠져든 수인을 확인하고, 가흔이 슬며시 일어나 앉았다.

어둠 속에서 한동안 그를 바라보았다. 얼굴의 솜털 하나까지 기억하려는 듯 그녀의 눈길이 오래도록 그의 얼굴에 머물렀다. 그리고 마지막으로 고개 숙여 이마에 입을 맞췄다.

얼마나 잤을까, 수인은 퍼뜩 놀라 잠에서 깼다.

눈앞엔 시뻘건 불이 가득했다. 옆에 가흔이 없었다. 놀라 뛰쳐나가려 했으나 문이 잠겨 있었다. 발로 부수고 뛰쳐나갔다.

가흔을 찾았지만 어디에도 보이지 않았다. 이미 활활 타오른 오막살이 안에 노부부의 형체가 얼핏 보였다. 자는 동안에 무슨 일이 일어났는지 수인은 어리둥절했다.

등 뒤로 살기가 느껴져 수인은 재빨리 몸을 피했다.

순식간에 자객이 칼을 휘둘렀고, 수인이 그를 상대했다. 자객의 칼을 물리치고 그의 복면을 벗겼다. 민종사관이 수족처럼 부리는 포교였다. 수인이 다그쳤다. 가흔이 어떻게 됐는지 추궁했다.

"저희가 왔을 땐 이미 없었습니다!"

오막살이를 덮쳤을 때 가흔은 없었고, 수인만 깊은 잠에 빠져 있었다. 노부부를 추궁하니, 가흔은 남은 일을 마치고 돌아오겠다고 했단다.

민종사관이 바로 가흔을 쫓았고, 포교는 뒷정리하라는 명을 받아 실행에 옮기던 참이었다.

수인은 분노했다. 노부부의 세상을 무너뜨린 포교를 베어버렸다. 그리고 가흔을 쫓아 미친 듯이 산을 내려갔다.

가흔에게 남아 있는 일이란 무엇일까. 복수를 완성하는 것일까.

그것이 무엇이기에 자신을 버리고 떠난 것인가. 아니, 왜 자신에게 부탁하지 않았단 말인가. 수인은 가흔이 그저 야속했다.


가흔은 다시 박대감을 찾아 수인의 손아귀에서 탈출했다 거짓을 고했다. 다른 데로 달아날 데도 없다는 걸 박홍채는 드디어 확인한 것 같았다. 어디에도 살길이 없으니 찾아온 거라고.

절박하기는 자신도 마찬가지였다. 시간이 얼마 남지 않았다. 임금의 병세가 점점 위중해지고 있었다. 박홍채는 가흔과 계획한 일을 늦추거나 바꿀 틈도 없었다.

정오, 한낮임에도 불구하고 수인은 박대감 집 담을 넘어야 했다. 어제 그 소동이 났다면 경계가 삼엄할 법도 한데 어쩐지 평소와 다르지 않았다. 그리고 어디에도 그녀가 보이지 않았다. 그때 노비들이 하는 말이 들려왔다. 박대감이 임금의 병세가 위중해 입궁했다는⋯.

수인은 정릉동 행궁으로 향했다. 행궁에 잠입하기 위해 주변을 배회하였으나, 틈이 없었다. 암문 부군도 경비가 삼엄해 다가가기 어려웠다.

시간은 흘러 사방이 어두워졌다. 그때 채령이 행궁으로 다가오는 걸 발견했다. 수인이 슬며시 그녀를 이끌어 인적없는 곳으로 데려갔다.

채령은 허준이 걱정돼 왔다고 했다. 임금의 환후가 위중해 입궁을 했는데, 이상했다는 것이다. 허준을 데리러 온 자들이 내의원 사람이 아니었다고.

동희가 말하길 위급한 일이 있으면 내의원 사람이 와서 허준을 데려가곤 했는데, 오늘은 본 적 없는 별감이 와서 데려갔다고 했다.

수인은 내전을 지키는 자들이 영상과 박홍채의 사람인 것이 떠올랐다. 허준을 데리러 온 자 역시 그의 사람일 것이다.

가흔은 해야 할 일이 있다고 했다. 박홍채와 함께 도모할 일이 무엇이란 말인가. 수인은 엄습하는 불안감에 미칠 것만 같았다.


비상 상황이라 허준은 내의원을 지휘하며, 탕약을 준비하느라 정신이 없었다. 임금에 대한 걱정이 깊은 세자도 내의원에 나와 허준의 곁을 지켰다.

탕약이 준비되자 허준은 내전으로 향했다. 수많은 생각이 머릿속에 들끓었다. 자신을 내의로 삼고, 의서편찬을 명한 사람은 임금이었다. 호성공신으로 책봉해주었으며, 중인 잡과 출신인 자신에게 정일품의 보국숭록대부로 제수하고자 했던 사람도 임금이었다. 개인적으로 임금은 허준에게 고마운 사람이었다.

그리고 임금이 얼마나 큰 불안 속에서 전전긍긍하며 살았는지 이해도 되었다. 조선이 건국되고 처음으로 적통이 아닌 방계 혈통의 임금이었으니, 얼마나 힘들었을지 모르는 바도 아니었다.

나라에 변고가 생기면, 적통이 아닌 방계 혈통 때문이라 그런 것이란 자격지심에 괴로웠을 것이다. 게다가 적통 임금들이 경험하지 않은 참담한 전쟁까지 겪어야 했으니, 임금이 했던 이상한 행동과 선택들을 이해 못 할 것도 없었다.

다만 그는 여느 필부(匹夫)가 아니라 이 나라 조선의 지존(至尊)이었다. 수많은 사람의 생사여탈권을 쥐고 있는 막중한 자리에 앉아 있었다. 그 자리가 감당이 안 되면, 스스로 물러나야 했다. 하지만 스스로 물러나는 용기조차 내지 못하고 지금 수명이 다해 죽음을 맞이하고 있었다.

그리고 만약 이대로 승하하기라도 한다면, 자신 또한 무사하지 못할 것을 허준은 잘 알았다. 임금의 죽음을 막지 못한 내의원에는 피바람이 불 것이다.

그런 것은 두렵지는 않았다. 그때가 되면 내의원 수장으로서 모든 책임을 질 것이다. 다만 안타까운 것이 있다면, 완성하지 못한 의서였다. 그것이 마음을 무겁게 짓눌렀다.

내전 앞에 당도하자, 지밀상궁은 탕약을 받아 내전 처소로 들어갔다.

허준은 그녀가 탕약만 들이는 것이 의아했다. 지밀상궁을 불러 세우려던 그때, 영상 대감과 박대감이 다급하게 다가왔다.

"주상전하의 탕약에 망극한 짓을 한 자가 있단 첩보가 있었소!"

탕약에 망극한 짓이라면…. 허준은 가슴이 덜컥 내려앉았다. 눈앞이 캄캄해졌다. 순간 덫에 걸렸음을 직감했다. 저들이 쳐놓은 덫에 걸리고 말았다. 게다가 세자까지 탕약을 달이는 데 함께하지 않았던가.

허준은 그만 눈을 질끈 감았다. 자신 앞에 펼쳐질 날들이 눈에 선했다. 자신은 산송장이 되어 의금부를 나가게 될 것이다. 어느 날, 서소문 밖에서 목이 잘릴 것이 눈앞에 그려졌다.

온몸이 떨리기 시작했다. 죽음이 두려워서가 아니었다. 자신의 서재에 쌓여 있는 수많은 병자의 눈물이 의미 없이 흩어지게 될 것이 너무도 아까웠다.

"무엄하오! 감히 누가 주상전하의 탕약에 독을 탔다는 것이오?"

어느새 세자가 다가왔다.

아바마마의 옥체가 염려되어 정성껏 약을 달이는 것을 지켜보았다. 독약 운운하는 것은 세자인 자신을 의심하는 것이다. 세자는 진노했다.

영상과 박홍채가 그에게 허리를 숙였다.

"저하, 궁의 법도가 그러하옵나이다. 첩보가 들어온 이상 묵과할 수 없나이다."

"허면, 독이 나오지 않는다면 그땐 누가 책임질 것이오?"

박홍채가 나섰다.

"저하, 책임은 그다음 문제라 사려되옵나이다. 탕약에 독이 있다면, 그만큼 망극한 일도 없지 않나이까."

결국 은비녀가 내전에 당도했다. 모두가 지켜보는 가운데 박홍채가 나서 은비녀를 탕약에 담갔다.

한시가 급박했던 박홍채는 가흔을 제외하고 다음을 도모할 방도가 떠오르지 않았다. 결국 가흔과 손을 잡고 세자도, 허준의 의서편찬도 모두 막고자 했다. 허준이 탕약을 들이면 비밀 통로에 숨어 있던 가흔이 탕약에 독을 타기로 했다. 그리고 독이 검출되면 허준과 세자를 단번에 칠 계획이었다.

박홍채는 심장이 요동쳤다. 이제 은비녀의 색이 변할 차례다. 모두 숨죽여 은비녀를 바라보았다. 하지만 일각이 지나고, 이각이 다 되도록 은비녀의 색은 변하지 않았다.

모두 숨죽이고 지켜봤다. 영상의 얼굴은 난처함으로 물들었고, 급기야 박홍채를 죽일 듯이 노려보았다. 박홍채의 얼굴은 당혹감에 붉게 물들었다. 급기야 세자가 탕약을 들어 마셔버렸다.

"지금 이게 무슨 짓이오? 주상 전하께서 위중한 지금 편히 치료에 전념하지 못하게 방해한 죄는 내가 꼭 물을 것이오!"

박홍채는 눈을 질끈 감았다.


병풍 뒤에서 가흔이 소리도 없이 나왔다.

내전 침소 밖에서는 소란한 소리가 들려왔다. 이 안에는 잠이 든 것인지, 혼절인 것인지, 정신을 놓은 임금과 가흔, 둘뿐이었다. 그리고 밖에서 들려오던 소란도 점점 잦아들었다. 내전은 고요했다.

임금 곁에 앉은 가흔은 향로에 향을 피웠다. 탕약에 독을 탄후 가흔이 해야 할 일은 그의 마음을 바꾸는 것이었다. 마지막 숨이 겨우 남아 있을 때, 임금이 세자를 폐하고, 영창대군이 보위를 잇게 하라는 유언을 내뱉게 만들기로 했다.

향을 맡은 임금이 슬며시 눈을 떴다. 가흔을 보고 임금은 미소를 지었다. 어디 갔다 이제 오는 것이냐고. 네가 없어 잠을 이룰 수 없었다고, 투정을 부렸다.

가흔은 긴 목걸이를 늘어트려 임금의 앞에 가져다댔다. 임금은 목걸이의 움직임에 집중했다. 빨리 잠 속으로 빠져들고 싶은 얼굴이었다.

가흔이 소매에서 환약을 하나 꺼냈다. 이 약을 먹으면 편안한 잠에 들 수 있다고 속삭였다. 임금은 입을 벌려 가흔이 내민 환약을 받아먹었다. 약효가 나타나기 시작했다. 몸이 나른해졌고, 기분이 좋아졌다. 가흔은 늘 자신을 실망시키지 않았다. 이대로 한숨 푹 자고 나면 내일 당장 용상에 앉을 수 있을 것만 같았다.

그때 갑자기 가슴을 짓누르는 듯한 압박감이 느껴졌다. 임금은 놀라 눈을 번쩍 떴다. 사람을 부르려 하였지만 몸이 말을 듣지 않았다. 마치 온몸이 마비가 된 것 같았다. 도움을 청하듯 가흔을 보았다.

가흔은 얼음장처럼 차가운 얼굴로 임금을 내려보았다.

"전하, 어찌합니까? 전하께서 그토록 지키고자 한 왕실, 지키지 못하게 될 것입니다."

임금은 눈을 부릅떠 가흔을 노려보았다.

"영창대군 또한 지키지 못할 것입니다. 전하께선 아무것도 지킬 수 없을 것입니다. 하긴 새삼스럽지도 않습니다. 늘 지키지 못했으니 말입니다."

임금은 겨우 힘을 내 토하듯 말했다.

"누구냐…?"

"충용장, 그의 누입니다."

뭔가 말을 더하고 싶었지만, 임금은 입이 움직이지 않았다. 그런 임금을 조소하며 가흔이 말을 이었다.

"오라비의 복수냐고요? 처음은 그렇게 시작을 하였지요, 허나 그게 다는 아니었습니다. 전하 하나가 사라진다고 해결될 문제가 아니었으니까요. 해서 이 조선을 갈아엎을 겁니다. 새로운 조선을 만들 겁니다."

임금은 놀라 더욱 눈을 크게 떴다.

"임진년의 전쟁은 전하 때문에 일어났습니다. 그 전쟁으로 수많은 사람이 죽었지요. 수많은 사람을 죽인 것은 전하십니다. 헌데 죽은 이들의 울음소리에 잠을 이루지 못한다고, 제게 투정을 부려서야 되겠습니까."

"이 자리에 앉아보지 않아 그리 말하는 것이다!"

임금은 억울하단 듯 마지막 항변을 토했다.

"그 자리가 그리 버거우셨다면 내려왔어야지요. 전하도 아셨잖습니까? 그 자리, 전하가 감당하기 버거운 자리라는 것을요."

임금은 억울해 몸을 부들부들 떨었다.

"이제 모두 끝을 내고, 다시 시작할 겁니다. 그 시작은 전하가 아닌, 가슴이 문드러진 백성들이 할 겁니다. 그들이 서로 힘을 내 다시 나라를 세울 겁니다.”

백성들이 세우는 나라라니…. 가흔이 말하는 세상은 지옥이었다. 임금은 참담해 눈물이 났다.

임금은 금방이라도 숨이 넘어갈 듯한 얼굴로 가흔을 노려보았다. 그런 임금에게 가흔은 두 번 절을 올리고, 조용히 비밀 통로를 통해 내전을 나갔다.

어두운 비밀 통로를 걸어 가흔은 암문 앞에 섰다.

선뜻 문을 열지 못하고 망설였다.

“상위 복, 상위 복, 상위 복!”

멀리서 임금의 죽음을 알리는 소리가 들려왔다.

가흔은 생각했다. 이 문을 열고 나갔을 때, 햇살이 눈부셨으면 좋겠다. 바로 수인의 안국방 집이 있어 그 안으로 걸어 들어가고, 집 안에서 수인이 환하게 웃으며 양팔 벌려 자신을 맞이해주면 좋겠다. 그런 날이 너무도 그리워 눈물이 쏟아졌다.

그러다 이내 체념했다. 제 앞에 펼쳐질 그 어떤 불행도 마다하지 않을 것이다. 가흔은 마음을 다잡고 암문을 힘껏 밀어 밖으로 나갔다.

사방이 칠흑같이 어두웠다. 순간 가흔은 희망이 생겼다. 자신에게도 기회가 있을지 모른다는 희망. 수인과 함께 화전민 노부부처럼 살아 볼 기회가 주어지지 않을까 하는 기대가 가흔의 마음을 설레게 했다.

한 시진 전, 수인은 가흔이 암문을 통해 나올 것을 대비하려 했다. 그녀가 안전하게 나오려면 암문 근처에 아무도 없어야 했다. 암문 주변을 금군이 삼엄하게 지키고 있었다. 이들을 모두 유인하지 않으면 안 되었다.

수인은 무작정 칼을 들고 금군 앞으로 나섰다. 금군은 수인 말고는 더 적이 없다는 걸 알고 코웃음을 쳤다. 그러나 그의 칼놀림은 달랐다. 휘두르는 대로 베어져나갔고, 서넛이 한꺼번에 쓰러지자 암문을 지키던 병사들이 모두 달려들어야 했다.

수인은 그들과 칼싸움을 하다 도망치는 척하며 그들이 쫓아오도록 했다. 한 놈도 암문에 남아서는 안 되었기에 그의 공세와 도망을 반복해야 했다. 그래야 가흔이 하고자 하는 일도, 가흔이 걸어 나올 길도 지킬 수 있었다.

그렇게 수인은 금군들을 유인해 암문으로부터 거리를 벌렸고, 그때부터는 칼을 넣은 칼집으로 하나씩 뼈를 부러트리고, 쓰러트리고, 기절시켰다. 그들을 모두 물리치자마자 암문으로 달려갔다. 다행히 마침맞게 가흔이 암문을 열고 나오고 있었다.

가흔도 멀리 어둠 끝에서 달려오는 수인을 보았다. 수인을 향해 환하게 웃어 보였다. 가흔의 걸음이 빨라졌다. 수인도 가흔을 향해 달렸다. 그리고 수인보다 더 빠른 속도로 화살이 날아갔다. 수인이 화살을 눈치챈 순간, 이미 가흔의 가슴에 꽂히고 말았다.

수인은 머리가 멍해졌다. 이 또한 악몽인가. 현실인가. 구분

할 수 없었다.

　수인은 절규하며 달려갔다. 가흔은 자신을 향해 달려오는 수인을 보았다. 조금씩 흐릿해지는 그가 그저 안타까울 뿐이었다.

　어둠은 점점 짙어졌다. 가흔을 끌어안은 수인의 모습조차 가늠할 수 없었다. 칠흑 같은 어둠 속에서 수인의 울음소리만 한동안 길게 이어졌다.

# 임금

임금께서 붕어(崩御)[48]하시고, 여러 번의 계절이 바뀌었다. 허준은 귀양도 다녀왔다. 귀양살이는 그리 고달프지 않았다. 여러모로 편의를 봐줘 귀양지에서도 의서편찬에 몰두할 수 있었다. 그리고 한성으로 돌아와 드디어 집필을 완성했다.

허준은 마침내 붓을 내려놓았다. 그사이에 그의 머리에도 수많은 눈이 내려앉았고, 꼿꼿했던 등은 저절로 수그러졌다. 허준은 깊은 한숨을 내쉬며 허공을 응시했다.

선왕이 승하하고, 그 죽음에 대한 책임은 수의 허준을 옭아맸다. 선왕의 병을 고치지 못했다 하여 수의를 참수해야 한다는 이도 많았지만, 새로 보위에 오른 왕은 그를 귀양 보내는 것으로 마무리하였다.

---

48  임금이 세상을 떠남.

새로운 왕은 영상 유영경 대감도, 그의 사람이었던 박홍채 대감도 모두 살려두지 않았다. 그리고 현재 어린 영창대군 또한 위태로운 상황에 놓인 처지였다.

허준이 귀양을 가기 전 임금이 찾아왔다. 젊은 임금은 옥루(玉淚)를 흘리며 허준의 손을 꼭 잡았다. 그리고 당부했다. 부디 몸 성히 다녀오라고. 대업을 반드시 완성해 달라고. 지금은 가진 힘이 미약해 이리 보내지만, 대업을 완성하는 날에는 기쁜 마음으로 맞이할 것이라 했다.

참으로 긴 여정이었다. 허준은 자신이 집필한 의서를 한 장씩 훑어보았다. 이 책에는 수많은 사람의 눈물이 담겨 있었다. 놓쳐버린 목숨에 대한 안타까움, 잃어버린 인연에 대한 그리움, 수많은 죄책감 또한 담겨 있었다.

허준은 기원했다. 부디 이 책이 고통 속을 헤매는 많은 이들의 눈물을 조금이나마 닦아주기를….

허준은 의관을 갖추고 궁궐로 향했다.

새로 지은 궁궐은 정릉동 행궁보다 웅장하고 위엄이 넘쳤다. 돌 하나, 나무 하나, 백성들의 노고가 들어가지 않은 것이 없으리라. 허준은 자신이 밟고 선 궁궐 바닥에 깔린 박석을 한동안 묵묵히 내려다보았다.

내전에 들어 용상에 앉은 세자, 아니 임금께 큰절을 올렸다.

임금은 그에게 새로 지은 궁궐이 어떤지 소감부터 물었다. 허준은 무슨 말을 해야 할지 난감해 머뭇거렸고, 결국 아무 말도 할 수 없었다. 대신 임금께 의서를 보였다.

"전쟁으로 인해 몸과 마음에 상처를 입은 자들에게 미력하오나마 도움이 되길 바라옵나이다. 그것이 의원으로서 저의 마지막 소임이옵니다…."

그리고 입을 연 채로 잠시 뜸을 들였다. 하고 싶은 말이 더 있는 듯 보였다.

임금이 알아채고 다음 말을 기다려주었다. 그의 입이 어렵게 열리고, 드디어 말이 나왔다.

"양생상사무감(養生喪死無憾), 왕도지시야(王道之始也)."

순간 임금의 얼굴에 노여움이 스쳤다. 굳이 이 말을 이 자리에서 자신에게 할 필요가 있는가!

아이를 양육하고, 부모의 상을 치르는 데 여한이 없게 하는 것, 그것이 왕도정치의 시작이라는 맹자의 말이었다.

허준은 부디 이 의서가 왕도정치를 실천하는 데 뒷받침되길 바란다고 덧붙였다. 그러나 임금은 곧이들리지 않았다. 그가 허준에게 들을 말은 따로 있었다. 살려준 데 대한 보답으로 충정을 바치겠다는 것. 그 말이면 족할 터인데, 왕도정치를 운운하다니….

자신이 왕도정치를 실천하지 못할 것이라 우려하는 것만 같았다. 하지만 이 자리에서 화를 낼 수는 없었다. 그러면 정말 왕도정치를 부정하는 것 같았기에 애써 미소를 지으며 그리하겠다 화답했다.

허준은 감읍한다는 듯 고개를 조아렸고, 씁쓸한 마음을 떨치지 못한 채 궁궐을 나섰다.

궐문을 나서자 한참이나 기다리던 채령이 부리나케 다가왔다.
"이제 어떡할 겁니까? 명의 허준 영감께서 돌아왔다고 한성에 소문이 자자합니다. 벌써 병자들이 진을 치고 있다고요."
채령은 노구의 허준이 앞으로 수많은 병자를 돌보게 될 일을 염려했다. 그런 걱정이 기특하다는 듯 그저 웃어 보이고는, 묵묵히 길을 밟아 걷기 시작했다.

눈을 감는 순간까지 허준은 손에서 침을 놓고 싶지 않았다. 손에 침 대신 붓을 쥐고 죽게 될 것을 염려했었다. 그런데 이렇게 침을 쥐고 죽을 기회가 주어진 것이고, 그저 감사할 뿐이었다.

햇볕은 따뜻했다. 하늘은 청명하고, 거리를 오가는 사람들은 평화로워 보였다. 참으로 오랜만에 느끼는 평화였다.

힘에 겨운지 허준의 걸음이 조금씩 늦춰지자, 채령이 앞서 걷기 시작했다. 그리고 허준이 그 뒤를 따라 걸었다.

이윽고 두 사람은 완만한 비탈길을 올라 산길로 접어들었다. 느릿하던 비탈은 점점 가파른 길이 되었고, 어디서는 얕은 개울도 건넜다.

길을 오르는 허준은 여러 번 걸음을 멈추었다 떼었다. 멈춰 설 때마다 어쩔 수 없이 거친 숨을 가다듬어야 했다. 채령은 애써 그를 부축하지도 않았고, 등을 두드려주지도 않았다. 그저 기다려주었다.

그렇게 반나절 가까이 산을 오르자, 다소곳이 감춰진 계곡이 나왔다. 전날 비가 온 탓인지 계곡에는 물이 가득했다. 물소리가 기분 좋게 들려왔다.


선왕께서 승하하던 밤, 수인은 자취를 감췄다. 허준도, 채령도 그를 찾아 나섰지만 그의 흔적은 어디에도 없었다.

그렇게 몇 년이나 흘렀다. 허준이 귀양지 허름한 초가에서 집필에 여념이 없을 때였다. 밤비가 세차게 내리던 밤, 누군가 무례하게 방문을 덜컥, 열어젖혔다.

비를 맞으며 우장을 뒤집어쓴 사내가 맹렬한 눈빛을 하고 서 있었다. 수인이었다.

반가운 마음에 허준은 방으로 들였다.

오랜만에 만난 그의 얼굴은 초췌했고, 수염이 가득했다. 의복은 남루했지만, 얼굴에는 생기가 넘쳐흘렀다. 그는 고무된 채 허준에게 말했다.

"수의 영감의 약방문, 거짓이 아니었습니다!"

처음에는 무슨 말인지 몰랐다. 견귀방을 말하는 것인가? 아직도 견귀방에 매달려 있었던 건가?

수인은 잔뜩 흥분한 얼굴로 긴 설명을 이어갔다. 오래 이어지던 수인의 말이 끝나자, 허준은 가슴으로 울고 있을 뿐 아무 말도 할 수 없었다. 그저 이부자리를 내어주며, 피곤할 테니 누우라 했다.

다음 날 새벽 눈을 떴을 때, 수인은 이미 떠나고 없었다. 그가 다녀간 뒤로 허준은 며칠 동안 글을 쓰지 못했다. 어떻게든 답을 내려야 했기 때문이다. 고민은 계속되었고, 결국 의서에 수인이 언급한 약방문을 싣기로 했다.

헛것을 보려면 역삼씨, 석창포, 귀구 등을 각각 같은 양으로 하여 꿀에 반죽한 다음 달걀 노른자위만 하게 하여 알약으로 만들어 한 번에 한 알씩 매일 아침 해를 향하고 먹는데, 100일 동안 먹으면 헛것을 볼 수 있다.

그리고 허준은 적었다.
'견귀방(見貴方)'
집필 중인 동의보감(東醫寶鑑) 잡병편(雜病篇)에 실었다.

계곡 멀리 수인이 보였다. 허준과 채령은 다가가지 않고 멀찍이서 그를 바라보았다.

얼굴에 미소를 머금고 수인은 흐르는 계곡물을 하염없이 바라보고 있었다. 그의 얼굴은 편안해 보였다.

"저를 놓으셔야 합니다."

수인이 고개를 돌리자 가흔이 보였다. 가흔은 걱정이 가득한 얼굴이었다.

"저를 놓으셔야 장군이 사십니다."

수인은 대답하지 않았다. 그저 더 힘을 주어 가흔의 손을 붙잡을 뿐.

멀리 허공을 부여잡고 있는 수인을 보며 채령은 씁쓸하게 말했다.

"저는 모르겠습니다. 저분을 꿈에서 살게 돼야 할지, 꿈에서 깨어나 아무도 없는 현실을 마주하게 해야 할지…."

허준이라고 다르지 않았다. 그저 한숨밖에는 나오지 않았다.

"다만 저분이 더는 아프지 않았으면 좋겠어요."

그도 어느 것이 옳은 것인지 모르겠다. 꿈속에서 살게 두는 것이 좋은지, 꿈속에서 깨어나 악몽 같은 현실을 마주하게 하는 것이 좋은지. 그저 시간이 흐르면 그에 대한 답이 찾아지지 않을까. 그리되기를 간절히 기원했다.

맑은 물이 흐르고, 기분 좋게 바람이 불어왔다. 꽃잎도 아름답게 흩날렸다.

수인이 고개를 들어 맑은 하늘을 보더니 거기 무엇이 있는 듯 옅은 미소를 지었다.

(끝)

**1쇄 발행** 2026년 2월 10일

**지은이** 김재이
**펴낸이** 배선아
**디자인** 정유정
**펴낸곳** 고즈넉이엔티

**출판등록** 2017년 3월 13일 제 2022-000078호
**주　　소** 서울특별시 강서구 마곡중앙8로1길 81, 뉴브클라우드힐스 IT동 10층 1001호
**대표전화** 02-6269-8166 **팩스** 02-6166-9199
**이 메 일** gozknockent@gozknock.com
**홈페이지** www.gozknock.com
**블 로 그** blog.naver.com/gozknock
**페이스북** www.facebook.com/gozknock
**인스타그램** www.instagram.com/gozknock